Gedruckt mit freundlicher Unterstützung durch die Kulturabteilungen der Stadt Linz und des Landes Oberösterreich.

MIX
Papier aus verantwortungsvollen Quellen
FSC® C083411

Auflage:
4 3 2 1
2019 2018 2017 2016

HAYMON tb 99

Originalausgabe

www.haymonverlag.at

ISBN 978-3-7099-7844-3

Umschlag- und Buchgestaltung nach Entwürfen von hœretzeder grafische gestaltung, Scheffau/Tirol
Umschlag: Eisele Grafik · Design, München, unter Verwendung einer Fotografie von Michael Neumüller; Österreichische Nationalbibliothek, Bildarchiv und Grafiksammlung, 42.760-B.
Satz: Da-TeX Gerd Blumenstein, Leipzig
Autorenfoto: privat

Gedruckt auf umweltfreundlichem, chlor- und säurefrei gebleichtem Papier.

1.

Heinrich Leibenfrost blickte finster auf den Hof der Dollfußschule. In der Nacht hatte es geregnet, der wolkenverhangene Himmel spiegelte sich in einer großen Pfütze. Das Laub am Boden war feucht, es würde ihn Mühe kosten, den Hof zu kehren. Aber an diesem Morgen musste der Schulhof sauber sein, denn heute, am 23. April 1935, war der erste Schultag nach den Osterfeiertagen. Und wie stets nach Feiertagen oder Ferien würde Bacher das Gebäude inspizieren und prüfen, ob nicht doch irgendwo in einer Ecke Unrat zu finden war. Er mochte Leibenfrost nicht, denn dieser ließ es ihm gegenüber am, wie Bacher gerne betonte, gebührenden Respekt fehlen. Ein Respekt, der doch eigentlich angebracht sei, denn Bacher war Direktor der Dollfußschule, Leibenfrost hingegen nur Schulwart. Nur seiner Kriegsverletzung, so der Direktor, habe Leibenfrost es zu verdanken, dass er hier beschäftigt war. Und das wiege, wie Bacher nie zu erwähnen vergaß, halt leider immer noch mehr als der Umstand, dass der Schulwart ein verkappter Sozialdemokrat sei. Wenn es nach ihm ginge, so schloss der Direktor üblicherweise, hätte so ein widerborstiger Mensch an einer nach einem Märtyrer benannten Schule nichts zu suchen.

Leibenfrost versuchte gar nicht, sich ein Grinsen zu verkneifen, wenn ihn Bacher „widerborstig“ nannte. Als Bub hatte er immer wieder gestaunt, wenn auf dem Hof der Eltern Schlachttag gewesen war. Wie viele Borsten so ein Schwein doch hatte! Ihm würden sie die Borsten jedenfalls nicht nehmen können, schon gar nicht so eine Witzfigur wie Bacher, der kleine Erdkundelehrer, der im letzten Jahr durch den Zufall seiner

Mitgliedschaft bei der Vaterländischen Front ins Direktorsamt geschwemmt worden war. Ärgern konnte ihn Bacher nur mit einer Sache: dass er ihn für einen Sozialdemokraten hielt. Dabei hatte Leibenfrost früher, als noch andere Zeiten herrschten, nie einen Hehl daraus gemacht, dass ihm jede staatliche Ordnung zuwider war und er deshalb auch die sogenannte Arbeiterpartei verabscheute. Aber wie sollte das ein verbohrter Kopf wie Bacher begreifen? Ihm, dem Studierten, war schon das Wort „Anarchismus" fremd. Vermutlich kannte er nicht einmal Erich Mühsam, dem er, Leibenfrost, sogar die Hand hatte schütteln dürfen, damals, vor dem Krieg war das gewesen. Aber das war lange her, die meisten Kameraden von früher hatten sich frustriert aus der Bewegung zurückgezogen. Im Krieg, dem er trotz aller Bemühungen doch nicht entkommen war, hatte er einen Arm verloren, und heute musste man froh sein, ein Auskommen zu haben. Er konnte es sich aber nicht verkneifen, gelegentlich, wenn er den Hof kehrte, die Melodie des alten „Proletarierlieds" zu pfeifen. Früher hatten sie es lauthals gesungen.

Seufzend nahm er den Besenstiel in die schwarz behandschuhte Rechte und begann, Zigarettenstummel und Laub zusammenzukehren. Da die Schule noch verwaist war, sang er heute sogar leise den Text des Liedes vor sich hin: „Wer schafft das Gold zutage." Ja, das waren nicht die Herren Studienräte, sondern die Arbeiter, die einfachen Leute. Eines Tages würde er dieses Lied wieder laut singen können, wie damals, als er mit ein paar anderen gegen die Hinrichtung von Sacco und Vanzetti in Amerika demonstriert hatte! Gerade als Leibenfrost bei der dritten Strophe angelangt war – „Wer war von jeher geknechtet/von der Tyrannenbrut?" –, fiel ihm ein großes, langgestrecktes Bündel in jener Ecke des Schulhofs auf, die durch eine niedrige Mauer vor neugierigen Blicken abgeschirmt war und deshalb von den Schülern häufig für verbotene Hantierungen aufgesucht wurde. Im ersten Moment war Leibenfrost verärgert. Hatte schon wieder einer der Nachbarn hier seinen Dreck hingeworfen! Doch dann sah er eine Hand aus dem Bündel hervorragen, und zwei Schuhe und etwas, das einmal ein Kopf gewesen sein musste. Leibenfrost musste sich setzen. Eine Leiche hatte er das letzte Mal im Krieg gesehen. Ein junger Mühlviertler Rekrut war das gewesen, ein Bauernsohn, der, ohne auf die aufgeregten Zurufe seiner Kameraden zu achten, aufrecht stehend den anstürmenden Russen entgegengestarrt hatte. Kurz nachdem eine Kugel den Rekruten getroffen hatte, war es auch schwarz um Leibenfrost geworden. Als er wieder zu sich gekommen war, war er bereits in einem Feldlazarett gelegen. Dort, wo sein rechter Arm gewesen war, war nichts mehr. Eine Granate war in unmittelbarer Nähe von ihm eingeschlagen.

Der tote Bauernsohn war sein letztes Bild von der Front.

Leibenfrost versuchte, die Gedanken zu verscheuchen, und fingerte eine Zigarette aus der Tasche seines Schurzes. Er musste zur Schutzwache gehen und die Leiche melden. Wenn Bacher in einer Ecke seines Schulhofs einen Toten fand, den Leibenfrost nicht gemeldet hatte, konnte er sich sofort beim Arbeitsnachweis melden. Er, ein alter Anarchist, wie es in Linz nur noch wenige gab, würde also brav seine Bürgerpflicht erfüllen und zu den Hütern der staatlichen Ordnung gehen. Leibenfrost seufzte tief, drückte die Zigarette aus und machte sich auf den Weg.

2.

„Nicht schon wieder diese Schreierei!“

Maria Steininger hob das gerötete, schweißglänzende Gesicht und wischte sich mit dem Handrücken die Haare aus der Stirn. Aus dem Stiegenhaus war lautes Gebrüll zu hören. Sie seufzte, erhob sich ächzend vom Boden der Wohnküche und stellte die Reisbürste und den Kübel mit Seifenlauge zur Seite. Vor der Wohnungstür bot sich ihr ein bekanntes Bild: Ein Mann, Mitte 40, hemdsärmelig und zur Korpulenz neigend, stand schwitzend und mit vor Zorn gerötetem Gesicht vor der offenen Aborttür. Ihm gegenüber, in der Eingangstüre der Nachbarwohnung stehend, rang eine verhärmt wirkende Frau die Hände. Frau Steininger war keine neugierige Person, die anderen konnten ihrer Ansicht nach tun und lassen, was sie wollten, sofern sich dies innerhalb der Grenzen der Schicklichkeit abspielte. Wenn aber ihr Mann, Josef Steininger, Bezirksinspektor bei der Linzer Kriminalpolizei, wieder einmal im Stiegenhaus Radau schlug, musste sie eingreifen.

„Was ist denn schon wieder, Pepi?“

„Ja, schau dir das doch einmal an!“, rief ihr Mann und deutete in den zwischen den Wohnungen der Steiningers und der Grafeneders gelegenen Abort. „Der Grafeneder, dieser ungustiöse Kerl, hat das Klo wieder komplett verdreckt! Eine Sauerei, eine grausliche!“ Krachend schlug er die Aborttüre zu.

„Jessas Maria, Herr Inspektor, ich bitt Sie, regen Sie sich um Gottes willen nicht so auf! Was werden denn die Leute denken!“ Mathilde Grafeneder, deren Mann den immer wiederkehrenden Zank verursachte, war den Tränen nahe. Sie ließ sich nie etwas zuschulden kommen und verzieh alles. Selbst dem Krämer, bei dem sie seit einem Vierteljahrhundert einkaufte, hielt sie die Treue, obwohl er sie im Krieg und unmittelbar danach, wo jeder schauen musste, wo er blieb, mit überhöhten Preisen und gepanschter Ware nach Strich und Faden betrogen hatte. Irrtümlich zu viel herausgegebenes Wechselgeld brachte sie umgehend zurück und entschuldigte sich auch noch, das Versehen nicht sofort bemerkt zu haben. Nie wäre sie auf die Idee gekommen, verdorbene oder falsch gewogene Ware zu reklamieren, lieber kaufte sie von den Groschen, die sie sich vom Haushaltsgeld absparte, heimlich bei einem anderen Krämer noch einmal dasselbe. Geduld und Nachsicht beruhten bei Mathilde Grafeneder auf dem festen Glauben an eine höhere Gerechtigkeit, die sich, so war sie überzeugt, dereinst wieder einstellen und all das vergelten würde, was sie nun auf sich nahm. Teil dieses Glaubens war die heilige Dreifaltigkeit von Kaiser, Kirche und Polizei. Der Kaiser war ihr – vorläufig, wie sie zu betonen pflegte – abhandengekommen, auch die Kirche hatte bessere Tage gesehen, aber die Polizei war und blieb unerschütterlicher Ausdruck der Staatsgewalt.

Wenn das Schicksal nun dafür gesorgt hatte, dass dieser Teil der Dreifaltigkeit leibhaftig und in Gestalt des Bezirksinspektors Josef Steininger neben ihr wohnte, so erkannte sie darin die Aufgabe, Sorgen von ihm fernzuhalten, soweit dies einer Nachbarin zustand.

Nur leider war sie mit einem Mann verheiratet, der weder ihren Glauben noch die daraus abgeleitete Aufgabe teilte. Er hatte zwar beim Zoll einen geruhsamen, sicheren und mit Pensionsanspruch ausgestatteten Posten, aber aus Gründen, die ihr stets verborgen bleiben würden, bereitete es ihm Freude, dem Nachbarn den gebührenden Respekt zu versagen. Frau Grafeneder war mittlerweile zu dem Schluss gekommen, dass er Steininger nur sekkierte, um in Wahrheit sie zu quälen. Natürlich wusste ihr Gatte um ihren grenzenlosen Respekt vor dem Bezirksinspektor, den sie auch im Gespräch mit ihrem Mann stets nur „Herr Steininger“ nannte. Natürlich machte er sich auch lustig darüber, dass sie den Radioapparat nur dann anstellte, wenn Steininger nicht daheim war, um seine Ruhe nicht zu stören. Aber musste er deshalb seinen Ärger über die eigene Frau auf diese Weise ausleben?

Leider wurde Herr Grafeneder in seinen Bemühungen durch seinen Arbeitgeber, das Zollamt, unterstützt. Naturgemäß nicht willentlich und auch nicht wissentlich, aber doch durch die Tatsache, dass Herr Grafeneder seinen Dienst um sieben Uhr in der Früh antrat, während Herr Steininger erst eine halbe Stunde später ins Büro aufbrach. Diesen Vorsprung nutzte nun Grafeneder aus, um, im Unterhemd und mit dem Linzer Volksblatt unterm Arm, den Abort aufzusuchen und dabei regelmäßig die Betätigung der Spülung zu unterlassen. Nur wenige Minuten, nachdem Grafeneder das Haus zu verlassen pflegte, machte sich Steininger auf denselben Weg. Hatten die Osterfeiertage durch die Lockerung der jeweiligen Tagesabläufe eine gewisse Entspannung mit sich gebracht, beschwor der nun wieder einsetzende Beamtenalltag erneut jene Konflikte herauf, wie sie sich an diesem Dienstagmorgen nach Ostern abspielten.

„Aber woher wissen S’ denn, dass das mein Mann war, Herr Inspektor?“, unterbrach die Grafeneder zaghaft die Tiraden des Nachbarn.

„Wer denn sonst? Um die Zeit geht ja nur Ihr Mann!“, schrie Steininger mit hochrotem Kopf und bebendem Schnurrbart.

„Geh, Pepi, jetzt bist aber ruhig! Es kann ja wirklich wer anderer gewesen sein. Der Nemecek zum Beispiel“, suchte nun auch Frau Steininger zu beruhigen, die in der Aufregung ihres Mannes nur kindisches Getue sehen konnte.

„Blödsinn, der Alte kommt doch seiner Lebtag nimmer in den zweiten Stock herauf!“, echauffierte sich Steininger weiter. Nemecek war ehemaliger Bankbeamter in den Siebzigern, schwach auf den Beinen und im Haus für seine Münzsammlung und seine Inkontinenz bekannt. Seine Tochter, mittlerweile auch schon in den Vierzigern und gut verheiratet, kam täglich, um nach ihm zu sehen und auf sein Sterben zu hoffen. Alle Versuche der Hausparteien, den Alten aus der übelriechenden Wohnung loszuwerden, scheiterten an seinem störrischen Beharren auf einen eigenen Hausstand und am Unwillen der Tochter, den pflegebedürftigen Alten zu sich zu nehmen.

„Außerdem kenn ich den Geruch schon!“, brüllte Steininger weiter. „Das kann nur der Grafeneder gewesen sein! Ich weiß nicht, was Sie Ihrem Mann zu Ostern wieder gekocht haben!“ Frau Grafeneder brach in Tränen aus, was den Bezirksinspektor nur noch mehr zu reizen schien.

„Und überhaupt hab ich ihn dabei gesehen!“, setzte er nach.

„Du hast ihm zugeschaut?“, wunderte sich Frau Steininger.

„Im Guckloch hab ich rein zufällig gesehen, wie er rausgekommen ist aus dem Abort“, bestätigte Steininger.

„Wieso hast es ihm dann nicht direkt ins Gesicht gesagt?“

„Lenk jetzt nicht ab, Mizzi! Und überhaupt ändert das nichts an der Sache selbst, dass man hier nämlich von Schweinen umgeben ist!“, redete sich Steininger weiter in Rage.

„Geh, Pepi, jetzt reiß dich zusammen, das ist ja keine Affäre! Die Frau Grafeneder und ich, wir putzen das weg, ich hab auch noch ein Sackerl Lavendel übrig, das wir reinhängen können wegen dem Geruch, dann passt's schon wieder. Ist gar kein Grund, sich so aufzuregen. Nimm halt derweil den Nachttopf“, schlug Maria Steininger, mittlerweile auch verärgert, vor.

„Na, mir ist's vergangen“, brummte ihr beleidigter Mann. „Ich habe ein im Mietvertrag festgehaltenes Anrecht auf den Abort, da werd ich doch nicht den Topf nehmen!“ Sein Zorn war nun durch das schlechte Gewissen gegenüber der Nachbarin, die ja, wie er zugeben musste, keine Schuld traf, etwas gemildert. Dem Frieden zuträglich war auch das „kleine Versöhnungsstamperl“, wie die Grafeneder es nannte, ein dreifacher Obstler, mit dem sie strahlend aus der Wohnung getrippelt kam.

„Ich geh am Amt, dort hab ich meine Ruh“, brummte der besänftigte Steininger, am Schnaps nippend. „Wenn's dann überhaupt noch geht, die schrecklichsten Krankheiten kann man sich da holen, wenn man's zurückhält!“, dozierte er mit erhobenem Zeigefinger.

„Da haben S' recht, Herr Inspektor“, pflichtete ihm die Grafeneder eifrig nickend bei, „bei meinem Onkel selig, da hat's auch so angefangen, wie er ...“

„Ja, ja“, unterbrach Steininger unwirsch, leerte das Glas in einem Zug und sprach, zu seiner Frau gewandt: „Hol mir Mantel und Hut, Mizzi, bin eh schon spät dran, jede Woche derselbe Tanz. Und hol den Rudi aus den Federn! Der kommt ja schon wieder zu spät in die Schule!“ Der 16-jährige Rudi Steininger, einziges Kind des Paares, war stets nur mit Mühe aus dem Bett zu bringen. Dabei spielte, abgesehen von seinem Schlafbedürfnis, besonders der Umstand eine Rolle, dass ihn ein langer Tag im Realgymnasium erwartete.

Mit Mantel, Hut und Aktentasche, in der sich, wie stets, die Blechdose mit seiner Jause und eine Flasche mit kaltem Milchkaffee befand, stapfte der immer noch nicht völlig Beruhigte die Stiege hinunter, quittierte den Gruß des Hausmeisters Hanikel mit einem Nicken und trat auf die Straße. Dort steckte er sich, wie stets, die erste „Donau" des Tages an und machte sich gemächlichen Schrittes auf den Weg ins Büro.

Wieder so ein Tag, an dem er sich von der ersten Stunde an ärgern musste. Sein anstrengender Dienst erforderte ein ruhiges Zuhause, davon war er überzeugt. Aber gerade daheim schien man ihm das Leben vergällen zu wollen. Wie gerne würde er seine Frühstückszigarette noch am Küchentisch rauchen – aber seine Frau hatte es ihm schlichtweg untersagt. In anderen Fällen vermochte Steininger sie mit einer Mischung aus hartnäckig vorgebrachter Forderung und süßen Worten, in besonders schwierigen Fällen auch mit ein paar unbeholfenen Liebkosungen zu erweichen, aber beim Rauchen biss Steininger auf Granit. Nicht einmal nach dem Sonntagsbraten war ihm eine Verdauungszigarette vergönnt. Der Zigarettenrauch, so klagte sie, verfärbe die Wände und sei überdies schädlich, noch dazu mit einem Kind im Hause. Ein Kind?! Steininger lachte laut und hämisch auf, was ihm den verwunderten Blick eines Passanten eintrug. Mit 16 Jahren ist ein Bub kein Kind mehr, auch wenn sich der Rudi oft noch so aufführt, sinnierte Steininger, während er, einem Fuhrwerk der Brauerei Poschacher ausweichend, die Landstraße erreichte und eine eben haltende Straßenbahn bestieg.

Um seinen Ärger über die häuslichen Verhältnisse etwas zu mildern, beteiligte er sich am allgemeinen Schimpfen der Straßenbahnbenutzer über eine Mühlviertler Bäuerin, die partout mit mehreren Körben Kraut einen Platz in der Tramway ergattern wollte. Die Mizzi, so spann er seine Gedanken fort, hatte sich da von irgendwelchen Tratschweibern am Markt wieder so einen neumodischen Schmarrn aufschwätzen lassen. Ihr als Landmensch fehlte halt doch das Weltläufige, das ihm als gebürtigem Städter zu eigen war. Natürlich, ganz unrecht hat sie ja nicht, sinnierte Steininger. Vor allem bei jenen, die nicht nur passionierte, sondern gewissermaßen krankhafte Raucher sind. Heutzutage schien dies ja allgemein üblich zu werden, besonders bei jenen, die bereits in frühester Jugend damit anfingen und nicht, wie er, die reinigende Erfahrung des Weltkrieges mitgemacht hatten. Aber Steininger schien es vollkommen ausgeschlossen, dass die paar „Donau“, die er sich gönnte, ungesund waren. Ganz im Gegenteil! Nur ihrer beruhigenden Wirkung glaubte er es zu verdanken, dass die Situation im Stiegenhaus nicht völlig aus dem Ruder gelaufen war. Wer weiß, was er alles mit der Grafenederin gemacht hätte, wenn nicht der Gusto auf die erste Zigarette des Tages so groß gewesen wäre. Und gerade die nervliche Belastung seines Berufs erschien Steininger gewissermaßen per se den regelmäßigen Konsum von Tabak zu verlangen.

Ihm fiel Reichenthaler ein, der im Herbst in Pension gegangen war. Ein zitterndes Wrack war der nur noch gewesen, denn er hatte allerhand mitgemacht: Vor 1914 war es ja noch gemütlich gewesen, die größte Aufregung, abgesehen von wenigen Kapitaldelikten, war der alljährliche Kaisergeburtstag. Aber dann war es losgegangen; Krieg, Unruhe in den Betrieben, Demonstrationen, Umsturz 1918, ein paar ganz Radikale, die eine Räterepublik wollten, dann die Inflation, wo man am Morgen nicht wusste, wie viel man am Abend von seinem Geld kaufen konnte, und natürlich die Überführung der Polizei in den Bundesdienst. Reichenthalers Sohn war lange arbeitslos gewesen und hatte sich dann aufgehängt. Der Schutzbundaufstand im Februar 1934 und der Naziputsch ein paar Monate später hatten Reichenthaler schließlich in eine Apathie versinken lassen, aus der ihn nichts und niemand mehr hatte aufrütteln können. Steininger hatte ihn nie rauchen sehen, in einem Gespräch hatte Reichenthaler sogar behauptet, Fleisch wäre ungesund. Beim Abschiedsessen anlässlich seiner Pensionierung in der „Schießstätte" in Kleinmünchen hatte er in einem Schwammerlgulasch herumgestochert und an einem Mineralwasser genippt. Vor wenigen Wochen war die Beerdigung gewesen. Ein abschreckendes Beispiel, dieser Reichenthaler, war Steininger überzeugt.

„Aufpassen, Herr Nachbar!", brummte ihn ein alter, verschwitzter Arbeiter an, dem Steininger auf die Zehen gestiegen war.

„Selber aufpassen, heißt's!", fauchte er zurück.

Und außerdem, sinnierte Steininger weiter, als er sich am Franz-Josephs-Platz endlich aus der Straßenbahn drängte, war er als Beamter und Linzer nicht geradezu verpflichtet zu rauchen? Spülte das Tabakmonopol nicht Jahr für Jahr bitter benötigtes Geld in die Staatskassen, aus denen er sein Salär bezog? Und wurden seine geliebten „Donau"-Zigaretten nicht hier in Linz fabriziert, in der Tschickbude, wie die Tabakfabrik in der Stadt genannt wurde? Deren neuer Gebäudekomplex, der eben entstand, fiel zwar für Steiningers Geschmack zu modern aus, war aber doch imposant, wie er zugeben musste. Und Imposanz war etwas, das der Stadt, trotz ihrer augenscheinlichen Qualitäten, fehlte.

Steininger fühlte sich als Städter durch und durch, für ihn eine Quelle des Stolzes angesichts der zahlreichen Zugezogenen aus den oberösterreichischen Landgemeinden und aus Böhmen. Seine Frau war ja auch aus dem tiefsten Mühlviertel, wie Steininger nicht müde wurde zu betonen, noch dazu stammte sie von einer kleinen Landwirtschaft ab. Das bedeutete für ihn zugleich, unter seinen Möglichkeiten geheiratet und vom Herrgott einen mühevollen Erziehungsauftrag übertragen bekommen zu haben. Vielleicht stammte ja daher ihre Abneigung gegen das Zigarettenrauchen? Die Bauern rauchten ja allenfalls einen Tschibuk und streckten den Tabak mit allerhand Kraut, wie er gehört hatte, manche hielten sogar noch dem Kautabak die Treue, das wusste er aus den Erzählungen seiner Schwägerin.

Wer also „Donau" rauchte, sorgte dafür, dass in Linz nicht noch mehr Leute arbeitslos wurden und dass der Staat auch weiterhin Geld dafür hatte, dass Ordnung gehalten wurde. Nicht zuletzt durch ihn, Bezirksinspektor Steininger. Dieser Gedanke tat wohl, und gemächlichen Schrittes ging er durch die Rathausgasse zur Bundespolizeidirektion im Rathaus.

3.

„Guten Morgen, die Herren!"

„Morgen, Steininger!"

„Servus, Steininger!"

Kriminalrevierinspektor Friedrich Sedlak räkelte sich in seinem Schreibtischsessel und gähnte. Ihm gegenüber saß Revierinspektor August Lampelmaier, der nur kurz von einem Blatt Papier aufblickte, auf dem er mit einer Feder in akkurater Schrift etwas notierte.

„Na, Lampelmaier, was schreibst du denn da? Machst am End gar schon den Quartalsbericht?"

„Eine Eingabe macht er wieder, der Lampelmaier, wegen dem ‚Erledigt'-Stempel", grinste Sedlak.

Lampelmaier blickte, die verrutschten Ärmelschoner zurechtzupfend, grimmig über die Ränder seiner kleinen, runden Brille auf seinen Vorgesetzten Steininger. Er war in erster Linie für den Innendienst zuständig und legte Wert auf eine korrekte Aktenführung. Der hierzu unabdingbare „Erledigt"-Stempel war nun allerdings – trotz pfleglichster Behandlung des Beamten – nach jahrelangem Gebrauch am Ende.

„Ja, ja, spottets nur. Den Herren ist das ja wurscht, wie die Berichte ausschauen, und ich bin dann wieder der Depp. Seit Allerheiligen komm ich um einen neuen Stempel ein! Nicht einmal abgelehnt wird das Ansuchen", klagte er und strich sich über seinen altmodischen, vor Jahren ergrauten Backenbart. „Dann heißt's wieder bei den Herren Hofräten: Ja, ja, der Lampelmaier schaut schon nur mehr auf die Pension, der wird schlampert."

Lampelmaier war mit seinen 58 Jahren der älteste Beamte der Abteilung, hatte es aber dennoch nur zum Revierinspektor gebracht. Bei den Vorgesetzten galt er als zuverlässig und akkurat, aber zu behäbig, um selbst Ermittlungen leiten zu können. Lampelmaier selbst schien dies, trotz der damit verbundenen geringeren Bezüge, wenig auszumachen. Er schätzte die Beschaulichkeit des Innendienstes, der ihm auch jene Sicherheit vermittelte, die der Außendienst nicht zu bieten hatte. 1918 hatte er sich zunächst scheinbar mühelos mit der Republik arrangiert, in den letzten Jahren jedoch ein nostalgisches Faible für die Monarchie entwickelt.

Zäh verteidigte er jedes Relikt der alten Habsburgermonarchie und beklagte, wenn Einrichtungen oder Usancen aus dieser Zeit verschwanden. Ein besonderes Ärgernis waren ihm die Straßenumbenennungen, die von der sozialdemokratischen Stadtverwaltung durchgeführt worden waren. Vor allem hatte ihn gewurmt, dass die nach dem Kronprinzen Rudolf benannte Straße in die „Karl-Marx-Straße" und der Franz-Josephs-Platz in den „Platz des 12. November" umgewandelt worden waren. Nach der Ausschaltung der sozialdemokratischen Gemeinderegierung waren zahlreiche Umbenennungen rückgängig gemacht worden, doch seine Genugtuung darüber währte nur kurz. Immer wieder fand er Anlass zur Klage über die neue Zeit.

Sedlak wiederum galt als aufstrebender Stern der Linzer Polizei. Er war selbstbewusst, gepflegt und eloquent, was ihn aber nicht bei allen Kollegen unbeliebt machte. Seine Gewandtheit und seine Fähigkeit im Umgang mit Menschen erwiesen sich zuweilen bei Verhören als Vorteil, besonders bei jenen, die mehr Takt erforderten, als bei der Linzer Polizei üblich war. Er hatte, wie allgemein behauptet wurde, gut geheiratet. Seine Frau stammte aus besseren Verhältnissen, die beiden Töchter waren reizend. Sein Vorwärtskommen wurde aber durch seine politische Einstellung etwas gebremst. Sedlak war Deutschnationaler, was an sich kein Problem dargestellt hätte. Allerdings war dies, wie man im Präsidium hinter vorgehaltener Hand munkelte, bei ihm mit einem ausgeprägten Faible für Hitler verbunden – was ihn bei der Leitung der Polizei nach dem Verbot der Nationalsozialisten 1933 und deren missglücktem Putsch im Juli 1934 nicht gerade für höhere Aufgaben empfahl. Sedlak war aber weder Mitglied der illegalen Partei noch am Putschversuch beteiligt gewesen, auch äußerte er sich kaum zu politischen Ereignissen. Selbst die im Haus mit großer Empörung aufgenommene Gehaltskürzung für Beamte hatte er nicht kommentiert. Viel größeres Interesse schien der elegant gekleidete Mann für jüngere Damen aus höheren Kreisen zu haben. Gelegentlich hielt er sich zu später Stunde in der Boston-Bar des Hotels „Weinzinger“ am Donaukai auf, so munkelte man. Erwischt hatte man ihn aber noch nicht.

„Na, Lampelmaier, vielleicht wird's ja was mit dem Stempel, wenn wir umgezogen sind“, neckte Steininger.

„Gott bewahre, dass ich das noch mitmachen muss!“, rief dieser empört. Den Beschluss, die Bundespolizeidirektion aus dem Rathaus in ein ehemaliges Hotel zu verlegen, empfand er als weitere Perfidie der neuen Zeit.

„In ein Hotel wollen sie uns verlegen! Ein Amt! Stell sich das mal einer vor! Wie sollen denn die Leute da Respekt vor der staatlichen Ordnung behalten? Unter'm Kaiser“, er fuchtelte mit der Feder, dass die Tinte spritzte, „wär das undenkbar gewesen!“

Es klopfte zaghaft, und das rotwangige Gesicht des jungen Kriminalbeamten Adolf Ertl schob sich vorsichtig in den Raum.

„Ertl, wie oft hab ich Ihnen schon gesagt, dass Sie da herinnen nicht anklopfen müssen. Wir sind ja nicht im Grand Hotel“, brummte Steininger.

„Noch nicht!“, warf Lampelmaier ein.

„Entschuldigen S', Herr Bezirksinspektor, ich hab's vergessen.“

Einen Moment lang herrschte Schweigen.

„Ja, und was wollen S' jetzt?", schnauzte Steininger das zusehends ins Hochrot übergehende Gesicht an.

„Entschuldigen Sie, Herr Inspektor. Es ist grad fernmündlich durchgegeben worden, dass wir eine Leiche haben."

„'fix noch einmal, Sie Mondgesicht!", brüllte Steininger. „Entschuldigen Sie sich doch nicht permanent, und rücken S' endlich raus, was los ist!"

Ertl war so gar nicht nach seinem Geschmack, dem Burschen fehlte der Schneid, was Steininger darauf zurückführte, dass der junge Mann das Stahlbad der Front nicht miterlebt hatte.

„Steininger, schrei doch nicht immer gleich so mit dem armen Buben!", ärgerte sich Lampelmaier, dem Ertl als vielversprechendes Talent im komplexen Feld der Aktenführung erschien.

„Eine Leiche? Unfall oder Mord?", wandte er sich an das mittlerweile purpurne Ertlgesicht.

„Das ist nicht durchgegeben worden, es hat nur geheißen, es sollen, ähm, es mögen Herren vom Sicherheitsbüro vorbeikommen."

„Ist auch durchgegeben worden, wo die Herren vom Sicherheitsbüro vorbeikommen sollen?", brachte Steininger, sichtlich um Fassung ringend, hervor.

„Ja, das schon, bei der Dollfußschule haben s' die Leiche gefunden", stotterte Ertl.

„Dollfußschule?", fragte Sedlak.

„Na, was halt früher die Diesterwegschule war, heißt jetzt Dollfußschule", klärte ihn Lampelmaier auf.

„Das ist aber neu", meinte Steininger.

„Damit ihn ja niemand vergisst, schließlich ist er ja für Österreichs Freiheit gefallen", paraphrasierte Sedlak den offiziellen Sprachgebrauch und schaffte es, seinem Tonfall keinerlei Ironie beizumengen.

„Na schön, Ertl, Sie rufen uns den Wagen. Sedlak, sag's dem Strasser und dem Haslinger, die sollen ihr Zeug mitnehmen."

Wenige Minuten später saßen die vier mehr schlecht als recht im bereitgestellten Wagen und ließen sich von einem schweigsamen, an einem stinkenden Stumpen herumkauenden Chauffeur zum Fundort bringen. Die Dollfußschule lag gegenüber dem Südbahnhofgelände, zwischen dem dicht bebauten älteren Stadtkern und einem seit einigen Jahren rasch wachsenden Erweiterungsgebiet, das die sozialdemokratische Stadtregierung vor allem für die Arbeiterbevölkerung der nahen Fabriken vorgesehen hatte. Sie war unter dem Namen „Diesterwegschule" erst vor wenigen Jahren eröffnet worden und zählte zu den Prestigeobjekten der sozialdemokratischen Gemeindeväter. Steininger, dessen Wohnung nur wenige Minuten Fußweg von der Schule entfernt in der Bürgerstraße lag, hielt den Bau zwar für hässlich, musste aber zugeben, dass diese Schule für die rasch wachsende Bevölkerung in den Arbeitervierteln dringend nötig gewesen und tatsächlich gut ausgestattet war.

Im Februar letzten Jahres war sie einer der Brennpunkte der Kämpfe mit den aufständischen Schutzbündlern gewesen, was für Steininger allerdings Beweis genug war, die sozialdemokratischen Bauaktivitäten für nicht ganz koscher zu halten. Die Zeitungen hatten damals berichtet, dass die Diesterwegschule, wie andere Gebäude auch, nur so von geheimen Waffenverstecken strotzte – in Steiningers Augen ein neuerliches Indiz dafür, dass es sich bei den „Marxisten" im Grunde doch um finstere Gesellen handelte.

Als der Wagen vor der Schule hielt, stöhnte Strasser auf. „Die Spuren!"

Rund um den Fundort der Leiche hatte sich eine Menschentraube gebildet: Schulkinder, die von ihren hilflos mit den Armen fuchtelnden Lehrern nicht daran gehindert werden konnten, die Leiche zu inspizieren, Frauen mit Einkaufstaschen in den Händen und Arbeiter, die müde von der Nachtschicht nach Hause gingen, sich aber dennoch diese Attraktion nicht entgehen lassen wollten.

Steininger rümpfte die Nase. Über der Gegend machte sich der Geruch der nahegelegenen Kaffeefabrik Franck wieder besonders intensiv bemerkbar.

Kaum waren die Beamten dem Wagen entstiegen, eilte ihnen auch schon dienstfertig ein schnurrbärtiger, langbeiniger Rayonsinspektor von der Sicherheitswache entgegen. Obwohl es für die Jahreszeit warm war, hatte er für diese außergewöhnliche Amtshandlung nicht auf seinen flaschengrünen Dienstmantel verzichten wollen. Auf seiner Stirn glänzten Schweißperlen, die Linke umfasste krampfhaft den Griff des Dienstsäbels, er salutierte.

„Rayonsinspektor Walch meldet sich zur Stelle."

Während sich Strasser und Haslinger mit dem Fotoapparat und weiteren kriminaltechnischen Utensilien zur Leiche begaben, wandte sich Steininger zunächst an den Uniformierten.

„Guten Morgen! Also, was haben wir?"

„Eine männliche Leiche, offensichtlich hat ihm wer in den Kopf geschossen, schaut jedenfalls ziemlich grauslich aus. Er liegt eh gleich da hinten." Der Inspektor deutete in Richtung der Menschentraube, wo Strasser und Haslinger eben versuchten, sich einen Weg durch die Menge zu bahnen. Beim Eintreffen der Kriminalpolizei war kurz das leise Murren der Leute einer stummen Neugierde gewichen, die sich aber alsbald wieder in ein umso lauteres Murren verwandelte.

„Schauen S', dass die Leute verschwinden, Walch! Vor allem die Kinder sollen weg!"

„Ja, wie denn, Herr Inspektor? Sie haben leicht reden. Der Posten ist klein, ein Kollege ist im Spital, dem hat ein Zigeuner bei der Perlustrierung am Markt ein Messer hineingerammt, und der zweite Kollege hat Telefondienst", lamentierte Walch.

„Na, wird dann auch so gehen müssen. Was haben überhaupt die Leute?", raunte Steininger Walch zu.

„Na ja, zuerst hat's geheißen, dass ein Kind umgebracht worden ist, da sind die Leute narrisch worden, weil s' geglaubt haben, die Polizei schützt keine Arbeiterkinder. Und jetzt, wo s' die Leiche gesehen haben, sagen s', die Polizei schert sich nicht um tote Arbeiter." In vorwurfsvollem Tonfall ergänzte er: „Noch dazu, wo Sie so spät daherkommen."

„Was heißt spät daherkommen?", fuhr Steininger auf. „Ist doch grad erst telefoniert worden!"

Walch zuckte mit den Schultern: „Ja, das schon, ich sag bloß nach, was die Leute so sagen."

„Wieso eigentlich tote Arbeiter? Weiß man denn, wer die Leiche ist?", fragte Sedlak.

„Das nicht, aber vom Gewand her", Walch deutete in Richtung der Leiche, „war er kein Vornehmer nicht und außerdem ist das ja eine Arbeitergegend, die wo ..."

„Ja, ja", brummte Steininger, „wir wissen, eine Arbeitergegend, wo die Polizei nicht gut angeschrieben ist."

Walch nickte heftig: „Freilich, schon von Haus aus nicht und dann erst recht nicht seit der Geschichte im letzten Jahr!"

Wenn sich auch nur ein Teil der Arbeiter am Schutzbundaufstand im Februar 1934 beteiligt hatte, galt doch seitdem die Polizei, die neben Bundesheer und Heimwehr an den Kämpfen auf der Gegenseite gestanden hatte, als Verräter an den Arbeitern, auch wenn viele davon selbst der Sozialdemokratie nahegestanden waren.

„Ich könnte Ihnen Sachen erzählen, was man da als kleiner Beamter so alles mitmacht! Da haben Sie als Kriminaler ja gar keine Ahnung! Zum Beispiel ...“, wollte Walch seinen klagenden Sermon weiter ausführen, doch Steininger unterband dies mit einer unwirschen Handbewegung.

„Immer dieselbe Jammerei. Wissen wir alles! Schauen wir uns halt die Sache einmal näher an“, bemerkte er und bahnte sich, gefolgt von Sedlak und Walch, durch die Menschenansammlung einen Weg zur Leiche, wo Strasser und Haslinger bereits damit beschäftigt waren, Fotos vom Opfer zu machen und die Kleidung des Mannes zu durchsuchen.

Der Tote lag in einer Ecke des Schulhofs, von einer Mauer verdeckt und daher von der Straße her nicht zu sehen. Die Leiche lag auf der Seite und hatte den linken Arm leicht vom Körper weggestreckt. Die den Betrachtern zugewandte Hälfte des Gesichts war mit Blut verschmiert und kaum zu erkennen. Es sprach tatsächlich einiges dafür, dass der Mann erschossen worden war. Ob das allerdings bei der Schule geschehen war oder ob sein Mörder ihn in einem halbherzigen Versuch, die Leiche zu verstecken, dort hingeschafft hatte, konnte noch nicht geklärt werden.

Steininger schätzte den Toten auf Ende dreißig, er konnte aber auch jünger sein, denn sein hohlwangiges Gesicht oder das, was davon noch übrig war, ließ ihn vermutlich älter wirken, als er tatsächlich war. Er trug einen einfachen braunen Anzug und ein verschmutztes weißes Hemd, das mit Blutflecken bedeckt war. Steininger bemerkte, dass die Hände des Toten von körperlicher Arbeit zeugten, die Fingernägel aber durchaus gepflegt waren. Möglicherweise hatte der Mann früher harte Arbeit verrichten müssen, in letzter Zeit aber eine andere Tätigkeit ausgeübt.

„Ich sag's Ihnen, Herr Inspektor, wenn Sie den Mörder nicht gleich finden, können wir uns hier wieder warm anziehen. Die Sicherheitswache muss ja immer ausbaden, was ..."

„Wer hat ihn denn überhaupt gefunden?", unterbrach Steininger, den allmählich die Geduld verließ.

„Der Hausmeister von der Schule, beim Zusammenkehren. Die Ecke da ist ja nicht so einfach einzusehen, da muss einer schon genauer hinschauen." Walch winkte dem abseits stehenden, finster dreinblickenden Leibenfrost, der immer noch seinen Besen in der schwarz behandschuhten Rechten hielt. „Sie! Kommen S' her, der Bezirksinspektor Steininger will mit Ihnen reden!"

Missmutig schlurfte der Mann zu den Polizisten.

„Sie haben die Leiche gefunden?", wandte sich Steininger an ihn.

Leibenfrost nickte.

„Wie heißen S'?"

„Leibenfrost Heinrich heiß ich."

„Sie sind hier der Schulwart?"

Leibenfrost nickte wieder.

„Kriegsinvalide?", fragte Steininger weiter, auf die Armprothese des Mannes deutend.

Erneut ein Nicken.

„Recht redselig sind Sie ja nicht."

Leibenfrost zuckte die Schultern.

„Wo hat Sie's denn erwischt?"

„An der Russlandfront, Winter 1917."

„Sie waren beim Landwehrregiment? Da sind wir ja Kameraden. Da war ich nämlich auch."

„Kann mich aber nur an einen erinnern, der Steininger geheißen hat", brummte Leibenfrost, auf den Besen gestützt. „Und der war nie vorne im Dreck, sondern ist auf seinem fetten Hintern in der Zahlmeisterei gsessen."

„Wie reden S' denn mit dem Herrn Bezirksinspektor?!", fuhr Walch auf.

Steininger beschwichtigte Walch: „Ich wäre ja auch lieber an vorderster Front gestanden, aber es kann eben nicht jeder. Man hat halt dort seinen Mann stehen müssen, wo einen der Kaiser hingestellt hat."

„Und Sie hat er zum Speck und zum Schnaps gstellt", brummte Leibenfrost.

Steininger fühlte Röte in seinem Gesicht aufsteigen. „Wie? Was sagen S' da? Ein jeder glaubt gleich, das waren die gemütlichen Posten, dabei hat's da auch hie und da ordentlich gekracht, und wie dann die Russen vorne durchgebrochen sind, haben wir auch zum Gewehr gegriffen."

„So, so." Leibenfrost verzog keine Miene, was Steiningers Unbehagen noch steigerte.

„Aber eigentlich ist das ja jetzt wurscht", beeilte sich Steininger, dem Gespräch eine für ihn angenehmere Richtung zu geben, zumal er auch in Sedlaks Gesicht den Anflug eines Grinsens zu erkennen glaubte.

„Ja, Ihnen kann's wurscht sein. Sie haben ja alle Gliedmaßen beisammen und sind Beamter mit Pensionsberechtigung", stieß Leibenfrost hervor und klopfte mit dem Besenstiel auf seine Armprothese.

„Nur keinen Neid. Der Staat sorgt für seine Invaliden! Außerdem, da hat's manche aber ganz anders erwischt, Leibenfrost, ganz anders!", erwiderte Steininger, der bestrebt war, sich nicht in die Defensive drängen zu lassen. „Außerdem hab ich meine Zeit nicht gestohlen: Wann haben S' denn den Toten gefunden?" Sein Ton wurde wieder amtlich.

„Na ja, so gegen halb acht, acht in der Früh wird's gewesen sein."

„Geht's genauer?", fragte Sedlak, der notierte.

Leidenfrost überlegte, immer noch auf seinen Besen gestützt.

„Na ja, eher halb acht als acht, weil die Schule hat noch nicht angefangen gehabt, und ich kehr immer das Laub zusammen, bevor die Kinder drübertrampeln."

„Also halb acht", hielt Sedlak fest.

Strasser gesellte sich zur kleinen Gruppe. „Der Tote hat ein Portemonnaie mit Geld, aber keine Papiere drin. Fotos, Fingerabdrücke und was er so bei sich gehabt hat, haben wir."

„Keine Papiere also", sinnierte Steininger.

„Kennen Sie den Toten?", wandte er sich wieder an Leibenfrost.

„Nein."

„Also ist's keiner von der Schule, ein Lehrer oder so?"

„Glaub nicht", brummte Leibenfrost, an dem Steininger den von ihm so oft gerühmten Schneid des Landwehrregimentes vermisste.

„Was heißt, Sie glauben nicht?", herrschte ihn Steininger an. „Sie werden doch wohl die Lehrer von der Schule kennen, wo Sie arbeiten!"

„Das ist eine große Schule, da kann man sich nicht einen jeden merken! Außerdem sind im letzten Jahr ein paar Herren Professoren ausgetauscht worden. Und überhaupt bin ich halt kein Studierter wie die Herren da", kommentierte er, auf die versammelte Lehrerschar deutend, den zweifelnden Blick Steiningers.

„Na schön, Strasser, klär das bei den Herren Professoren“, sagte Steininger. Und zu Leibenfrost: „Wann sind Sie denn davor das letzte Mal hier gewesen?“

„Gestern auf der Nacht war's. Jeden Dienstag am späteren Nachmittag ist da noch eine Turngruppe, so höhere Schüler, die im Turnsaal Leibesübungen machen. Jetzt üben s' gerade für irgendwelche Meisterschaften oder so einen Schmarrn. Die gehen dann immer auf der Nacht heim, und weil mir die öfter vor dem Heimgehen in den Hof ... äh ... also, ich mein, urinieren oder die Zigaretten einfach auf die Erde schmeißen, pass ich da immer ein bisserl auf. Es sind vielleicht gescheite Leut, aber richtige Schweinderl sind auch dabei.“

Steininger vertrieb die Erinnerung an die unschöne Szene heute Morgen.

„Und wann war das gestern?“

„Die Herren sind so gegen sieben gegangen, dann hab ich noch zusammengekehrt und einen Rundgang gemacht und dabei alles abgesperrt, also gegen acht hab ich das letzte Mal in das Eck da geschaut, aber da ist der noch nicht gelegen“, deutete Leibenfrost auf die Leiche.

„Und von den Turnern kann das keiner sein?“, fragte Sedlak.

„Nein, die kenn ich alle“, antwortete Leibenfrost und, sich an Steininger wendend, „Leut, die ich nicht mag, merk ich mir nämlich.“

Der Inspektor ließ sich nicht beirren. Diese Sorte Mann war ihm leidlich bekannt! Großes Maul, aber nichts dahinter, war er überzeugt. Gerade der Leibenfrost schien ihm einer zu sein, der sich beim ersten Schuss unter die Grabenkante geduckt hatte, während er in seiner Zahlmeisterei faktisch schutzlos dem feindlichen Granatenfeuer ausgeliefert gewesen war!

„Das glaub ich gern, Leibenfrost! Sagen S', als Hausmeister wohnen S' ja auch in der Schule, oder?"

„Ja, ich und meine Frau. Die Wohnung geht aber auf die andere Seite hinaus."

„Das heißt also, Sie haben in der Nacht nichts gesehen?"

„Nein, nix gsehn und nix gehört."

„Ihnen ist nichts aufgefallen? Kein Schuss, kein Schreien, kein Automobil, das vor der Schule halten würde, oder so?", bohrte Sedlak nach.

Leibenfrost wurde ärgerlich. „Na! Nix! Hab ich ja grad gesagt!"

„Sie waren gestern aber schon den ganzen Abend da?", ließ Steininger nicht locker.

„Ja freilich, für eine Unterhaltung hat doch unsereins kein Geld!", rief der Hausmeister, und mit vorwurfsvollem Unterton ergänzte er: „Unsereins muss halt schauen, wie er mit dem Geld zusammenkommt. Und überhaupt tu ich in letzter Zeit auf der Nacht sowieso mehr sinnieren, da freut einen das ganze Bier nicht."

„So, so, sinnieren tut er, der Herr Schulwart", spottete Steininger. „Und Ihre Frau? Kann man die sprechen?"

„Das müssen S' dahinten probieren." Leibenfrost deutete mit bitterer Miene in Richtung des Allgemeinen Krankenhauses, das nicht weit von der Schule entfernt lag.

„Ist sie krank?"

„Nein, sterben tut s' dort. Tuberkulose." Leibenfrosts Augen begannen zu glänzen, er umklammerte mit der gesunden Hand den Besenstiel.

„Das tut mir leid, Herr Leibenfrost, aber irgendwann trifft's halt einen jeden. Der Herrgott gibt, der Herrgott nimmt", stotterte Steininger, überrumpelt von der

Gefühlsregung des Hausmeisters. Ihn ärgerte, dass die Leute einen immer mit ihrer Sentimentalität inkommodieren mussten.

Mit müden Augen blickte Leibenfrost kurz auf, brummte etwas Unverständliches und trottete, den Besen hinter sich herschleifend, zum Schulgebäude.

4.

„Ah, der Steininger isst wieder recht gschmackig", grinste Lampelmaier.

Der Bezirksinspektor hatte eben seine Blechbüchse geöffnet und die Jause liebevoll auf einem Sacktuch auf dem Schreibtisch zu drapieren begonnen.

Der grauhaarige Lampelmaier, die Brille auf der Nasenspitze, beugte sich über das am Tisch ausgebreitete Essen: „Hm, was haben wir denn da? Einen Bauchspeck, und so schön fett", nickte er anerkennend und holte Salz- und Pfefferstreuer aus der obersten Schreibtischlade.

„Von der Frau Schwägerin, gell? Ja, die können halt so einem Stückl Vieh noch ein richtiges Fett hinauffüttern. Wir haben's ja nicht so gut und werden von der Verwandtschaft vom Lande verpflegt. Höchstens einmal ein paar Äpfel aus dem Garten, die der feine Herr Bruder rausrückt, aber auch nur dann, wenn seine Alte gar nicht mehr weiß, wohin damit. Unsereins muss sich schon über eine einfache Knacker freuen", stellte Lampelmaier grimmig fest und begann seinerseits, auf einem karierten Sacktuch eine Wurst von ihrer Haut zu befreien.

„Nur keinen Neid, Lampelmaier", antwortete Steininger grinsend. Er hatte ein Taschenmesser aus dem

Hosensack geholt und begann nun, Speck und Brot in kleine Stücke zu schneiden. „Du kommst auch nicht um vor Hunger. Außerdem, früher wären wir froh um eine Knacker gewesen! Und zu viel Fett ist ja ungesund – sagt die Meinige!“ Lampelmaier lachte meckernd, und Steininger fand den Tag nun wieder recht kommod.

Wenn er auch sonst auf Verwandtschaft nicht viel Wert legte, insbesondere auf die den ländlichen Umgangsformen verhaftete Familie seiner Frau, so ließ Steininger doch über eine Eigenschaft seiner ob ihrer Redseligkeit ansonsten nicht geliebten Schwägerin nichts kommen: ihre selbstverständliche Bereitschaft, die ältere Schwester in der Stadt samt Mann und Sohn an den Früchten ländlichen Schaffens teilhaben zu lassen. Dazu zählten auch Obst und Gemüse, doch dies war für Josef Steininger nur Beiwerk, nicht dazu geschaffen, einen hart arbeitenden Kriminalbeamten über den Tag zu bringen. Allein die Fleischprodukte ließ er gelten, allenthalben mit Ausnahme von Erdäpfeln und Kraut, die als Zuspeise durchaus ihren Platz hatten. Und dann gab es da ja auch noch den Most und den Schnaps: Kornschnaps für ihn, Nussgeist für seine Frau.

Beim Gedanken an diese herrlichen Gottesgaben, die seine Frau Schwägerin in schöner Tradition am Ostermontag vorbeigebracht hatte und von denen er sich täglich ein kleines Quäntchen gönnte, konnte Herr Steininger auch nach einem rätselhaften Leichenfund nicht anders, als vor Vergnügen zu schmatzen und zu brummen.

Künstliche Eile schien dem Bezirksinspektor vollkommen unangebracht zu sein. „Schließlich, hin ist hin“, hatte der Oberinspektor Haberleitner immer gesagt, dem er als junger Kriminalbeamter gleich nach dem Krieg zugearbeitet hatte. „Ob wir jetzt jausnen oder nicht, ist dem Toten doch völlig wurscht." Tatsächlich waren in Haberleitners fünfunddreißigjähriger Karriere bei der Kriminalpolizei niemals das Gabelfrühstück oder gar das Mittagessen ausgefallen, nicht einmal in den Umsturztagen 1918, als man befürchten musste, dass einem umstürzlerisch gesinnte Demonstranten die Fensterscheiben einschlugen.

„Solange der Haberleitner um halb zehn seine Knacker isst, steht die Welt noch", pflegte der Polizeidirektor zu sagen und das gesamte Linzer Sicherheitsbüro pflichtete ihm bei.

So schwebten Steiningers Gedanken zu den leiblichen Genüssen dieser Welt, völlig entrückt von den Sorgen um den neuen Fall, und Lampelmaier blickte verträumt auf die ersten toten Fliegen am Fensterbrett. Wie jedes Jahr nach Ostern war auch heuer seine Frau auf Kneippkur gefahren, die nebst gesundheitlichen Aspekten auch dem Zwecke diente, ihren Bruder zu besuchen, der in Bad Hall eine Krämerei betrieb, sich selbst dabei aber Kaufmann nannte. Das bedeutete, dass Lampelmaier Abend für Abend in die Gastwirtschaft „Wilder Mann" in der Goethestraße gehen konnte, um dort das allseits gerühmte Rahmbeuschel zu sich zu nehmen, nebst mehreren Halben Bier. Außerdem war in letzter Zeit die Atmosphäre in diesem ansonsten recht trüben Wirtshaus durch eine neue Kellnerin merkbar freundlicher geworden. Beim Gedanken an den heutigen Abend wurde Lampelmaier somit warm ums Herz, wenn er auch nicht ohne schlechtes Gewissen den „Wilden Mann" frequentierte, denn vielen galten Wirtshäuser mit Damenbedienung immer noch als suspekt!

Der Revierinspektor hatte noch einen Grund zur Freude: Nächste Woche würde wieder der Urfahraner Frühjahrsmarkt beginnen, einer der Fixpunkte in Lampelmaiers Leben. Er malte sich aus, wie er zur Musik der „Linzer Buam“ ein Brathendl verschlingen würde, während Franz, sein zweijähriger Enkel, neben ihm sitzen und sich den Magen mit türkischem Honig verkleben würde.

Von diesen Fantasien in Beschlag genommen, schoben sich Lampelmaier und Steininger zufrieden schmatzend und einander von Zeit zu Zeit gemütlich zunickend Stück für Stück ihrer Mahlzeit in den Mund.

Dieses Ritual, bestehend aus der Inspektion der mitgebrachten Nahrungsmittel des jeweils anderen sowie gemeinsamen allgemeinen Überlegungen zum Essen, wiederholte sich nahezu täglich und verband die so unterschiedlichen Männer. Man konnte sonst noch so viel streiten, alltäglich saß man einander gegenüber, hatte sein Sacktuch vor sich liegen, schmauste genüsslich und ließ für ein gutes halbes Stündchen den Herrgott einen lieben Mann sein.

Sedlak riss die Tür auf und rümpfte angesichts der schmatzenden Kollegen mit fettglänzenden Mündern und Händen kurz die Nase. Er verabscheute aus tiefstem Herzen diese, wie er es nannte, zur Schau gestellte Primitivität, der er die wahrhafte Volkstümlichkeit in ihrem tiefen und reinen Sinne entgegenstellte. Er knallte einen mitgebrachten Aktenordner auf seinen akkurat geordneten Tisch und riss das Fenster auf. Angenehm milde Frühlingsluft füllte den Raum und vertrieb den Geruch nach Schweiß, Fett und kaltem Rauch. Gedämpft hörte man das geschäftige Treiben vom Franz-Josephs-Platz.

„Geh, Sedlak, Fenster zu, da zieht's!", quietschte Lampelmaier mit hoher Stimme, was Sedlak aber geflissentlich überhörte.

„Steininger, du sollst um elf zum Chef kommen. Er wünscht umfänglichen Bericht über den Fall. Ist auch wegen der Presse."

Der Angesprochene brummte unwirsch und packte, ebenso wie Lampelmaier, seufzend die Jausenutensilien in die Aktentasche. Er fuhr sich mit dem Sacktuch über den Mund, wischte die Hände an den Hosenbeinen ab, stieß kurz und kaum verhalten auf und fischte eine „Donau" aus der Rocktasche. Dies galt, einer wortlosen Vereinbarung gleich, als das Ende der trauten Einigkeit zwischen den Jausenpartnern.

„Musst du da herinnen immer rauchen?", quäkte Lampelmaier und holte seinerseits eine Schnupftabaksdose hervor.

„Ja, ja, ist schon recht. Über deinen Schnupftabak sagt auch keiner was!"

„Der stinkt auch nicht als wie ein brennender Misthaufen!" Lampelmaier nieste kräftig und putzte sich umständlich die Nase. Mittlerweile hatten sich auch Strasser, Haslinger und Ertl im Büro eingefunden.

„Also, was haben wir jetzt beieinander?", eröffnete Steininger das übliche Besprechungsritual. Unmittelbar nach einer Tatortbegehung pflegte er stets kräftig zu jausnen, um dann seine Mannschaft im Büro zu versammeln, eine kurze Zwischenschau zu machen und die weiteren Schritte festzulegen.

Sedlak holte sein Notizbuch hervor.

Ohne eine Antwort abzuwarten, begann Steininger selbst, die Zusammenfassung zu formulieren, auch das Teil des ewig gleichen Rituals: „Wir haben eine männliche Leiche, die der Schulwart der Dollfußschule heute so gegen halb acht in der Früh gefunden hat. Nach eigenen Angaben ist er gestern Abend um acht Uhr das letzte Mal beim Fundort der Leiche gewesen. Das heißt, dass der Mann offenbar in der Nacht von gestern auf heute dort umgebracht worden ist."

„Oder dass er als Toter dorthin gebracht worden ist", warf Sedlak ein.

Steininger nickte. „Stimmt, Sedlak. Das können wir nicht ausschließen. Können wir mit Sicherheit sagen, dass er erschossen worden ist?"

„Offiziell noch nicht", meinte Haslinger, „der Doktor schaut ihn sich erst an. Aber von der Wunde her muss es ein Schuss gewesen sein, und zwar aus nächster Nähe."

„Wenn er tatsächlich dort umgebracht worden ist, dann hätten wir mehr Blut finden müssen. So wie dem sein Kopf und der Anzug ausgeschaut haben. Wir haben aber nur Blut an der Kleidung gefunden und sehr wenig am Boden", warf Strasser ein.

„Außerdem haben wir keine Kugel am Hof gefunden", ergänzte Haslinger.

„Das heißt, er ist woanders umgebracht und dann zur Schule gebracht worden?", fragte Steininger.

„In der Nacht hat es geregnet", gab Sedlak zu bedenken, „da könnte es das Blut schon weggespült haben. Außerdem ist direkt neben der Leiche ein Kanalgitter, wo es leicht abfließen hat können. Und die Kugel kann noch im Kopf stecken."

Steininger runzelte die Stirn. „Das mit der Kugel stimmt. Aber sonst ..." Er dachte kurz nach und schüttelte dann den Kopf. „Nein, das mit dem Blut hat Hand und Fuß. In der Nacht hat's zu wenig geregnet. Bei einem Kopfschuss gibt das mehr aus als ein paar Tröpferl, die mir nix, dir nix weggespült werden können."

„Haben wir denn wenigstens eine Ahnung, wer der Tote ist?", warf nun Lampelmaier ein.

„Wie schon gesagt, wir haben keine Papiere gefunden. An der Schule hat er nicht gearbeitet, wir haben den Direktor gefragt. Den Lehrern war er unbekannt. Von denen, die so noch herumgestanden sind, hat ihn auch keiner gekannt", berichtete Haslinger.

„Vielleicht ist er sogar vom Schulwart umgebracht worden?", unterbrach Strasser.

„Das wär aber schon eine Unverfrorenheit!", wandte Steininger ein. „Einen erschießen, dann im Hof von der eigenen Schule entweder ablegen oder von dort nicht verschwinden lassen und seelenruhig zur Sicherheitswache gehen? Und noch dazu mit nur einer Hand?"

Alle außer Strasser nickten zustimmend. Nein, vorstellen konnte sich das keiner, ausschließen hingegen wollte es auch niemand. Man beschloss, ein Auge auf Leibenfrost zu haben. Allen jedoch erschien es als nahezu aussichtsloses Unterfangen, einen Täter zu suchen, ohne dessen Opfer identifiziert zu haben.

Sedlak setzte sich räuspernd auf. „Ich weiß nicht, mir kommt das Gesicht irgendwie bekannt vor, ich könnte aber nicht sagen, woher."

„In der Registratur scheinen seine Fingerabdrücke nicht auf", stellte Haslinger fest.

„Habt ihr sonst was beim Toten gefunden?", wandte sich Steininger an Strasser.

„Nur das Portemonnaie und ein Markerl, das wir im Sakko gefunden haben, sonst nichts." Er gab das zerschlissene Portemonnaie einfachster Machart Steininger: „Fingerabdrücke waren außer denen vom Toten keine drauf."

Steininger legte den Inhalt der Brieftasche auf den Tisch: „Ein bisserl ein tschechisches Geld und achtzig Schilling."

„Das heißt, Raubmord war's keiner", stellte Lampelmaier fest.

„Nein, wahrscheinlich nicht. Wenn wer heutzutage so viel Geld nicht mitnimmt, dann heißt das was", bestätigte Steininger.

„Außerdem hat er keine Papiere bei sich gehabt. Da wollte wahrscheinlich jemand, dass wir den Mann nicht gleich identifizieren", ergänzte Sedlak.

„Und was ist mit dem Markerl?"

„Das Markerl, das wir im Sakko gefunden haben, stammt von einem Kaufhaus in Brünn. Die Schrift kann man noch recht deutlich lesen. Wahrscheinlich ist das Sakko erst unlängst in Brünn gekauft worden", erklärte Strasser.

„Und neben dem Toten", ergänzte Haslinger, „haben wir auch noch das da gefunden." Er legte eine durchweichte, leere Packung Zigaretten der Marke ‚Heimat' auf den Tisch.

„Fingerabdrücke sind keine drauf, wahrscheinlich, weil's geregnet hat."

Steininger nahm die Packung mit spitzen Fingern, betrachtete sie und schüttelte den Kopf. „‚Heimat'? Noch nie gesehen."

„Die sind gerade erst rausgekommen", erklärte Strasser. „Neuestes Erzeugnis aus der Tschickbude."

„Komischer Name für Zigaretten", meinte Steininger kopfschüttelnd.

„Wahrscheinlich etwas Besonderes für die ganz Heimatliebenden", grinste Strasser.

„Red nicht so blöd daher, über solche Sachen schon überhaupt nicht", fuhr ihn Steininger an. Strasser hatte als ehemaliger Sozialdemokrat einen schweren Stand bei der Polizei, wovon er sich aber nicht beirren zu lassen schien. „Erkundige dich lieber in der Fabrik, seit wann und wo die verkauft werden und wie viel davon in letzter Zeit gekauft worden sind."

„Wird nicht viel bringen, aber bitte!" Strasser nickte und verschwand.

„Und der Anzug?", warf Haslinger ein.

„Na ja, definitiv heißt's natürlich nicht, dass der Mann aus der Böhmei kommt, aber momentan ist das unser stärkster Hinweis. Recht viele Leute aus Linz werden ja nicht um einen Anzug nach Brünn fahren. So besonders sind die Schneider da oben auch nicht."

Steininger stand auf und begann, soweit das in dem mit Ermittlern, Tischen und Regalen vollgestopften Raum möglich war, auf und ab zu gehen. Alle wussten, dass sie jetzt für eine Weile zu schweigen hatten, bis ihr Chef Anweisungen gab. Ertl als Jüngster in der Abteilung war davon überzeugt, dass dieser Moment zentral für die gesamte Ermittlung war. Hinter der schweißglänzenden Stirn des Inspektors vermutete er für die rasche Lösung des Falles entscheidende Gedankengänge.

Ertl hatte noch eine recht präzise Vorstellung von der Polizeiarbeit, genau so, wie es in der Ausbildung vermittelt worden war: Man trug Fakten zusammen, analysierte, zog seine Schlüsse, trug dann weitere Fakten zusammen, so lange, bis eine Person ausgeforscht wurde, die der Täter sein *musste*. Alles in schönster Systematik, wie bei einer Hollerithmaschine, die wohl über kurz oder lang auch bei der Linzer Polizei Verwendung finden würde. Derweil war man selbst noch Faktensammler und Steininger ein Analytiker und Schlüssezieher, bald aber würde man auch auf und ab gehen und die vorliegenden Erkenntnisse kombinieren.

Lampelmaier und Sedlak kannten Steininger besser. Sie sahen, dass sich auf dessen stets feister werdendem Antlitz Falten legten, in denen sich der Schweiß sammelte. Sie sahen, dass die buschigen Augenbrauen des Inspektors enger zueinander rückten als üblicherweise, dass die nassen Flecken unter den Achseln Steiningers nicht auf die muffige Wärme des Raumes zurückzuführen waren, sondern auf die stets mühsamen und holprigen Denkprozesse des Bezirksinspektors.

Tatsächlich ließ sich dieser Fall für Steininger nicht gut an. Wenn man schon einmal schwer herausfand, wer der Tote überhaupt war, wenn es offensichtlich keine Zeugen und wenige Spuren gab, dann konnten einem schon die Grausbirnen aufsteigen. Dieser Fall barg die Möglichkeit, eine *äußerst* verzwickte Sache zu werden, und Steininger hasste schon die *etwas* verzwickten Sachen. Am liebsten waren ihm Einbrecher, die eine unverkennbare Handschrift hinterließen, Dummköpfe, die immer noch nicht wussten, was ein Fingerabdruck war, und der Daktyloskopie gegenüberstanden wie die Kuh dem Fernsprechgerät. Noch lieber waren ihm jene, die im Wirtshaus einen Trinkkameraden erstachen und dann mit dem Messer in der Hand warteten, bis die Polizei sie holte. Manche gingen sogar selbst zur Sicherheitswache. Das waren die einfachsten und die lohnendsten Fälle. Wenn man Glück hatte, war die Angelegenheit samt Bericht an einem Vormittag erledigt, und man konnte wieder seine Ruhe haben. Der Presse gegenüber musste man nicht unbedingt erwähnen, dass sich der Täter selbst gestellt hatte, man konnte mit einiger Übung schon Andeutungen von kriminalistischem Spürsinn einflechten, die von den hiesigen Provinzblättern stets gerne aufgegriffen wurden.

So einfach war dieser Fall beileibe nicht gestrickt! Einem unbekannten Böhmen, der österreichische ‚Heimat'-Zigaretten geraucht hatte, wurde mitten in Linz in den Kopf geschossen! Um einen Hausierer schien es sich nicht zu handeln, denn welchen Sinn hätte es gehabt, dessen Ware zu stehlen, nicht aber das Geld? Steininger als kleiner Kriminalbeamter, der er im Grunde genommen war, wie er im Geheimen auch vor sich selbst bekennen musste, hatte nicht oft mit komplizierten Vorgängen zu tun. Das Gros der Fälle ließ sich mit einer Mischung aus Routine, Vorschriften und jener bodenständigen Schläue lösen, die er in seiner Zeit als Zahlmeister beim Militär gelernt hatte. Dieser Fall schien nun nicht nur äußerst verzwickt zu sein, sondern drohte auch noch ungemütlich zu werden. Steininger konnte die Mühsal aufreibender Dienste, langer Stunden im Büro und intensiven Denkens geradezu körperlich wahrnehmen! Er begann, wie stets, wenn er unruhig war, über die kaum vorhandenen Spitzen seines Schnurrbarts zu streichen. Vor dem Krieg hatte er einen imposanten Kaiser-Wilhelm-Bart getragen, mit nach oben gezwirbelten Spitzen, auf den er viel Mühe verwendet und der auf die Mizzi kolossalen Eindruck gemacht hatte. Mit der Häufung der Niederlagen im Krieg senkten sich aber allmählich die Spitzen des Bartes, und er stutzte sie schließlich. Der Untergang des deutschen Militärs war auch der Untergang von Josef Steiningers strammer Bartpracht, bis nur mehr ein nichtssagender Buschen über der Oberlippe übrig war, den er, mehr aus alter Gewohnheit, in Momenten größter Anstrengung zu zwirbeln begann.

Aber noch war nicht aller Tage Abend. Steininger zwang seine flatterhaften Gedanken wieder zurück zur Vorgangsweise bei den Ermittlungen. Was waren die naheliegenden Schritte, wie hatte man das seinerzeit beim Haberleitner gelernt?

Er räusperte sich vernehmbar. „Lampelmaier, du schaust die Vermisstenanzeigen der letzten Zeit durch, ob was Passendes dabei ist. Schick denen in Wien die Fingerabdrücke, wozu haben die schließlich die größte daktyloskopische Registratur. Ertl, Sie fragen beim Doktor nach, wie lang das dauert mit der Obduktion. Wir müssen das jetzt endgültig wissen, ob und wie er erschossen worden ist. Wenn er die Kugel findet, lassen S' das Kaliber bestimmen – ah, und fragen S' gleich nach, ob der Tote ein Raucher war. Der Strasser kümmert sich um die Zigaretten. Sedlak, du schaust dir den Leibenfrost an und recherchierst die Spur nach Brünn!"

„Wie soll ich denn das machen? Das tschechoslowakische Konsulat hat ja im letzten Jahr zugesperrt. Soll ich nach Brünn fahren?"

„Aber Blödsinn! Schick halt eine offizielle Anfrage an die Vertretung in Wien, ob denen einer abgeht. Da wird eh nichts herauskommen, aber dass wir es halt in Gottes Namen probiert haben. Am besten ruf auch gleich die Kollegen in Brünn an, was das für ein Kaufhaus ist und ob die das für uns feststellen können."

Die Linzer Polizei war bei den internationalen Polizeikongressen vertreten, wo man das letzte Mal bei den allabendlichen Saufereien Kollegen aus Brünn kennengelernt hatte. Man hatte sich rasch darauf geeinigt, keine nationalen Zankereien untereinander zuzulassen, und sich auf den Austausch über Kriminalistik, vor allem aber über die ausgezeichnete böhmische Küche geeinigt. Als dann auch noch ein völkerverbindender Bieraustausch – ein Fass Brünner gegen ein Fass Linzer Bier – durchgeführt worden war, war die Freundschaft besiegelt.

„Und du, Haslinger, tummelst dich mit der Auswertung von den Spuren und vor allem um Fotos vom Toten. Ein gutes Porträtbild brauchen wir. Falls es nicht anders geht, soll ihn der Doktor ein bisserl herrichten, und du machst dann ein Foto, auf dem man das Gesicht gut sieht. Das wird dann vervielfältigt, und du gibst es gleich dem Rayonsinspektor Walch. Der soll mit seinen Leuten die Nachbarschaft abklappern, ob die den kennen und ob denen in der Nacht was aufgefallen ist! Ertl, Sie und der Strasser beteiligen sich daran."

Er warf einen Blick auf seine Uhr. „Höchste Eisenbahn! Ich muss zum Chef!"

5.

Bezirksinspektor Steininger schlurfte in Filzschlapfen zum gedeckten Küchentisch und ließ sich ächzend auf seinen Sessel fallen. Er schob die Hosenträger von den Schultern, knöpfte den obersten Hemdknopf auf und wartete mit missmutiger Miene darauf, dass seine Frau das Essen auftrug.

Dass Steininger unzufrieden war, hatte mehrere Gründe. Der unmittelbarste lag gewissermaßen vor seiner Nase. Dienstag war Rahmsuppentag, und er hasste Rahmsuppe. In jenen Haushalten, die es sich noch leisten konnten, zu überlegen, was gekocht wurde, wäre es undenkbar gewesen, den Familienvorstand durch die Wahl des Abendessens derart zu vergrämen. Nicht, dass Frau Steininger des Kochens nicht mächtig gewesen wäre, ganz im Gegenteil, ihr Beuschel reichte nach Ansicht ihres Mannes sogar an jenes der mittlerweile verstorbenen Frau Steininger senior heran, aber: Herr Steininger hasste nun einmal Rahmsuppe, seit seiner Kindheit hasste er sie, sehr zum Verdruss seiner Mutter, die dem lauthals geäußerten kindlichen Trotz jedoch nichts entgegenzustellen gewagt hatte. Seine Abneigung gegen Rahmsuppe wurde zwar seinerzeit durch die eine oder andere Ohrfeige des Vaters immer wieder jäh gedämpft, doch an seiner prinzipiellen Ablehnung änderte dies nichts. Maria Steininger beharrte dennoch darauf, dass am Dienstag Rahmsuppe auf den Tisch kam und nicht, wie von ihrem Gemahl gefordert, Leberknödelsuppe, Schöberlsuppe, Frittatensuppe oder – zur Not – auch nur eine einfache Rindssuppe ohne Einlage. Sie berief sich dabei einerseits auf die Tradition, die vor allem ihr viel galt: In ihrer Familie war am Dienstag stets Rahmsuppe gegessen worden, wie überhaupt alle in der Nachbarschaft am Dienstag Rahmsuppe gegessen hatten und vermutlich seit Anbeginn der Erde alle Menschen am Dienstag Rahmsuppe gegessen hatten. Möglicherweise hatte auch das letzte Abendmahl aus Rahmsuppe bestanden, wenn es denn an einem Dienstag stattgefunden hatte. Ferner war Frau Steininger der Ansicht, dass Rahmsuppe gesund sei. Insbesondere die Geisteskräfte von Sohn Rudi sollten angeregt werden, wobei sie die Vermutung hegte, dass dies dem Ehegatten ebenfalls nicht schaden könne.

Der zweite Grund, warum Herr Steininger übler Laune war, lag in der unmittelbaren Zukunft. Auf eine Rahmsuppe folgten nämlich unumstößlich Erdäpfelnudeln. Beides war ohne das jeweils andere undenkbar. So löffelten die Steiningers Rahmsuppe mit dem Vorgeschmack von Erdäpfelnudeln auf dem Gaumen und aßen Erdäpfelnudeln mit dem Geschmack von Rahmsuppe am Gaumen. Erdäpfel waren für Steininger als Zuspeise durchaus akzeptabel, als Erdäpfelknödel sogar erwünscht, sofern sie dem dazu gereichten Schweinsbraten nicht den Platz am Teller streitig machten. Erdäpfelnudeln aber, die mit Rahm und Sauerkraut kredenzt wurden, hatten für Herrn Steininger den Makel, fleischlos zu sein, wodurch man freiwillig einen Abend ohne Fleisch verbrachte. Zwar war Fleisch natürlich auch für einen Beamten teuer, aber immerhin hatte man eben gute Beziehungen zur Schwägerin.

Täglich Fleisch in der einen oder anderen Form zu essen, war für Steininger der einzig erstrebenswerte Luxus. Man leistete sich zum Missfallen von Frau Steininger keine Ausflüge und nur selten Kino oder Theater. Bahnfahrten in weiter entfernte Regionen kannte sie nur vom Hörensagen, und sie durfte nur selten zur Modistin, um ein neues Kleid anfertigen zu lassen. Auch Rudi wurde knapp gehalten. Bei den Ausgaben für Herrn Steininger knauserte man nicht gar so arg, schließlich stand er in der Öffentlichkeit. Dass man aber diese Opfer brachte, um das Ersparte nicht auf Fleisch zu verwenden, schien Steininger geradezu absurd, wenn nicht sogar fatal zu sein. In der Inflation habe man ja gesehen, was die bleibenden Werte seien, pflegte er zu sagen und sich dabei mit beiden Händen den Bauch zu reiben.

Es ergab sich nun jeden Dienstag der Umstand, dass die Qual der Rahmsuppe nicht durch die Vorfreude auf eine Fleischspeise gemildert wurde, was wiederum die Freude auf die Halbe Bier, die Rudi allabendlich aus der Wirtschaft ums Eck holen musste, gehörig dämpfte. Folgerichtig schmeckte Steininger die anschließend vor dem Haus gerauchte Abendzigarette fade. Eine furchtbare und offenbar unlösbare Verkettung, war Steininger überzeugt! Er konnte sich auch nicht damit trösten, dass dies der einzig traurige Abend der Woche war: Schließlich gab es auch noch den aus religiösen Gründen fleischlosen Freitag, wobei auch hier wieder Frau Steininger die treibende Kraft hinter der Einhaltung des freitäglichen Fastengebots war. Sie hatte sich ihre ländliche Frömmigkeit auch in den Ehejahren in der Stadt bewahrt, während Herr Steininger am Sonntag den Frühschoppen schätzte, vor allem aber den nachmittäglichen Ausflug ins nahegelegene St. Peter, wo die zahlreichen Linzer von Steckerlfischen, Bratwürsten, Bier und Most erwartet wurden.

Ein dritter Grund für die Übellaunigkeit Steiningers lag in der unmittelbar nach dem Verzehr der Rahmsuppe mit Nachdruck geäußerten Absicht des Sohnes Rudi, in Kürze vom Realgymnasium, das er ohnedies nicht erfolgreich hinter sich bringen könne, abzugehen. Damit würde er, so meinte er, der Familie einen Batzen Geld sparen, und überhaupt hege er den Wunsch, Tonfilmschauspieler zu werden. Der beim Sohn stark ausgeprägte Unwille zum Schulbesuch ließ sich nach Ansicht seines Vaters gegebenenfalls durch ein paar Ohrfeigen noch einrenken, auch wenn der Besuch des Gymnasiums tatsächlich nicht billig war und die Klagen der Lehrerschaft über die Leistungen Rudis sich eher mehrten, als dass sie verstummten. Insofern hätte Herr Steininger das Ansinnen des Sohnes möglicherweise ernsthafter ins Auge gefasst, wenn dieser eine vernünftige Berufswahl präsentiert hätte, wozu der Vater primär das Bundesheer zählte. Da er selbst nur gute Erinnerungen an seine Militärzeit bewahrt hatte und dort selbst für geistig weniger begabte Naturen, wie dies sein Sohn zu sein schien, eine ruhige und gesicherte Existenz möglich war, lag diese Empfehlung nahe. Doch das Ansinnen, sich der Schauspielerei zu widmen und mit leichtbekleideten Damen mit ausländischem Namen (Rudi schwärmte für Lilian Harvey) über eine Leinwand zu tänzeln und frivole Lieder zu trällern, entsprach dem nun gar nicht und setzte dem Abend die Krone auf. Da ihm die Jugend aus eigener Erfahrung als Zeit des Widerstrebens gegen elterliche Ratschläge bekannt war, schien es Steininger günstig, zunächst auf Ohrfeigen zu verzichten und Argumente ins Feld zu führen.

Nichtsdestotrotz konnte er seinen Ärger nicht verbergen und fuchtelte mit dem Besteck herum. „Ja glaubst du, die haben gewartet auf dich? Du hast ja nicht einmal bei der Rummerstorfer-Oma ihrem 70er ein Gedicht hersagen können! Wie willst du dir denn da einen Text merken, wenn dich so viele Leute anschauen? Und noch dazu so halbnackerte Weiber!“ Er führte sich das recht konkrete Bild einer leichtbeschürzten Blondine vor Augen, das er unlängst im Schaukasten des Kolosseum-Kinos gesehen hatte.

„Aber Papa, was du immer daherredest!“ Frau Steininger, die ihren Mann in Anwesenheit des Sohnes stets mit „Papa“ anzureden pflegte, schlug die Hände überm Kopf zusammen. Ihr Ärger galt aber vor allem ihrem Sohn, diesem ungeschickten Buben! Dass er mit dem Wunsch, Schauspieler zu werden, den sie im Übrigen schon länger vermutet hatte, ausgerechnet am Dienstag daherkam! Nach der Rahmsuppe! Grundsätzlich wäre ihr ja am liebsten gewesen, der Bub hätte die Maturitätsprüfung absolviert und wäre dann Beamter geworden, zwar nicht bei der Polizei, aber vielleicht bei der Post oder beim Zoll, wie der Nachbar Grafeneder. Wenn er die Schule, zu der sie gedrängt hatte, aber nicht zu absolvieren vermochte, mussten andere Möglichkeiten in Erwägung gezogen werden, zu denen sie das Bundesheer gewiss nicht zählte.

Erstens schien ihr das Militär eine recht sinnlose Sache zu sein, weil, wie sie stets betonte, der letzte Krieg ja jetzt noch allen in den Knochen steckte. Und dann wieder so einen Krieg, wo sie am Ende noch einmal so vielen Männern die Hände und Füße wegschießen würden? So viele Trafiken gibt es ja gar nicht, dachte sie, da müsste man ja eine jede auf zwei oder drei Invalide aufteilen, um für alle ein Auskommen zu schaffen.

Der zweite Grund für ihre Abneigung gegen das Bundesheer lag in ihrer festen Überzeugung, der Rudi würde dort nicht Disziplin und Schneid lernen, wie ihr Mann immer meinte, sondern das Saufen und die Unzucht.

Und drittens war es ihr ein Gräuel, sich vorstellen zu müssen, wie der arme Rudi, ihr einziger Bub, durch die Abrichtung ging, von der man sich allerhand Schauderhaftes erzählte. Umso schlimmer war es, dass man jetzt munkelte, die allgemeine Wehrpflicht werde wieder eingeführt. Mit dem Pepi wurde Maria Steininger fertig, wenn es darum ging, den Buben vor dem Militär zu schützen, aber mit dem Staat?

Der Schauspielberuf wäre vielleicht gar nicht schlecht, dachte sie, zumal sie selbst das Kino mochte, wenn sie auch ihren Mann nur selten dazu bewegen konnte, mit ihr dorthin zu gehen. Was man so hörte, verdienten die Leute da nicht schlecht, und richtig studieren musste man dafür wohl auch nicht.

All das war ihr in den letzten Tagen durch den Kopf gegangen. Doch jetzt hockte man in der Küche vor den Erdäpfelnudeln. Die waren heute ein wenig missraten, wahrscheinlich, weil die Erdäpfel recht speckig gewesen waren, und der Pepi erzählte etwas von halbnackten Frauen beim Film. Abgesehen davon, dass sie die derbe Ausdrucksweise ihres Mannes, die sie fälschlicherweise auf seinen Beruf zurückführte, ablehnte, begannen nun die Zweifel am Wunsche ihres Sohnes größer zu werden. Sie hatte sich vorgestellt, wie Rudi bei Kulturfilmen mitwirkte, die bei ihren wenigen Kinobesuchen als Vorfilme gelaufen waren. Kluge Herren hatten da Interessantes über die Welt berichtet, über die Tierwelt zum Beispiel oder die Menschen in fernen Erdteilen. Ein anderes Mal wieder hatte sie sich ausgemalt, wie Rudi in einem Hauptfilm einen gescheiten jungen Menschen spielte, der Musikstücke komponierte und dessen Talent am Unverständnis seiner Mitmenschen zerbrach oder an der unglücklichen Liebe zu einem Wäschermädel, dem er seine traurigen Musikstücke vorspielte. Einen Film also, wie sie ihn schon einmal gesehen hatte und bei dem die Leute, sogar ausgewachsene Männer, im Saal reihenweise die Sacktücher hervorgeholt hatten. Da hätte sich das bisschen Gymnasium ihrer Ansicht nach schon rentiert. Aber dass er mit halbnackten Frauen herumhüpfte? Vielleicht in einem Revuefilm, wie sie jetzt in Mode kamen? Unwillkürlich schüttelte Frau Steininger den Kopf. Das wäre ja wieder nur Saufen und Unzuchttreiben! Also praktisch wie beim Bundesheer!

Herr Steininger, der in seinen Erdäpfelnudeln herumstocherte, bevor er sie mit einer gehörigen Ladung Sauerkraut schließlich doch in den Mund schob, schielte zu seiner Gattin und bemerkte verengte Augenbrauen und eine vorgeschobene Unterlippe. Er kannte dieses Zeichen angestrengten Nachdenkens bei ihr und war plötzlich sehr zufrieden mit sich. Da hatte er also auf das richtige Pferd gesetzt! Er kannte die Schwäche seiner Frau für das Kino. Am Land hatte sie nur einmal den ersten Teil eines Stummfilms gesehen, einen langatmigen Historienfilm über die Nibelungen, der von einem Wanderkino im Wirtshaus gezeigt worden war. Der zweite Teil kam ob der recht animierten Stimmung der versammelten Männerschar nach gehörigem Alkoholgenuss und einer ordentlichen Rauferei, die sich an einer Debatte über das Dekolletee der Brunhilde entzündet hatte, nicht mehr zur Aufführung. Doch für die junge Maria war damit eine neue Welt eröffnet worden. Linz war für sie zunächst die Stadt der täglichen Kinovorführungen, und als dann auch noch der Tonfilm seinen Einzug hielt, bedrängte sie ihren Mann nahezu wöchentlich, mit ihr ins Kino zu gehen. Herr Steininger hatte also durchaus Grund zur Befürchtung, dass das Kinofaible seiner Gemahlin den Wunsch ihres Sohnes genährt hatte.

Aber seine Gattin hatte in Bezug auf den Buben auch höchste Moralvorstellungen. Der Bub sollte mit reinerer und gesünderer Seele aufwachsen als so viele junge Burschen am Land, wie ihr Bruder zum Beispiel, der schon in jungen Jahren einer Dirn nach der anderen in den Heuschober nachgestiegen war! Bei der Jungfrauenkongregation hatte der Kooperator unermüdlich auf die reine Seele gepocht. Zwar hatte man über ihn auch so manches gemunkelt, aber in Maria war das Feuer entfacht worden: Ihre Kinder würden einmal mit reiner Seele aufwachsen. Die unsittliche Seite des modernen Filmbetriebs kam ihr da natürlich in die Quere.

Da musste man nachlegen, dachte Josef Steininger, der seine Unkenntnis des Filmgeschäfts mit Verve zu kompensieren trachtete. „Und ganz allgemein, der Lebenswandel! Was man da so hört, da werd ja sogar ich noch rot!" Er erntete einen strafenden Blick seiner Frau, ließ sich aber nicht beirren. Jetzt war er in Fahrt, er sah die moralischen Abgründe der Schauspielerei plötzlich ganz deutlich vor sich. „Die Hälfte von denen sollen ja überhaupt Morphinisten sein. Aber das rächt sich, sag ich dir! Glaubst du, einer von den Leuten wird älter als fünfzig?“

Rudi, der bislang still kauend, aber immer grimmiger auf sich einreden hatte lassen, platzte der Kragen – „Aber Papa, du redest so einen Schmarrn daher!“ –, was ihm prompt und nicht ohne Billigung seiner Mutter eine saftige Ohrfeige seines Vaters einbrachte. Rudi warf die Gabel klirrend auf den Teller und stürzte aus der Wohnung, seine Mutter begann zu weinen.

Josef Steininger schnaufte, warf nun seinerseits das Besteck klirrend auf den Teller und verschränkte die Arme vor dem Bauch.

„Das kommt von deinen Spinnereien! Setzt dem Buben diese Kinoflausen in den Kopf!“

Frau Steininger schluchzte. „Was soll nur aus ihm werden?“

„Es ist halt auch ein schwieriges Alter, Mizzi.“ Wie immer, wenn sie weinte, fühlte er sich hilflos, und er tätschelte unbeholfen ihren Arm. „Wird schon werden, er muss nur ein bisserl mehr Disziplin lernen. Du tust ihn halt auch immer verweichlichen. Sollte man ihn nicht bei der Jugend von der Vaterländischen Front anmelden? Die nehmen jeden.“

Frau Steininger fuhr auf: „Was? Zu den Militärschädeln? Wo er wieder nur das Saufen lernt? Nein, nein, der Bub macht die Schule fertig.“

„Ja, schaun wir halt einmal“, brummte Steininger gereizt.

Frau Steininger holte ein Sacktuch aus der Schürze, wischte sich die Tränen ab und steckte es fein säuberlich gefaltet wieder in die Tasche. Sie war sich durchaus bewusst gewesen, dass das dienstägliche Mahl keineswegs dazu angetan war, ihrem Mann große Freude zu bereiten. Auch hatte Rudi die Sache recht ungeschickt begonnen. Dass ihr Mann aber so gereizt war und gleichzeitig wie mechanisch die Suppe, die er nicht ausstehen konnte, gelöffelt hatte, konnte sie nur darauf zurückführen, dass sich ihm der Dauerstreit mit Grafeneder auf das Gemüt geschlagen hatte.

„Du, Pepi, ich hab gleich in der Früh noch ein Sackerl Lavendel ins Klo gehängt. Das riecht jetzt wieder recht ordentlich."

Steininger brummte.

„Dass dich das mit dem Abort immer so ärgert."

„Hm."

„Es ist halt auch ein Kreuz, wenn man sich mit einer zweiten Partei den Abort teilen muss." Frau Steininger beugte sich über den Teller, lugte vorsichtig nach dem Gesicht ihres Mannes und wagte es schließlich. „Weißt, Pepi, wenn man halt ein eigenes Klo hätte, so ganz in den eigenen vier Wänden, dann könnt man es sich dort richten, ganz, wie man es selber möchte. Da tut einen kein anderer stören."

„Hm."

„Die Hasleitnerin hat mir heute am Markt erzählt, dass ...", sie prüfte kurz den Gesichtsausdruck ihres Mannes, „... die Stadt jetzt wieder recht viel baut."

Wie von der Tarantel gestochen donnerte Steininger die Faust auf den Tisch, dass die Gabeln durch die Küche flogen. „Kruzitürken noch einmal! Schon wieder du mit deiner Neubauwohnung! Wie oft hab ich schon gesagt, dass das nichts wird. Wer soll das bitteschön bezahlen? Ich, als kleiner Beamter? Erst im letzten Jahr haben s' die Bezüge wieder gekürzt!"

„Aber Pepi, so teuer ist der Zins doch gar nicht! Für die Neubauten bei der Kaserne in der Prinz-Eugen-Straße zahlst gar nicht so viel. Und in Urfahr drüben ist's sowieso ...“

„Nach Urfahr! Ja, geht's dir noch gut? Warum nicht gar in die Böhmei, dort ist's noch billiger? Und in die Prinz-Eugen-Straße, was denn noch alles?“

„Das ist ja gar nicht weit von der Straßenbahn weg. Mit der ‚M‘ bist gleich in der Stadt!“, versuchte Frau Steininger, nun etwas zaghafter, ihr Projekt zu verteidigen.

„Das ist mir doch wurscht! Da können sie hundert Straßenbahnlinien bauen. In so eine Gegend zieht ein Beamter nicht!“

Der Bezirksinspektor hielt es für unvereinbar mit seiner Würde als Beamter, in eine Gegend zu ziehen, die mehrheitlich von Arbeitern bewohnt wurde, was die Prinz-Eugen-Straße somit kategorisch ausschloss. Ebenso widerstrebte es ihm, in einen der in jüngerer Zeit eingemeindeten Stadtteile wie Urfahr zu ziehen, denen man, wie er überzeugt war, den ländlichen Charakter noch allzu deutlich anmerkte. Diese feinen Unterschiede der städtischen Topographie waren aber, wie Steininger immer wieder kopfschüttelnd feststellte, einem Menschen, der vom Lande stammte, nur schwer beizubringen. Für die war, wie er überzeugt war, alles eins, bestand aus Häusern und Straßen und hieß „Stadt“.

„Nein, Mizzi, da fahrt der Zug drüber. Wir bleiben herinnen in der Stadt. Höchstens, dass wir uns einen Grund in St. Peter draußen kaufen. Da hat man wenigstens was davon!“

Das war nun wiederum das Herzensprojekt des Josef Steininger: ein Grund in St. Peter, dem nahe der

Donau gelegenen Dorf im Osten von Linz. Von Frühling bis Herbst ergoss sich jeden Sonntag ein Strom von Städtern in die von zahlreichen Gewässern und unzähligen Gemüsegärten geprägte Ortschaft mitsamt der dazugehörigen Zizlau und den Wirtshäusern und Fischbratereien. Jeden Sonntag war unter ihnen auch die Familie Steininger zu finden. Besonders Herr Steininger war begeisterter Ausflügler. Wenn er, leger gekleidet, den Rock über den Arm gelegt und die Hemdsärmel hochgekrempelt, mit Frau und Sohn am Sonntag nach der Messe (seine Frau), dem Frühschoppen (er selbst) und dem feiertäglichen Braten am Volksgarten in den Autobus nach St. Peter stieg, waren seine Wangen bereits gerötet. Seine Augen glänzten, das Wasser lief ihm im Mund zusammen und er begann zu schmatzen, wenn er an die herrliche Natur dachte, die ihn nun erwartete. Vor allem die Steckerlfische hatten es ihm angetan, aber auch die Bratwürste oder, wenn es gar zu heiß war, das kalte Geselchte, vor allem, wenn man sie in „Schreflers" Gastgarten mit reichlich Bier oder Most zu sich nahm. In den seltenen Fällen, in denen sein Appetit nicht so ausgeprägt war, konnte dieser durch einen Besuch in der Fischzuchtanstalt angeregt werden, eine Attraktion, für die sogar Fremde extra angereist kamen. Das war Steiningers Ideal, hier fühlte er sich als Mensch. Was war also erstrebenswerter, als sich hier einen kleinen Flecken Boden zu kaufen, möglicherweise mit einer kleinen Hütte drauf. Immer wieder malte er sich dieses Paradies aus: Seine Frau würde sich um den Garten kümmern und die unvermeidlichen Erdäpfel anbauen, der Bub würde ihr dabei helfen oder fischen gehen, während er selbst, das Linzer Volksblatt über dem Gesicht ausgebreitet, auf einer bequemen Bank liegend, endlich Ruhe finden könnte. Natürlich würde man die Angebote des Dorfes etwas intensiver nutzen als jetzt. Ab und an, so malte er sich die Idylle aus, würde er nach den Hühnern sehen, auf das jeweils fetteste davon deuten, dem dann seine Frau den Hals umdrehen musste – er selbst hielt sich für einen Gemütsmenschen und somit dazu nicht geeignet, auch wenn ein Brathuhn am Nachmittag manche Überwindung rechtfertigen würde.

Maria Steininger mochte zwar gelegentliche Ausflüge in das Dorf, insbesondere, wenn man die prächtigen Gemüsegärten inspizieren konnte, war aber vehemente Gegnerin jeglichen Grunderwerbs. Zu Recht vermutete sie, dass die damit verbundene Arbeit ausschließlich an ihr hängen bleiben würde. Wozu sollte man sich die Arbeit kaufen, fragte sie daher ihren verständnislos dreinblickenden Mann. Zu Recht befürchtete sie ferner, dass er die Schlemmerei, der er dort unzweifelhaft noch häufiger frönen würde, auf lange Frist gesehen nicht überleben würde. Auch schien ihr eine moderne Neubauwohnung mit eigenem Abort entschieden sinnvoller investiertes Geld zu sein.

„Also, Pepi, nur damit du nicht so weit hast zum Wirtshaus, brauchen wir keinen Grund kaufen!“, mokierte sie sich.

„Aber wer redet denn vom Wirtshaus?“, versuchte Steininger das Hauptargument seiner Frau zu entkräften. „Eine stabile Anlage ist so ein Grund! Wenn wieder die Inflation kommt, ist so ein Grund Gold wert!“

„Geh, Pepi, eine Inflation, so ein Schmarrn. Wo wird denn wieder eine Inflation daherkommen?“

„Ja freilich kommt die wieder daher! Der Lampelmaier singt mit einem vom Finanzamt im Chor, der sagt immer, Leutln, kaufts einen Grund, das Geld ist bald wieder nichts mehr wert! Und wenn das ein Finanzer sagt, der den ganzen Tag mit Geld zu tun hat! So ein Grund, sag ich dir, der hält ewig. Den können s' dir nicht so leicht nehmen als wie das Geld!", dozierte Steininger.

„Na, wenn der Finanzer auch so eine Schlafhauben ist wie der Lampelmaier, dann danke! Außerdem ist's eh wurscht, weil wir kein Geld haben zum Grundkaufen!" Und sie fügte patzig hinzu: „Du bist ja nicht unser Geldscheißer, hast gesagt!" Damit war für Frau Steininger die Debatte beendet, sie erhob sich, räumte die Teller ab und begann geräuschvoll mit dem Abwasch.

Noch missmutiger als am Beginn des Nachtmahls erhob sich Steininger und ging hinunter auf die Straße, um die letzte ‚Donau' des Tages zu rauchen. Um ihm den Tag endgültig zu vermiesen, begegnete ihm dabei Grafeneder, der sich in voller Heimwehruniform eben anschickte, zu einem Kameradschaftsabend aufzubrechen.

„Grüß Gott, Herr Nachbar! Na, hat Sie die Frau Gemahlin wieder auf die Straße geschickt zum Rauchen? Na, bei mir gäb's das nicht. Bei mir weiß das Weib, wer das Geld heimbringt." Er grinste breit in das säuerliche Gesicht Steiningers. „Übrigens, wenn Sie Ihren Buben suchen, der ist Richtung Südbahnhof gegangen. Dort seh ich öfter so eine Partie Burschen, ich sag Ihnen, da sind schon Früchterl dabei, denen müsste man mal die Wadln ..., na, Sie wissen schon!" Er stieß Steininger mit dem Ellbogen komplizenhaft an. „Jetzt muss ich aber, bis morgen in der Früh!" Er zwinkerte, grinste noch breiter und stiefelte in Richtung Landstraße davon. Steininger schnaufte. Das Schicksal meinte es nicht gut mit ihm. Ein missratener Bub, eine Frau, die einen allerhand anschauen ließ, und ein grausamer Nachbar.

Das Schlimmste aber war, und das war der eigentliche Grund für seinen ausgeprägten Ärger, dass der heutige Rapport beim Leiter der Kriminalpolizei, Zechenter, deutlich unangenehmer ausgefallen war als sonst. Steininger hatte wie üblich Bericht über den Stand der Dinge erstattet und war davon ausgegangen, damit den offiziellen Teil des Rapports abgeschlossen zu haben. Üblicherweise saßen die beiden Beamten dann noch auf eine Zigarette beieinander und tauschten Klatsch aus. Doch der aktuelle Fall schien Zechenter zu interessieren. Obwohl die beiden Männer einander duzten, schlug Zechenter einen formelleren Ton an als sonst. Steininger konnte sich des Eindrucks nicht erwehren, sein Chef sei instruiert worden, die Kriminalpolizei wieder einmal über ihre Bedeutung im neuen Staat aufzuklären. Man erwarte Ergebnisse, hatte Zechenter deutlich gemacht, und zwar rasch. Wenn in Linz schon einer umgebracht werde, was unangenehm genug sei, müsse der Täter umgehend überführt werden. Im vorliegenden Fall seien aber noch nicht einmal ernsthafte Schritte zur Identifizierung der Leiche eingeleitet worden. Hier seien umgehend Fakten zu liefern. Schließlich sei der *neue Staat* – Zechenter hatte die einzelnen Wörter so feierlich intoniert, als könne erst dadurch die Würde des Staates hergestellt werden – ein *Staat der Ordnung und der Sicherheit*. Ein Lotterwesen wie zu demokratischen Zeiten würde es nun nicht mehr geben, und besonders die Kriminalpolizei sei dringend aufgerufen, jeglichen aufkommenden Zweifel daran *im Keime zu ersticken*. Und außerdem, war Zechenter fortgefahren, sei die Presse *trotz gewisser Möglichkeiten*, die der *neue Staat* habe, noch genauso unangenehm wie vor 1933. Ein Redakteur der „Tagespost" habe angekündigt, über den mysteriösen Toten vor der Dollfußschule berichten zu wollen. Ein Ermordeter in einem Linzer Arbeiterbezirk, auch wenn es sich um einen Ausländer gehandelt habe, sei dem Ansehen der Regierung, gerade nach den – Zechenter hatte sich geräuspert – *Ereignissen* des letzten Jahres, nicht förderlich. Steininger hatte dem keine große Bedeutung beigemessen, schließlich war man seit Monaten angehalten gewesen, die nach wie vor sozialdemokratisch eingestellte Arbeiterbevölkerung genau im Auge zu haben, zugleich aber nicht zu provozieren. All dies hatte er schon Dutzende Male gehört, und er hatte Mühe gehabt, ein Gähnen zu unterdrücken. Zechenter hatte noch den Steininger sattsam bekannten Sermon über das wache Auge der Öffentlichkeit und die Bedeutung rationeller Ermittlungsmethoden folgen lassen, der dem Bezirksinspektor von den Festreden des Polizeidirektors bekannt war.

Steininger hatte sich bereits halb aufgerichtet gehabt, geräuspert und seine Hand zur Verabschiedung ausgestreckt, als ihn die mit einem Male ruhige Stimme seines Chefs wieder in den Sessel drückte. „Ich meine das ernst, lieber Josef, sehr ernst", hatte er gesagt, und seine Augen hatten zu funkeln begonnen.

Steininger hatte ihn verdutzt angesehen.

„Die Sicherheitslage von Linz steht unter Beobachtung. Der Sicherheitsdirektor informiert sich *regelmäßig* über die Lage in der Stadt", hatte Zechenter weiter ausgeführt.

Der Sicherheitsdirektor Revertera, ein Heimwehrmann, war im letzten Jahr installiert worden und galt als Vertrauter des Polizeidirektors Viktor Bentz.

Zechenters Ton war noch einmal bedrohlicher geworden. „Nächste Woche am Freitag hat der Polizeidirektor eine mündliche Aussprache mit dem Sicherheitsdirektor, bei der er zu rapportieren hat. Ein besonderes Anliegen ist es, keine offenen Mordfälle berichten zu müssen. Du, Josef", Zechenter hatte sich erhoben und über den Tisch gebeugt, „bist mir und dem Polizeidirektor persönlich dafür verantwortlich, dass bis dahin entscheidende Fortschritte bei der Klärung dieses Mordes erzielt worden sind. Ich betone: entscheidende!"

Ende nächster Woche! Steininger war beim Gedanken an die kurze Frist, an den Polizeidirektor und an den Sicherheitsdirektor Revertera schlagartig übel geworden.

In seiner Magengrube hatte sich dasselbe Gefühl ausgebreitet wie vor nahezu vier Jahrzehnten, als der kleine Pepi Steininger, um seinen Schulkameraden zu imponieren, ein Kruzifix aus der Kirche gestohlen hatte, um unter deren Gejohle darauf seine Notdurft zu verrichten. Zwar hatte er das Kruzifix nach der Tat gründlich gereinigt und wieder zurückgetragen, auch mehrere „Ave Maria" und „Vater unser" gebetet, doch so ganz sicher vor der göttlichen Rache hatte er sich in der folgenden Zeit nicht gefühlt. Zu allem Überdruss war er sich auch nicht sicher gewesen, ob der Kooperator, ein listiger Kerl, nicht doch etwas gemerkt hatte, schließlich hatte er ihn in der folgenden Zeit im Religionsunterricht recht missbilligend angeblickt und häufiger als sonst examiniert. Wenn der noch lebte, war er jetzt vermutlich auch bei der Heimwehr, war Steininger überzeugt, und verstärkte die Schar jener, die ihn zu quälen gewillt waren.

„Verdammte Hahnenschwanzler!", entfuhr es ihm, und er erschrak, denn der Fluch war ihm lauter entfahren als gewünscht. Sich mit der Heimwehr anzulegen, konnte unangenehm werden, vor allem für einen Beamten. Er blickte sich um. Auf der Straße war zu seiner Erleichterung niemand, der ihn hätte hören können, alles war ruhig, aber im Haus verschwand, gerade als er hinaufblickte, der Kopf von Frau Grafeneder im Fenster ihrer Küche.

Steininger entfuhr aus den zusammengepressten Lippen ein zweiter Fluch. Kruzifix noch einmal, jetzt hatte ihn die Grafenederin auch noch gehört! Ihm war klar, dass sie das ihrem Mann umgehend erzählen würde, was seine Berechtigung, sich allmorgendlich über den Nachbarn zu beklagen, naturgemäß untergrub. Steininger schalt sich selbst einen gehörigen Trottel. Am meisten fürchtete er aber, dass Grafeneder möglicherweise den Vorfall weiterleitete, an Danner zunächst, den Vizebürgermeister und Chef der Linzer Heimwehr, und vielleicht sogar an Sicherheitsdirektor Revertera, der umgehend dem Polizeidirektor etwas von einem Kriminalbeamten ohne rechte Liebe zum neuen Staat zuraunen würde. Steininger wurde heiß, er fühlte sich außerordentlich ungemütlich!

6.

Weil an diesem Tag ohnedies schon alles egal war, beschloss Steininger, noch eine ‚Donau' zu rauchen und beim Gasthaus „Eiserne Hand" auf ein, zwei Stamperl Schnaps vorbeizuschauen. Er ging die Bürgerstraße hinunter und wollte eben beim Südbahnhofgelände gegenüber der Dollfußschule, deren Anblick ihm ein Magendrücken verursachte, in die Eisenhandstraße abbiegen, als er vor der Volksfesthalle eine Gruppe von vier jungen Burschen sah. Unter ihnen einer, der kleiner und dicklicher war als die anderen. Hatte der Grafeneder also recht gehabt! Steininger beschleunigte seinen Schritt und brüllte: „Rudi! Jetzt schaust aber, dass du heimkommst!“

Rudi, der eben noch leger grinsend an eine Mauer gelehnt der Erzählung eines anderen gelauscht hatte, erbleichte beim Anblick seines Vaters und warf eilig eine eben in Brand gesetzte – und, wie Steininger beiläufig registrierte, offenbar von ihm stibitzte – Zigarette weg.

„Rauchen tust auch! Na wart, bis wir daheim sind, dann gibt’s Zores!“ Er packte den widerstrebenden Jungen am Oberarm.

Erst jetzt wandten sich die anderen Steininger senior zu, blieben aber trotz dessen hochrotem Kopf gelassen. Rudi entwand sich dem Griff seines Vaters und rieb sich den Oberarm. Einer der anderen drei zündete sich in provokanter Manier eine Zigarette an. Alle hatten längere Haare, als dies dem Bezirksinspektor schicklich erschien. Geradezu abenteuerlich aber mutete an, mit wie viel Pomade sie in Form gebracht waren. Alle drei trugen sportliche Sakkos und offene Krägen. Alle drei sahen danach aus, als hätten sie nichts Besseres zu tun, als Beamtensöhnen eine Tätigkeit beim Film einzureden. Dabei waren sie wohl aus der Gegend. Einen glaubte Steininger als Lehrling vom Autopalast in der Scharitzerstraße zu erkennen, wohin ihn unlängst Ermittlungen in einer Autodiebstahlsache geführt hatten.

„Rudi, was ist denn das für einer?“, fragte dieser. Der kleine, dürre, etwas gebeugt wirkende Jugendliche deutete ganz ungeniert mit ausgestreckter Hand auf Steininger senior.

„Ist das vielleicht gar dein alter Herr?“, grinste ein zweiter, hochaufgeschossener, der nach Steiningers Einschätzung der Rädelsführer zu sein schien und von den anderen Willi genannt wurde.

„Der Narrische, der glaubt, dass du zum Militär sollst?“, ergänzte nun der dritte, dessen gewaltiger Brustkasten Steininger beeindruckte.

„Warum zieht er denn so einen Fotz, dein Alter?“, hub nun wieder der erste, dürre an.

„Und eine rote Birn kriegt er auch schon! Vielleicht ist ihm schlecht?“, assistierte Willi mit gespielter Besorgnis in der Stimme.

„Seids ihr alle deppert geworden?“, brüllte Steininger, dem Derartiges noch nicht widerfahren war. Und er legte sogleich, mit dem rechten Zeigefinger hin- und herfuchtelnd, nach: „Ich bin Bezirksinspektor beim Sicherheitsbüro, und wenns nicht auf der Stelle einen Respekt annehmts, werde ich euch zur Raison bringen!“

Diese änderte allerdings nichts am Verhalten der Burschen. Ganz im Gegenteil, sie hatten mittlerweile einen Halbkreis um den Inspektor gebildet, der, kaum merklich, zurückzuweichen begann. Steininger erbleichte. Der Kräftige näherte sich dem Inspektor mit bedrohlich langsamen Schritten und ließ seine Fingerknöchel knacken. Steininger registrierte, wie sein Körper zum dritten Mal an diesem Tag begann, Schweiß im Übermaß zu produzieren.

„Ferdl, ned!“, rief Rudi.

Ferdl brummte missmutig, blickte Rudi traurig an, trat aber doch einen Schritt zurück.

Steininger konnte nicht anders, als hörbar zu schlucken. Nur langsam fand er die Fassung wieder. „Was ... was seids denn ihr überhaupt für welche?“, stotterte er. Er fingerte eine ‚Donau‘ aus der Hosentasche. Der Umstand, einer Tracht Prügel offenbar nur dank der Gnade seines Sohnes entronnen zu sein, hatte ihm merkbar den Schneid abgekauft.

Die drei lachten.

„Wer wir sind? Du bist ein Komiker!“, grinste Willi und holte eine Zigarette hervor. „Gustl, erklär’s du ihm!“ Er gähnte.

Der Dürre trat vor, breitete die Arme aus, erhob das Antlitz zum Himmel, holte tief Luft, senkte den Kopf wieder, durchbohrte Steininger mit seinem Blick und sagte mit betont tiefer Stimme: „Das geht dich gar nichts an.“

Nun erhob sich schallendes Gelächter, nur Steininger schien immer irritierter.

„Ja was, was machts denn da um die Zeit?“

„Nicht das, was du vielleicht denkst“, erklärte nun Rudi, „wir stehlen nichts, wir zünden nichts an, wir sind nur so da am Platz.“

„Was heißt, nur so?“ Steininger verstand immer weniger, selbst das Südbahnhofgelände, in dessen Nähe er doch wohnte, schien ihm immer fremder zu werden. Nur so herumstehen? „Was tuts dann die ganze Zeit?“

„Na ja, eigentlich nichts“, sagte Rudi schulterzuckend. „Ein bisserl reden, ein bisserl schauen.“

„Und ein bisserl rauchen!“, unterbrach Steininger.

„Freilich wird geraucht, Komiker“, brummte Ferdl und packte sich eine an. „Und ab und zu geht sich auch ein Bier aus!“

Steininger murmelte einen stillen Protest gegen diese Benennung, wollte nun aber Näheres über diese seltsamen Riten erfahren. „Gasslsteher also?“

„Die einen sagen Gasslsteher, die anderen anders. Du stehst auf der Nacht ja auch immer auf der Straße und rauchst, sagt der Rudi“, meinte lässig der Rädelsführer.

„Das ist was anderes!“ Steininger wurde wieder rot. „Ich bin älter. Und ich steh nicht lang draußen herum. Und außerdem ...“ Der Vergleich seines von der Ehefrau erzwungenen Aufenthalts auf der Straße mit dem ordnungswidrigen Verhalten der Jugendlichen schien ihm so absurd, dass ihm die Worte fehlten. „Und außerdem renn ich nicht so herum, dass sich meine Mutter schämen müsste!", stieß er hervor und deutete auf Gustl, dessen Schuhe nach Steiningers vager Einschätzung gar nicht zu den Socken passten, die ihm wiederum in schreiendem Gegensatz zu den Hosen zu stehen schienen.

„Na, da ist das natürlich gescheiter, gell?" Breit grinsend deutete Gustl auf die Füße Steiningers, die in Hausschlapfen steckten. Er hatte sich, wie stets, wenn er sich aufmachte, seine Abendzigarette zu rauchen, keine Straßenschuhe angezogen, sondern trug Filzpantoffeln.

Wieder schallendes Gelächter. Steininger war der Verzweiflung nahe. Dieser verfluchte und abermals verfluchte Tag wollte kein Ende nehmen!

„Hörst, Rudi, dein Alter ist wirklich ein Komiker! Noch viel narrischer, als du immer erzählst! Fast ein bisserl wie der alte Trottel von den Sturmscharen unlängst bei der Nacht. Zuerst hat er was von der sittlichen Verwahrlosung der Jugend geredet, dann hat er mit dem Gustl hinter die Stauden gehen wollen!"

Steininger überging diesen demütigenden Vergleich und war hellhörig geworden. „Bei der Nacht? Das heißt, ihr seid auch am Abend da?"

„Na ja, ab und zu halt. Immer natürlich nicht, ich und der Willi, wir haben ja eine Arbeit, bei der man bald auf muss."

„Und wart ihr gestern auch da?", fragte Steininger weiter.

„Gestern? Ja. Das heißt, der Ferdl, der Gustl und der Rudi waren da, ich war mit einer Katz im Kino", erläuterte Willi, der sich nicht die Mühe machte, ein gelangweiltes Gähnen zu unterdrücken.

„Na wart, Rudi, bist daheim bist!“, Steininger erhob drohend die Hand gegen seinen Filius. „Und uns erzählst, du gehst zum Höller wegen der mathematischen Hausübung.“

„Pass auf, von uns wird niemand gehaut! Da hauen zuerst wir!“, drohte Ferdl.

„Papa, das Mathematische ist stinkfad und außerdem brauch ich das nicht, wenn ich einmal beim Film bin. Und überhaupt war ich gestern eh um zehn im Bett“, verteidigte sich Rudi, wohl wissend, dass ihm daheim einiges blühen würde.

„Das stimmt“, bestätigte Ferdl. „Der Gustl und ich sind noch geblieben. War ja nicht kalt. Und das Bier war noch nicht ausgetrunken.“

„Und wie lang warts ihr noch da?“

„Bis Punkt eins bei der Nacht!“, sagte Gustl und deutete mit sichtlichem Stolz auf seine Armbanduhr. „Die hab ich mir nämlich vorgestern gekauft.“

„Und seither schaut er jede Minute drauf“, ergänzte Willi seufzend.

„Also bis um eins.“ Steininger überlegte. „Und wo seids gestanden?“

„Normalerweise stehen wir da bei der Volksfesthalle, aber gestern waren da zwei, die sind aus dem Schmusen nicht mehr herausgekommen. Sonst geniert uns das nicht, gell, Ferdl, aber gestern haben wir was zum Besprechen gehabt, was Finanzielles, gell, Ferdl?“, sagte Gustl. Der Angesprochene nickte heftig und grinste.

„Hast wieder Fotos mit Nackerte mitgehabt?“, fragte Willi Ferdl, der noch breiter grinste.

„Da sind wir halt da weiter hinübergegangen.“

Gustl deutete auf einen Stapel mit Holzplanken auf einem gegenüber der Dollfußschule gelegenen Teil des Areals.

Steininger ging zu dem Platz und deutete den anderen, ihm zu folgen.

„Von da sieht man ja ganz gut zur Schule hinüber. Ist euch da gestern etwas aufgefallen?"

„Ah, jetzt klingelt's. Der Herr Kriminaler will was wissen wegen dem Mord, gell? Was springt denn da raus, wenn uns was einfällt?", fragte Willi.

„Woher weißt du denn von dem Toten? Und ob das Mord war, wird sich erst herausstellen."

„Mein Gott, das weiß aber wirklich schon jeder in der Gegend. Also, was springt da raus?"

„Nichts! Du warst ja gar nicht da, also red ich mit dir nicht! Rausspringen tut außerdem nur Zuchthaus, wenn wer was weiß und nichts sagt! Und wenn euch der Häfen wurscht ist, dann gibt's jetzt auch andere Möglichkeiten! Seit einiger Zeit gibt's da Varianten, da könnt ich euch was erzählen!" Und, zu Gustl gewandt: „Und so ein Bürscherl wie du hätt da sicher viel Freude, in so einer Zelle!"

Gustl, den Steininger als den Zugänglichsten der drei ausgemacht hatte, wurde nachdenklich. „Ja, also mitgekriegt direkt haben wir nichts, gell, Ferdl?"

Dieser schüttelte den Kopf.

„Habts was gehört? Einen Schuss, ein Schreien?"

„Nein, gehört haben wir nichts, gell, Ferdl?"

Wieder schüttelte Ferdl den Kopf.

„Habts dann was vom Mord gesehen?"

„Also gesehen, wie einer umgebracht worden ist, haben wir nicht, gell, Ferdl?"

Ferdl schüttelte, wie es schien, schon aus Gewohnheit, den Kopf.

Steininger begann allmählich der Geduldsfaden zu reißen.

„Aber ein bisserl was anderes hätten wir vielleicht schon gesehen, gell, Ferdl?"

Ferdls Kopfschütteln ging ruckartig in ein Nicken über.

„Himmelherrgott noch einmal, so lassts euch doch nicht alles aus der Nase herausziehen!", brüllte Steininger.

„Nicht schreien, das mag ich gar nicht", brummte Ferdl, den die Sache allmählich zu langweilen begann.

„Also, was habts gesehen?", fuhr Steininger etwas ruhiger fort.

„Einen Wagen." Gustls Stimme hatte einen verschwörerischen Ton angenommen. „Genau zehn Minuten vor Mitternacht war's, weil ich extra zur Laterne hin bin und auf die Uhr geschaut hab, gell, Ferdl? Ein Wagen ist dahergefahren aus der Richtung Huemerstraße, ohne Licht, gell, Ferdl? Vor der Schule ist er stehen geblieben."

„Und dann?"

„Dann war erst mal gar nichts, gell, Ferdl? Wir haben gedacht, dass der vielleicht einen Defekt hat beim Wagen, zuerst ohne Licht unterwegs und dann einfach so bei der Schule stehen bleiben. Oder dass er da vielleicht mit einer Katz was macht im Wagen. Aber dann, um Punkt fünf nach zwölf, ich hab wieder präzis auf die Uhr geschaut, gell, Ferdl, sind zwei Männer ausgestiegen."

„Was für Männer? Alt oder jung, groß oder klein, wie angezogen?"

„Also, ob sie alt waren oder nicht, hat man nicht sehen können. Eher jung, würde ich sagen, alle zwei haben schon ausgeschaut, als hätten sie ein Schmalz gehabt. Sie waren so mittelgroß und einen Hut haben s' aufgehabt, also wie Arbeiter waren s' nicht angezogen."

„Und was haben die zwei getan?"

„Die haben hinten von der Ladefläche eine Plane weggetan und dann so einen Sack oder so was Ähnliches heruntergehoben."

„Wie groß war der Sack?"

„Schon ziemlich, gell, Ferdl? Da hätt schon einer drin Platz haben können, wenn S' das meinen, Herr Inspektor."

„Und dann?"

„Dann haben s' den Sack in den Hof von der Schule getragen. Genau gesehen hat man dann nichts mehr, nur mehr einen kleinen Rumpler hat man gehört. Dann sind s' mit dem leeren Sack zurückgekommen, in den Wagen gestiegen und wieder Richtung Huemerstraße zurückgefahren."

„Und was für ein Wagen war das?", fragte Steininger weiter.

„Ein Lieferwagen", brummte Ferdl, der bislang nur den Kopf bewegt hatte und den Steininger nun irritiert anblickte.

„Was für ein Lieferwagen?"

„So einer, den Firmen haben, wenn sie was zum Verliefern haben."

„Ist was oben gestanden, von welcher Firma der ist?"

„Nein, das heißt, vielleicht ist was oben gestanden, aber die Seitenwände von dem Wagen waren verhängt."

„Kennzeichen oder Farbe habts wohl nicht gesehen?"

„Aber woher denn, Herr Inspektor, war doch stockfinster! Aber es war eine helle Farbe und ich glaub, ein Linzer Kennzeichen wars. Was genau, hat man aber nicht sehen können." Bei Steininger begann sich nach dem Enthusiasmus über die überraschenden Ergebnisse dieses Gesprächs wieder gedämpfte Stimmung breitzumachen.

„Und welche Marke das war, habt ihr dann wohl auch nicht erkannt."

Ferdl schüttelte den Kopf, deutete aber vielsagend zu Gustl.

„Ein Steyr-Wagen, Herr Inspektor, das hab ich gleich gekannt! Ein Steyr 40, um ganz genau zu sein", sagte Gustl, nicht ohne Stolz.

„Woher willst denn das wissen?", fragte Steininger verblüfft.

„Ich bin ja Mechaniker beim Autopalast in der Scharitzerstraße. Ich kenne einen jeden Wagen nach dem Gehör." Er schloss seine Augen. „Der zum Beispiel ...", er deutete mit einer Kopfbewegung in Richtung eines Wagens, der sich hinter seinem Rücken entlang der Khevenhüllerstraße dem Südbahnhofgelände näherte, „... das ist ein Fiat, also ganz präzis gesagt: ein Fiat 508 Balilla. Die haben gern Fehlzündungen, da macht's gleich einen Schnalzer, passen S' auf!" Tatsächlich krachte in dieser Sekunde der elegante Wagen, seine Fahrt stockte etwas, und Steininger sprang augenblicklich auf die Straße, um den Wagen anzuhalten.

„Halt, Polizei! Stehen bleiben!"

Der verdatterte Fahrer mit Ledermütze und Seehundsbart hielt ruckartig, als sich ihm der brüllende, winkende Steininger in den Weg stellte, und beugte seinen Kopf über das Volant. Im Lichte der Scheinwerfer wurde ein zur Korpulenz neigender Mann in Filzpantoffeln und grüner Strickweste erkennbar.

„Was ist denn los, wer sind denn Sie überhaupt?", fragte er ehrlich verdutzt.

„Ist das ein Fiat 508 Balilla?", schnauzte Steininger.

„Ja, freilich, seit drei Jahren schon. Warum wollen S' denn das wissen?"

„Weiterfahren!", blaffte der Inspektor und marschierte wieder zur Gruppe der Jugendlichen, die die Szene grinsend verfolgt hatte. Augenblicklich legte der Fahrer den Gang ein und der Fiat verschwand in Richtung Goethestraße.

„Allerhand", brummte Steininger anerkennend zu Gustl, dessen Ohren sich augenblicklich dunkelrot verfärbten, und, mehr zu sich gemurmelt: „Jetzt wär's halt nicht schlecht, wenn man wüsste, wie der Kerl heißt, den die da abgeladen haben."

7.

Heinrich Leibenfrost ließ sich schnaufend auf das schmutzige, zerwühlte Bett in seiner Dienstwohnung in der Dollfußschule fallen. Mit der gesunden Hand strich er über die Prothese. Der Arm schmerzte immer noch, auch wenn er schon lange irgendwo in den Karpaten verrottet oder von Füchsen aufgefressen worden war. Die Nervenbahnen im Stumpf denken halt, dass der Arm noch da ist, hatte ihm ein Sanitäter im Feldlazarett erklärt.

Beinahe hätte er es heute nicht geschafft, seine Agnes im Allgemeinen Krankenhaus zu besuchen. Es war schon dunkel gewesen, als er im Laufschritt die Stiegen des Spitals hinaufgehastet war. Obwohl Besuche um diese Zeit nicht mehr gestattet waren, hatte die Stationsschwester, die ihn längst kannte, nichts gesagt, als er den Krankensaal der Frauenabteilung betreten hatte. Agnes war wach gewesen, sie hatte nicht gefragt, warum er so spät kam, es war auch besser so. Er hätte wohl eine Lüge erzählen müssen, denn man sollte ihr jede Aufregung ersparen. Und dass er es, abgesehen vom morgendlichen Fund der Leiche, an diesem Tag noch einmal mit der staatlichen Ordnung zu tun bekommen hatte, hätte sie gewiss ebenso aufgeregt wie ihn.

Am Nachmittag, er hatte eben in seiner kleinen Werkstatt im Keller einen Sessel repariert, waren plötzlich ein Kriminalbeamter und zwei Polizisten der Schutzwache vor ihm gestanden. Wo er letzte Nacht gewesen sei, hatten sie ihn gefragt. Im Bett, hatte er geantwortet, aber dem Inspektor, einem geschniegelten Kerl, hatte das nicht genügt. Wirklich ganz alleine im Bett?, hatte dieser Sedlak grinsend gefragt und gemeint, da müsse man wohl noch etwas weiterforschen.

Natürlich hatten die Polizisten von seiner politischen Einstellung gewusst. Das hieß, sie mussten sie für seine Vergangenheit halten. Als junger Mann war er gelegentlich im Gefängnis gesessen, immer nur wegen Kleinigkeiten, aber stets im Zusammenhang mit seinen Aktivitäten für die Bewegung. Das reichte, um ihm dauerhaft zu einer polizeilichen Akte zu verhelfen. Aber der letzte Eintrag stammte aus dem Jahre 1914, als man ihn erst davon überzeugen musste, am Krieg teilzunehmen. Seither hatte er peinlich genau darauf geachtet, mit dem Gesetz nicht mehr in Konflikt zu geraten. Er wollte nicht die große Sache für irgendwelche kleinen Scharmützel mit der staatlichen Ordnung aufs Spiel setzen. Das hatte wohl gefruchtet. Der Kriminalbeamte hatte ihn überheblich behandelt, seine Angaben angezweifelt und, als die Polizisten die Wohnung durchsucht hatten, beim Blick auf die ärmliche Einrichtung die Nase gerümpft. Aber sie hatten ihn nicht mitgenommen, was sie wohl getan hätten, wenn sie davon überzeugt gewesen wären, dass er noch politisch aktiv war.

Es hatte sich gelohnt, sich in den letzten Jahren auf die Zunge zu beißen und die Faust in der Tasche zu lassen.

Leibenfrost holte aus seiner Hosentasche einen zerknitterten, schmutzigen Zettel und einen Bleistiftstummel hervor. Viele Namen hatte er darauf bereits notiert, aber für Sedlak war noch Platz. Den Vornamen brauchte er nicht. Wenn die Revolution anbrach, würde es genügen, zu wissen, dass man einen Kriminalbeamten namens Sedlak als Konterrevolutionär zu behandeln hatte. Genauso wie Bacher und all die anderen, die für die Unfreiheit in diesem Lande sorgten. Leibenfrost faltete den Zettel wieder und steckte ihn in die Hosentasche. Wäre er gläubig gewesen, hätte er jeden Tag darum gebetet, den Tag noch erleben zu dürfen, an dem er die lange Liste auf diesem Zettel abarbeiten konnte. Noch lange war es nicht so weit, aber es war wichtig, vorbereitet zu sein. Er würde den Zettel noch heute Abend wieder in den Keller bringen, zu seinem Geheimversteck, einem Fach, das er an der Rückwand eines Kastens in seiner Werkstatt angebracht hatte.

Leibenfrost musste grinsen. Nicht einmal nachgesehen hatten sie im Keller. Die staatliche Ordnung mochte mächtig sein, klug war sie nicht. Sie hatten zwar seine Wohnung durchsucht, das Unterste zuoberst gekehrt, auf der Suche nach der Tatwaffe, nach Blutspuren, nach etwas, das einen Hinweis darauf gab, dass er es war, der den Mann erschossen hatte. Nichts hatten sie gefunden, natürlich, wie denn auch. Und keiner der drei Beamten war auf die Idee gekommen, dass er als Schulwart Zugang zur gesamten Schule hatte. Wenn er schon so dumm wäre, eine Waffe in der Schule zu verstecken, dann gewiss nicht in seiner Dienstwohnung! Eines Tages, davon war er überzeugt, würde die Revolution dieses System hinwegfegen wie morsches Bretterwerk.

8.

Zur selben Zeit, als Josef Steininger mit seinem Sohn Rudi heimkehrte und der Schulwart Leibenfrost die Namensliste in seinem Geheimfach versteckte, sank der Untermieter der Postratswitwe Ernestine Bremstaller, Kriminalassistent Adolf Ertl, mit einem Seufzer auf das weinrote Plüschungetüm, das ihm als Schreibtischsessel diente. Nachdem er eine Weile völlig ruhig das verblichene Blumenmuster auf der Tapete angestarrt hatte, richtete er sich wieder auf und zog, bemüht leise, Schuhe und Sakko aus. Er lauschte kurz und stellte befriedigt fest, dass in der Wohnung nichts als das Ticken der riesigen, mit zahllosen schnecken- und laubförmigen Intarsien verzierten Standuhr aus dem Vorhaus zu hören war. Nach einem Tag wie diesem wollte er einfach nur seine Ruhe haben.

Nachdem er am Montag spät in der Nacht von einem verlängerten Osterwochenende bei seinen Eltern zurückgekehrt war, hatte ihn in der Früh ein bereits etwas trockenes Stück Osterlamm von seiner Vermieterin auf dem Frühstücksteller erwartet. Noch ehe er sich für die Mehlspeise bedanken konnte, bat ihn die Witwe, einen Blick auf ihren Wecker zu werfen, der nicht wie sonst um fünf Uhr, sondern erst um Viertel nach geklingelt hatte. Obwohl in Eile, konnte Ertl wieder einmal nicht nein sagen und schraubte seufzend an dem Gerät herum, ohne, wie bei allen handwerklichen Dingen, tatsächlich eine Ahnung zu haben, was er da eigentlich tat. Es war jedes Mal dasselbe: Nahezu täglich bat ihn die Witwe Bremstaller, ihr einen Gefallen zu tun, die Kohlen aus dem Keller zu holen, einen Fensterverschluss zu reparieren oder eine der zu Bruch gegangenen Nippesfiguren ihres verstorbenen Gatten zu kleben. Keine einzige dieser Aufgaben vermochte Ertl befriedigend zu lösen: Der Fensterverschluss klemmte nach seiner Reparatur schlimmer als zuvor, aus unerklärlichen Gründen fanden sich nur dann schwarze Flecken auf dem Teppich, wenn *er* die Kohlen geholt hatte, und als er kürzlich die beiden Teile eines geköpften Porzellanpferdes wieder aneinanderklebte, musste er hinterher erstaunt feststellen, dass nicht nur das Pferd nunmehr seinen eigenen Schweif im Blick hatte, sondern zu allem Überdruss auch noch die gute Wachstuchdecke auf dem Salontischchen, das ihm als Unterlage gedient hatte, über und über mit Leim bedeckt war. Kurz, er war für Arbeiten dieser Art vollständig ungeeignet, was aber die Vermieterin nicht davon abhielt, ihn immer wieder um dieses oder jenes zu bitten, um stets mit leuchtenden Augen seine zum Scheitern verurteilten Bemühungen zu verfolgen.

Ertl hasste Ernestine Bremstaller. Sie zwang ihn, Dinge zu tun, die er hasste, weil er sie nicht konnte. Zwar zwang sie ihn nicht im wörtlichen Sinne, aber wenn sie vor ihm stand und ihm ein Glas Likör, ein Stück Schokolade oder Kuchen hinhielt und dann auch noch in flehentlichem Ton um einen kleinen Gefallen bat, fühlte er sich verpflichtet, ihr zu helfen.

Adolf Ertl hasste die Witwe Bremstaller auch, weil er sich in dieser von Grabesstille erfüllten Wohnung eingeengt und wie gelähmt fühlte. Der Gatte seiner Vermieterin war lange Jahre Beamter bei der Postdirektion gewesen, bis ihn im Winter 1918 die Spanische Grippe dahingerafft hatte. Kinder hatte das Paar nicht, und auch sonst hielt man wenig Kontakt zu Nachbarn oder zur Verwandtschaft. So war die Inflation, die die kleine Rente, die ihr verstorbener Gatte ihr hinterlassen hatte, nahezu aufgefressen hatte, für Frau

Bremstaller zunächst der wirtschaftliche Anlass, ein Zimmer in ihrer Wohnung zu vermieten. Doch schon bald wurde ihr klar, dass diese Not auch eine Tugend enthielt, nämlich eine bequeme Art, ihrer Einsamkeit Herr zu werden. Nun hatte sie wieder einen anderen Menschen, um den sie sich kümmern konnte und der es einem mit Aufmerksamkeit und Gesprächen vergalt. Jeder Mieter wurde von der Witwe in Beschlag genommen, wenn auch nie in jenem Sinne, der die stets in altmodisch hochgeschlossenen Kleidern herumtrippelnde Witwe zum Erröten gebracht hätte.

Frau Bremstaller hielt sich weder Radio noch Zeitung, vernachlässigte ihre anderweitigen Kontakte nun noch mehr als früher und verließ die Wohnung nur, um einzukaufen und einmal monatlich am Grab ihres Gatten zu stehen. So waren die Mieter für sie ein begierig genutzter Quell an Geschichten aus anderen Welten. Nie hielt es daher einer – sie vermietete stets nur an jüngere Männer – länger als ein paar Monate aus, doch da der Zins erträglich war, fand sich stets wieder ein Neuer.

Nur Adolf Ertl war geblieben, wenn er auch nicht wirklich freiwillig seit nunmehr zwei Jahren in dieser Wohnung lebte. Als seine Aufnahme bei der Linzer Kriminalpolizei beschlossene Sache gewesen war, musste ein Zimmer in der Stadt her, denn er stammte aus Enns. Seine Mutter hatte sich in der Nachbarschaft erkundigt und erfahren, dass die Cousine einer der Nachbarinnen, eine ruhige und anständige Witwe, wie es geheißen hatte, zu günstigem Zins vermietete. Die Lage der Wohnung in der Nähe des Bundesbahnhofs war nicht ungünstig, und so hatte Ertl das Zimmer genommen, das hieß, seine Mutter hatte beschlossen, dass er das Zimmer nehmen sollte, und mit der Witwe Bremstaller das Nötigste vereinbart. Als er eines Morgens mit seinem Pappkoffer die Wohnung das erste Mal betreten hatte, war ihm schlagartig bewusst geworden, dass dies ein Fehler gewesen war. Schon damals hatte er erkannt, dass diese Wohnung ein Grab war, in dem die zahllosen Nippesfiguren des verstorbenen Postrats die lebendigsten Wesen waren. Aber er schaffte es nicht, sich zu lösen. Stets, wenn er zaghaft bei seiner Mutter oder bei der Witwe Bremstaller andeutete, nun doch einmal ein anderes Zimmer beziehen zu wollen, war die Reaktion von beiden dieselbe. Zuerst Argumente, der beständige Verweis auf den günstigen Zins, die gute Verpflegung und die Verpflichtung der Nachbarin gegenüber. Blieb Ertl hartnäckig, folgten Bitten, Flehen, Schluchzen und Weinen – und das half stets. Adolf Ertl verfluchte sich jeden Tag aufs Neue für seine Schwäche. So bemühte er sich, zumindest für den Rest dieses Abends ruhig in seinem Zimmer sein zu dürfen und nicht der Witwe Bremstaller im Salon bei einer Tasse lauwarmen, dünnen Tees Gesellschaft leisten und ihr neue Geschichten von seinem Dienst erzählen zu müssen.

Dabei hätte er heute viel zu erzählen gehabt. In der Früh der Leichenfund, die Besprechung mit dem Inspektor und dann, vom Nachmittag bis zum Abend, die Befragung der Anwohner im Bereich des Tatorts. Zwar war Ertl mittlerweile zwei Jahre bei der Kriminalpolizei, doch Befragungen, bei denen man seine Dienstkokarde zückte und die Leute Rede und Antwort stehen mussten, hatten immer noch etwas Aufregendes für ihn. Ertl holte eines jener kleinen Notizbücher hervor, von denen er an seinem ersten Tag als Kriminalpolizist bei der Papierhandlung Becker in der Herrenstraße einen ganzen Stapel gekauft hatte. Er war vom Verkäufer verwundert angeblickt worden und hatte, innerlich vor

Stolz platzend, mit geheimnisvoller Miene erklärt, er benötige diese Notizbücher aus beruflichen Gründen. Lampelmaier hatte ihm damals geraten, immer Stift und Papier eingesteckt zu haben, schließlich schreibe Steininger selbst nur ungern, erwarte aber, dass seine Begleiter Befragungen stets festhielten.

Ertl blätterte in dem Buch. Da hatten er und Strasser, den er eigentlich nicht leiden konnte, zunächst im Bereich der Khevenhüllerstraße bei einigen Wohnungen geklingelt. Bereits die erste Befragung misslang gründlich. Eine verwahrloste Alte hatte ihnen geöffnet und sie in die verdreckte Küche gelassen, wo sich auf einem Tisch verschimmelte Erdäpfel türmten, von denen sie einen nach dem anderen in ihren Mund schob, ohne recht zu kauen. Sie sprach nicht viel, aber bei jedem Wort flogen Teile der halb zerbissenen Erdäpfel wieder auf den Tisch, die sie dann mühsam zusammenklaubte und in den Mund schob. Die beiden Polizisten wollten daher die Befragung in der stickigen Küche möglichst rasch hinter sich bringen, was sich aber schwierig gestaltete, weil die Alte völlig verwirrt war, das Foto des Toten kaum betrachtete und auch sonst nicht wirklich ansprechbar schien. Plötzlich aber hatte sie ihn angestarrt, in ihren Augen hatte es zu leuchten begonnen, sie hatte versucht, ihn zu umarmen und ihm Erdäpfel in den Mund zu schieben. Wie sich später herausstellte, hatte sie ihn mit ihrem 1914 gefallenen Sohn verwechselt. Strasser hatte im Herrgottswinkel unter einem staubdürren Palmbesen und neben einem Bild von Victor Adler ein Foto des Sohns in Uniform und mit Sterbedatum entdeckt.

Ertl war es schließlich gelungen, sich dem überraschend festen Griff der Alten zu entwinden und das Erdäpfel-Schimmel-Gemisch wieder auszuspucken. Fluchtartig hatten Strasser und er die Wohnung verlassen.

Einen Stock höher hatte sich die Sache nicht besser angelassen. Ein Arbeitsloser mit Stirnglatze hatte ihnen fluchend die Türe geöffnet, er schien eben aufgestanden zu sein. Die gezückten Polizeikokarden hatten ihn keineswegs freundlicher gestimmt, im Gegenteil, unsagbare Tiraden hatte der Mann losgelassen, die niederzuschreiben Ertl allein schon der gute Anstand verbot. Nun war es Strasser, der zu leiden hatte. Der Mann kannte ihn offensichtlich flüchtig aus früheren Zeiten, als man noch einträchtig nebeneinander in den Bezirksversammlungen der sozialdemokratischen Naturfreunde gesessen war. Nun stand die Sache anders: Die Polizei war bei den Arbeitern nicht mehr gut angeschrieben, Strasser mühte sich redlich, seine rote Vergangenheit vergessen zu machen, und der Arbeiter, der bei der Brauerei Poschacher sein Brot verdient hatte, war arbeitslos geworden und schon vor Jahren bei den Naturfreunden ausgetreten, weil er sich den Mitgliedsbeitrag nicht mehr leisten konnte. Strasser hatte zunächst alles getan, um die Bekanntschaft zu leugnen, was aber die Unfreundlichkeit des Mannes nur steigerte. Schließlich hatte er versucht, zum eigentlichen Grund des Besuchs vorzudringen, und das Foto des Toten gezückt, das der Arbeiter ihm umgehend entwand. Nur mit Mühe hatte Ertl verhindern können, dass er das Bild zerriss. Als sich dann noch die Frau des Arbeiters mühsam keuchend mit einer Einkaufstasche die Stiege heraufhantelte, was die Wut des Mannes eher verstärkte als dämpfte, waren die beiden Polizisten aus dem Haus geflohen.

Die Befragung hatte sich also mühsam angelassen, aber man klingelte an vielen Wohnungen, ab und an konnte man etwas notieren, und die Seiten füllten sich. Am frühen Abend traf man sich wieder mit den Polizisten von der Sicherheitswache, die unter der Leitung von Rayonsinspektor Walch die restlichen Häuser im Umfeld des Tatorts abgeklappert hatten, um Informationen zusammenzutragen. Walch hatte lamentiert, dass man wieder so spät nach Hause komme, wo ihm doch seine Frau für das Abendessen Blutwurst in Aussicht gestellt hatte, aber Ertl und Strasser hatten ihn einfach ignoriert.

Ertl nahm einen Bleistift zur Hand und versuchte nun, die Ergebnisse zusammenzutragen. Er hatte sich von Strasser die Notizen zu den Befragungsergebnissen erbeten, die ihm dieser schulterzuckend überlassen hatte, und breitete sie auf dem Tisch aus. Er wollte unbedingt heute noch einen Bericht daraus erstellen, den man am nächsten Tag dem Inspektor Steininger vorlegen konnte. Einmal sollte er zufrieden mit ihm sein! Ertl hatte rasch gemerkt, dass Steininger häufiger an ihm als an anderen herummäkelte. Er schien dem Chef immer irgendwie im Weg zu stehen, doch alles, was er tat, um seine Lage zu verbessern, schien den Inspektor nur noch mehr gegen ihn einzunehmen. Aber er hatte beschlossen, sich den Dienst nicht verdrießen zu lassen. Mit Lampelmaier kam er gut aus, wenn ihn auch der alte Kollege offenbar dazu auserkoren hatte, sein Nachfolger im Innendienst zu werden, was ihm gar nicht behagte. Er wollte selbst Fälle lösen und sich nicht monatelang über einen kaputten Stempel ärgern! Wenn er jetzt einen Hinweis fand, der zur Identifizierung des Toten oder gar zur Ergreifung des Täters führte, wäre Steininger gewiss zufrieden mit ihm.

So betrachtete er die auf dem Tisch ausgebreiteten Notizen der Polizisten. Jeweils vermerkt war, wer zu welcher Uhrzeit befragt worden war, und, in Zusammenfassung, das Ergebnis der Befragung. Ertl hatte Mühe mit einigen der Notizen und musste manche Zettel ins Licht der kleinen, verschnörkelten Lampe mit altmodischem Alabasterschirm halten. Einige Schriftzüge waren schlampig auf das Papier geworfen, manche mit rätselhaften Abkürzungen gespickt, wieder andere waren in krakeliger Kinderschrift auf die Zettel gemalt.

Ertl arbeitete sich konzentriert durch die Aufzeichnungen, notierte hie und da etwas im Notizbuch, nahm neue Zettel zur Hand, holte die alten wieder hervor, verglich, sinnierte, kaute an dem Bleistift herum. Nach etwa zwei Stunden legte er die Zettel auf einen Stapel, kratzte sich mit dem Stift am Kopf und betrachtete noch einmal seine Zusammenfassung. Viel war es ja nicht, was er da morgen dem Steininger präsentieren konnte. Aber, wie ihm Sedlak einmal erklärt hatte, wenn man viele Leute befragte und unter dem Strich nicht viel dabei herauskam, sei das auch als Ergebnis zu werten.

Ein unmittelbarer Augenzeuge für die Tat hatte sich unter den Befragten erwartungsgemäß nicht gefunden. Wirklich viel hatte im Grunde genommen niemand angeben können. Dazu war wohl auch das, was man fragen konnte, noch zu vage. Man hatte ein Foto des Toten gezeigt, von dem man nicht genau wusste, wie ähnlich es dem lebenden Mann tatsächlich war. Man hatte noch keinen genauen Todeszeitpunkt, und die Sache war in der Nacht passiert, als die meisten Leute in der Gegend schliefen. Einen Schuss hatte kein einziger der befragten Nachbarn wahrgenommen, nur einer mit einem Blasenleiden wollte sich daran erinnert haben, dass er gegen Mitternacht, als er sich erleichterte, etwas gehört hatte, das möglicherweise einem Schuss gleichgekommen war. Das war aber der einzige unter Dutzenden Befragten, also schien alles dafür zu sprechen, dass der Mann tatsächlich nicht im Schulhof ermordet worden war. Die Nacht von Montag auf Dienstag schien ansonsten außergewöhnlich ruhig gewesen zu sein. Insgesamt, so hatte Ertl aus dem Vergleich der Aussagen erkannt, waren nur drei Automobile, die an der Schule vorbeigefahren waren, gehört worden. Eines war von mehreren Befragten gegen zehn Uhr am Abend bemerkt worden, zu einer Zeit, als viele zu Bett gingen, weshalb sie sich sowohl an das Vorbeifahren eines Automobils als auch an den Zeitpunkt erinnern konnten. Ein weiteres war von dem Blasenleidenden und seiner Frau gegen Mitternacht bemerkt worden. Ihren Angaben zufolge war ein Auto in der Khevenhüllerstraße gefahren und hatte, deutlich vernehmbar, möglicherweise auf Höhe der Schule, Halt gemacht. Die Frau war dann offenbar wieder eingeschlafen, während der Mann nach seiner Verrichtung wieder ins Bett gestiegen war und kurz darauf das Anlassen und Anfahren eines Autos gehört hatte. Vollkommen sicher schien er sich aber nicht zu sein, wie der Sicherheitswachmann in seinem Protokoll bemerkt hatte. Das dritte Auto wurde gegen fünf Uhr früh, als sich ein großer Teil der Leute, die noch Arbeit hatten, gerade den Schlaf aus den Augen rieben, wiederum von mehreren Befragten übereinstimmend wahrgenommen.

Ertl schien besonders die Wahrnehmung des Blasenleidenden und seiner Gattin, Karl und Amalie Rumpfhuber aus der Khevenhüllerstraße, bedeutsam zu sein. Er las den Zettel des vernehmenden Polizeibeamten noch einmal genau durch und nahm sich vor, Steininger vorzuschlagen, Rumpfhuber und seine Frau noch einmal genauer zu befragen. Möglicherweise ergab sich etwas, das der Polizist übersehen hatte.

Abgesehen von den Autos erinnerten sich die Leute nur an den einen oder anderen bellenden Hund sowie an eine gehörige Ladung Ohrfeigen, mit der, nach Angaben mehrerer Personen, möglicherweise ein Kind gezüchtigt worden war. Dies hatte sich aber als eine der üblichen Streitereien zwischen dem Hilfsbuchhalter Alfred Krawarik und seiner Gemahlin, einer resoluten Fleischhauerstochter, entpuppt, die, wie eine Nachbarin zu Protokoll gegeben hatte, den Gatten wieder einmal zur Raison gebracht hatte.

Der Tote selbst gab nach wie vor Rätsel auf. Etwa zwei Drittel der Befragten kannten den Mann nicht, mehrere hatten offenbar länger überlegt, schließlich aber angegeben, ihn zwar schon einmal gesehen zu haben, sich aber nicht mehr näher erinnern zu können. Einzelne gaben umstandslos einen Namen an, der sich aber aus unterschiedlichen Gründen als falsch erwies. Und drei Befragte schließlich vermuteten, dass es sich bei dem Toten um Karl Schinagl handelte. Ertl war der Name bekannt vorgekommen, er hatte ihn aber nicht zuordnen können.

Strasser hatte ihm schließlich erklärt, dass diese Beobachtung falsch sein müsse. Schinagl war im Februaraufstand 1934 die rechte Hand des Schutzbundführers Bernaschek gewesen und hatte, nachdem ihm zunächst gelungen war, sich der Verhaftung zu entziehen, nach einer Woche Flucht nahe Freistadt gefasst werden können. Strasser hatte Schinagl als Hitzkopf bezeichnet, der völlig entgegen der Parteiraison für einen bewaffneten Kampf eingetreten war. „Die Partei“, so war Strasser mit Nachdruck fortgefahren, „hat hingegen völlig zu Recht erkannt, dass ein bewaffneter

Kampf zum damaligen Zeitpunkt nicht zielführend gewesen wäre. Vielmehr war davon auszugehen ..." Offenbar erst jetzt war ihm zu Bewusstsein gekommen, wie sehr er sich damit als Anhänger der verbotenen Sozialdemokratie zeigte, er hatte in seiner Erzählung gestockt und war erbleicht. Ertl hatte sich bemüht, sich nichts anmerken zu lassen, nicht nur, um das Verhältnis zu Strasser, der ihm nicht wohlgesonnen schien, nicht weiter zu belasten, sondern auch, weil er die offizielle Lesart der Februarereignisse nicht umstandslos teilte.

Bei dem Toten könne es sich nicht um Schinagl handeln, so hatte Strasser weiter ausgeführt, denn dieser sitze hinter Schloss und Riegel. Zwar habe ihn der Tote auch an Schinagl, den man schließlich aus der Berichterstattung in der Presse kannte, erinnert, aber bei einem zerschossenen Gesicht sei schließlich alles möglich. Nein, die Leute mussten sich einfach irren!

Es klopfte leise an der Türe. Ertl schreckte hoch, fluchte innerlich, erhob sich schließlich und öffnete die Tür. Seine Vermieterin stand vor ihm, ein Glas klebrig süßen Himbeerlikörs in der Hand, den Ertl nicht ausstehen konnte.

„Herr Ertl, Sie sind ja jetzt erst heimgekommen?"

„Ja, ja, ist spät geworden."

„Wollen Sie nichts mehr essen? Immer magerer werden Sie mir. Ich hätt noch ein bisserl was von der Schöberlsuppe übrig, die mach ich Ihnen gleich warm!"

„Nicht nötig, Frau Bremstaller, ich hab schon gegessen", log Ertl.

„Was, Sie essen auswärts? Leicht gar in einem Wirtshaus?" Sie schüttelte verständnislos den Kopf. „Dann nehmen S' doch ein Schluckerl Likör. Ich weiß doch, dass Sie den so gern trinken. Möchtens Ihnen nicht ein bisserl zu mir setzen und was erzählen? So ein junger Mensch soll doch nicht so viel allein sein."

„Frau Bremstaller, ich hätt eigentlich noch was zu arbeiten."

Die Witwe starrte ihn flehentlich an. Hinter ihren dicken Brillengläsern begannen ihre Augen zu glänzen, und sie senkte den Kopf. „Ja, wenn Sie meinen." Sie begann, leise zu schluchzen, holte aus der Schürzentasche ein spitzenbesetztes Taschentuch hervor, das noch aus ihrer Aussteuer stammte, und begann umständlich, ihre Augen hinter den Gläsern abzutupfen.

Er zwang sich zu einem kleinen Lächeln. „Ich schau dann gleich rüber, Frau Bremstaller."

Ihr Gesicht strahlte. „Ach, wie schön! Ich richt uns dann gleich den Tee, der vom Abendessen dürfte noch nicht ausgekühlt sein." Freudig trippelte sie in den Salon.

Ertl schlug mit der Faust gegen den Türstock und hasste sich selbst.

9.

Am nächsten Morgen war Ertl gut gelaunt. Er wechselte ein paar freundliche Worte mit der Witwe Bremstaller, frühstückte kräftig und marschierte dann raschen Schrittes durch den prasselnden Regen zur Straßenbahn. Als er zur gewohnten Stunde mit triefendem Mantel im Büro erschien, herrschte dort bereits geschäftiges Treiben. Quell dieser Aktivität war jedoch nicht der alte Lampelmaier, der stets der Erste im Büro war, sondern Bezirksinspektor Steininger. Diesem hatten die Erkenntnisse des gestrigen Abends den Schlaf geraubt, und er war deutlich früher als sonst an einer erstaunt dreinblickenden Grafenederin vorbei aus dem Haus geeilt. Noch überraschter blickte Ertl, als auch Strasser früher als gewöhnlich ins Büro kam. Diesem hatte die, wie er sich allerdings eingestehen musste, recht unwahrscheinliche Möglichkeit, dass es sich bei dem Toten doch um seinen ehemaligen Genossen Schinagl handeln könnte, keine Ruhe gelassen.

Beim Eintreten Ertls und Strassers warf Steininger eben sichtlich verstimmt den Telefonhörer auf die Gabel, brannte sich unter den tadelnden Blicken Lampelmaiers eine „Donau“ an und nickte den beiden kurz zu.

„Also, Steininger, was ist denn jetzt los, so nervös kenn ich dich gar nicht. Steht schon weiß der Herrgott wann im Büro und schreit in den Hörer, dass einem alles vergeht.“

„Ich erklär’s dir noch einmal, Lampelmaier: Der Tote ist am Montag gegen Mitternacht mit einem Wagen des Modells Steyr 40 angeliefert worden. Es ist anzunehmen, dass die Leute, die die Leiche zur Schule gebracht haben, den Mann auch umgebracht haben. Wir nehmen ferner an, dass der Wagen aus Linz ist. Damit haben wir einen Anhaltspunkt, der uns direkt zu den Tätern führen kann, verstehst?“

„Ja freilich, ich komm ja nicht auf der Nudelsuppe dahergeschwommen, aber wo ist jetzt das Problem?“

„Das Problem ist, dass wir immer noch kein Fitzerl von einer Idee haben, wer der Tote ist, und dass die beim Verkehrsamt allesamt Schlafhauben sind und wir damit noch nicht wissen, wie viele von diesen Autos es in Linz gibt! Und warum der Doktor so lang herumschneiden muss an dem Toten, ist mir auch ein Rätsel.“

„Ja weißt, Steininger“, versuchte Lampelmaier ihm auseinanderzusetzen, „beim Verkehrsamt haben s’ einen schönen Pallawatsch in der Registratur. Ich hab da unlängst was zu tun gehabt, die nehmen unter der Hand ja immer noch die alte Listenregistratur. Wenn die, wie's eigentlich vorgeschrieben ist, die Karteikartenregistratur, also, weißt schon, die Pendelkartei ..."

„Das ist mir scheißegal", unterbrach ihn Steininger wütend, „ob sich die ihre Registraturkarten in einen Karteikasten, an den Plafond oder sonst wohin stecken! Wenn die nicht augenblicklich parieren, zünd ich denen die Bude an!"

„Ignorant", zischte Lampelmaier, verschränkte schmollend die Arme auf der Brust und blickte aus dem Fenster in den noch stärker werdenden Regen.

„Wie bist du denn auf die Spur mit dem Auto gekommen?", fragte Strasser.

„Erklär ich euch bei der Besprechung", erwiderte Steininger einsilbig. „Was ist bei euch gestern herausgekommen?"

„Nicht recht viel", antwortete Strasser achselzuckend. „Den Mord oder die Anlieferung der Leiche hat niemand beobachtet, einen Schuss hat auch niemand gehört."

„Nicht ganz", korrigierte Ertl. „Ich hab gestern am Abend noch die Befragungsnotizen ausgewertet." Er berichtete kurz von seinen Ergebnissen und verwies insbesondere auf das Automobil, das der Blasenleidende wahrgenommen haben wollte. Er empfahl, die Rumpfhubers noch einmal zu besuchen, möglicherweise ließ sich da noch das eine oder andere Detail finden, das der befragende Polizist gestern nicht im Auge gehabt hatte. Er vergaß auch nicht zu erwähnen, dass Einzelne der Befragten den Toten als Karl Schinagl erkannt haben wollten.

Steininger war sichtlich zufrieden. „Sehr schön, Ertl, endlich einmal was Handfestes. Da könnts euch ein Scheiberl abschneiden, meine Herren. So hört sich ein ordentlicher Bericht an. Dass der Tote der Schinagl ist, kann ich mir zwar nicht vorstellen, der sitzt ja. Außerdem hätte das ja bei der Überprüfung der Fingerabdrücke des Toten auffallen müssen. Zu den Rumpfhubers schauen wir jetzt gleich einmal hin, Ertl. Lampelmaier, du machst der Verkehrsabteilung Dampf. Und du, Strasser, schaust, dass wenigstens bei den Zigaretten Marke ‚Heimat' was weitergeht. Nach dem Mittagessen Besprechung! Sagt auch dem Sedlak und dem Haslinger Bescheid."

Steininger packte Mantel und Hut und eilte aus dem Büro, Ertl ihm hintendrein, nicht ohne einen Rempler von Strasser zu empfangen, der ihm mit funkelndem Blick „Arschkriecher!" nachzischte. Wenige Minuten später saßen die beiden Beamten mit feuchter Kleidung im Fond eines Wagens, der wieder von jenem schweigsamen, stumpenrauchenden Fahrer gelenkt wurde, der auch am Vortag die Polizisten zum Tatort gefahren hatte. Dem jungen Ertl war zwar nicht klar, warum er jetzt neben seinem schnaufenden Chef im Fond des Wagens auf dem Weg in die Khevenhüllerstraße sitzen durfte, doch ihm war's recht. Endlich einmal Lob aus dem Munde des Inspektors, wenn ihn auch Strassers Bemerkung grämte.

„Endlich geht was weiter!", sprach plötzlich Steininger, der seine Aufregung nur mit Mühe verbergen konnte. Ertl antwortete nicht, pflichtete seinem Chef aber insgeheim bei.

Die rumpfhuberische Wohnung war zwar von peinlichster Ordnung, aber von einem unangenehmen Geruch durchzogen, den Ertl zunächst nicht zuordnen konnte. Die Polizisten wurden in das Wohnzimmer an einen Tisch mit olivgrüner Wachstuchdecke gebeten.

Auf dem Tisch stand eine Vase mit Papierblumen, im Eck eine Kommode, auf der ein kleiner Käfig mit einem Vogel stand, der zuweilen krächzte und nach Ertls Ansicht gar nicht gesund wirkte. Vom Käfig schien auch der eigenwillige Geruch auszugehen.

Von der nahen Dollfußschule her war das Schreien der Kinder zu hören, die Pause hatten und trotz des starken Regens am Schulhof herumtollten. Steininger glaubte auch die schimpfende Stimme des Schulwarts Leibenfrost zu erkennen.

Karl Rumpfhuber, ehemals Lokführer bei der Bundesbahn, „Personen-, nicht Güterverkehr, Herr Inspektor!", war seit einem Jahr in Pension und widmete sich neben seinen Briefmarken in erster Linie seinem Kanarienvogel. Ein Blasenleiden zwang ihn, wie er sogleich erklärte, auch zur Schlafenszeit häufiger den Nachttopf zu benutzen. Dies war auch der Grund, warum Rumpfhuber in der fraglichen Nacht mehr als seine Nachbarn bemerkt hatte: Er pflegte den Topf nach getaner Verrichtung umgehend zu entleeren, aus hygienischen Gründen, wie er angab. Der Pensionist war damit gezwungen, des Nachts mehrmals am Schlafzimmerfenster vorbeizugehen, von dem aus die Khevenhüllerstraße und, lehnte man sich etwas aus dem Fenster, die Schule gut einzusehen waren.

Seine Gattin Amalie, eine rundliche, freundlich dreinblickende Frau, auf deren Wangen sich rote Äderchen abzeichneten, vermochte nur sehr unruhig zu schlafen. So war sie auch in der Nacht von Montag auf Dienstag mehrfach aufgewacht, wenn ihr Mann sich wieder ächzend in den Porzellantopf entleerte, und bestätigte so einzelne Wahrnehmungen ihres Gatten.

„Also, Herr Rumpfhuber", begann Steininger die Befragung, nachdem man sich zunächst über den Niedergang der Bundesbahn und die Vorzüge von Haustieren unterhalten hatte, „können Sie uns noch einmal genau erzählen, was Sie in der Nacht von Montag auf Dienstag alles mitbekommen haben? Aber bitte, lassen Sie nichts aus, jede Kleinigkeit könnte von Bedeutung sein!“ Ertl hatte Notizbuch und Bleistift gezückt, bereit, jeden Laut des Zeugen festzuhalten.

„Also zuerst, das war so gegen neun Uhr auf der Nacht, da hat das Mistviech von der alten Swoboda zum Bellen angefangen. Das macht der Hund jeden Abend, immer um dieselbe Zeit. Man kann ihm das nicht und nicht abgewöhnen, irgendwann erschlag ich das Vieh, wenn die Alte grad nicht hinschaut.“ Ein strafender Blick von Frau Rumpfhuber unterbrach die Schilderung ihres Gatten. „Bitte“, fuhr er etwas ruhiger fort, „man gewöhnt sich auch an die lauteste Bellerei, aber weil halt der Pepi“, er deutete mit dem Daumen auf den Vogel, „den Durchmarsch hat, kann ich's halt jetzt ganz besonders nicht leiden, wenn er aufgeweckt wird. Er muss nämlich nur, wenn er munter ist“, erläuterte Rumpfhuber.

Steiningers Augen verengten sich bei der Nennung des Vogelnamens zu dünnen Schlitzen.

„Uns würden die Automobile interessieren, die Sie am Abend oder in der Nacht gehört haben“, fragte nun Ertl, dem bekannt war, dass Frau Steininger ihren Gatten ebenfalls Pepi rief. Kürzlich hatte sie vom Fleischhauer aus im Sicherheitsbüro angerufen und ihren Mann, „den Pepi“, verlangt.

„Also, wie ich schon gestern dem Herrn Inspektor gesagt hab, haben wir, gell, Mali, zuerst so gegen zehn Uhr ein Auto gehört. Es war ja recht ruhig in der Nacht, das ist immer so nach den Feiertagen, dass es da auf der Nacht ruhig zugeht, ganz im Gegensatz zum Rest vom

Jahr, da könnt ich Ihnen was erzählen, was sich da alles abspielt, Herr Inspektor!"

Ein unwirsches Brummen Steiningers erinnerte ihn wieder an die ursprüngliche Frage.

„Um die Zeit haben wir recht deutlich ein Auto vorbeifahren gehört. Ich und meine Frau haben uns gerade niedergelegt gehabt. Die Mali hat noch ein bisserl den Fortsetzungsroman in der Tagespost gelesen ..."

„‚D-Zug 517' von der Peteani, ich sag Ihnen, Herr Inspektor, man kann's kaum erwarten, bis die nächste Folge rauskommt", schwärmte Frau Rumpfhuber.

Steininger nickte freundlich.

„Und ich", fuhr Herr Rumpfhuber fort, „ich hab grad studiert, ob ich's die Nacht vielleicht mit nur dreimal Aufstehen schaff, da haben wir ganz deutlich unten in der Khevenhüllerstraße ein Auto vorbeifahren hören."

„Und die anderen Autos?", fragte Ertl.

„In der Früh war wieder eines, so gegen fünfe war's, das ist auch vorbeigefahren. Da hab ich grad müssen und mir noch gedacht, mit dem dreimal Aufstehen ist es sich nicht ausgegangen diese Nacht, aber das ist jetzt wirklich das letzte Mal, dass ich mir den Topf hole. Weil's mich gar so geplagt hat, ist auch die Mali wieder munter geworden. Wissen S', Herr Inspektor, wenn man in der Pension ist, steht man halt gern ein bisserl später auf, da haben wir uns dann noch einmal umgedreht. Aber fünfe war's ganz gewiss, ich hab auf den Wecker geschaut. Weil da hab ich mir noch gedacht, siehst, Karli, wenn du noch bei der Bahn wärst, dann müsstest dich jetzt schon tummeln. Das Auto ist aber nur vorbeigefahren. Stehen geblieben ist nur das, das um Mitternacht dahergefahren ist. Wie ich grad den Topf ausleeren hab wollen, hab ich mitbekommen, wie eins dahergefahren und dann stehen geblieben ist."

„Haben Sie da beim Fenster hinausgeschaut oder haben Sie das Auto nur gehört?“, fragte Steininger nach.

„Nur gehört, Herr Inspektor, nur gehört. Mit dem Sehen hat's mich schon ein bisserl, aber hören tu ich noch, ich sag's Ihnen, wie ein Junger! Außerdem, du hast es auch gehört, Mali, gell?“

Die Angesprochene nickte eifrig und strich über die glatte Wachstuchdecke am Wohnzimmertisch. Der Vogel begann zu krächzen.

„Den Pepi plagt's wieder, ich sag's Ihnen, so ein kleines Viecherl, was das alles mitmachen muss. Man macht sich ja keinen Begriff, so als Mensch. Also wie ich dann wieder ins Bett bin, hat die Mali schon wieder geschlafen, und ich war grad so am Hinüberschlummern, da bild ich mir ein, dass ich wieder ein Auto hab wegfahren hören.“

„Sind Sie sicher?“, fragte Ertl nach.

„Ziemlich sicher, beschwören könnt ich es nicht, aber ich bin schon ziemlich sicher“, bestätigte Rumpfhuber nach kurzem Nachdenken.

„Und glauben Sie, wo Sie doch so gut hören, dass es dasselbe Auto war wie das, das stehen geblieben ist?“, bohrte nun Steininger.

Rumpfhuber nickte eifrig. „Selbstverständlich, Herr Inspektor, das hat sich beim Wegfahren genauso angehört wie das beim Hinfahren.“

„Die Marke werden S' wohl nicht erkannt haben? Oder ob's ein Personenkraftwagen oder ein Lastwagen war?“

„Die Marke – nein, keine Ahnung. Aber ich mein doch, dass es sich um einen größeren Wagen gehandelt hat.“

„Und dann war da ja noch der Kracher, Karli, den darfst den Herren von der Polizei nicht verheimlichen, gell?", mischte sich nun erstmals auch Amalie Rumpfhuber in das Gespräch.

„Ja freilich, einen Kracher hat's gegeben, schwer zu beschreiben. So wie bei einem Auto, das eine Fehlzündung hat, oder was weiß ich, wie das heißt, nur gedämpfter, wissen S', was ich mein, Herr Inspektor?"

Steininger nickte. „Könnte das auch ein Schuss gewesen sein?"

„Ein Schuss könnt das schon gewesen sein, aber bitteschön, beschwören, gell, Mali, beschwören könnt ich das auch nicht. Man hat ja mit solchen Dingen wenig Erfahrung. Im Krieg war ich als Lokführer mehr in der Versorgung der Truppe engagiert als an der Front. Da hat's nicht viel gekracht. Sie waren vermutlich ganz vorne, Herr Inspektor, gell? Vom Alter her tät's passen."

„Freilich, Herr Rumpfhuber, ich habe das Stahlbad der Front mitgemacht", bestätigte Steininger, seine Gesichtsmuskeln spannten sich und der Blick richtete sich auf einen imaginären Punkt an der Wand der rumpfhuberischen Wohnung. „Russland, sag ich nur, Herr Rumpfhuber, Russland", fuhr er mit bedeutungsschwerer Stimme fort.

„Ah, da waren S' bei den Hessen?", erkundigte sich Rumpfhuber interessiert.

„Hessen? Wo denken S' hin. Natürlich bei den Zweierschützen!" Steiningers Stimme wurde forsch. Er konnte es nicht leiden, wenn immer und überall zuerst an das traditionsreiche Linzer Hausregiment Nr. 14, die Hessen, gedacht wurde und nicht an das Landwehrregiment Nr. 2, das – naturgemäß! – in viel heftigeren Gefechten mehr geleistet hatte. Nicht nur, dass bei jeder Gelegenheit ausschließlich der ruhmreichen Taten der Hessen gedacht wurde, jetzt hatte man auch noch einen Platz in der Nähe seiner Wohnung danach benannt! Und das Landwehrregiment, die Zweierschützen, wie sie genannt wurden, bei denen er an vorderster Front in der Zahlmeisterei für Kaiser, Gott und Vaterland gewirkt hatte, wurde in der Traditionspflege mit Kleinigkeiten abgespeist! Im letzten Jahr hatte man zwar den Polygonplatz in Landwehrplatz umbenannt, aber wo lag der im Vergleich zum Hessenplatz! Er verscheuchte die Gedanken. Schließlich war heute Abend Traditionstreffen des Landwehrregimentes, da wollte er keine Gedanken an die Hessen verschwenden.

„Fällt Ihnen noch was ein?“, versuchte Steininger, dem Gespräch die abschließende Wendung zu geben. Die Rumpfhubers schüttelten den Kopf. Ertl und Steininger verabschiedeten sich, Steininger warf noch einen angewiderten Blick auf den zerzausten, stinkenden Vogel.

10.

Wieder im Auto, meinte Steininger jovial zu seinem jungen Kollegen: „Na, Ertl, der Fall schaut heute ja schon viel freundlicher aus als gestern.“

Ertl bemerkte natürlich, dass sein Chef nun besserer Stimmung war als noch in der Früh, konnte sich dies aber nicht wirklich erklären. Schließlich war durch die rumpfhuberschen Wahrnehmungen nicht viel gewonnen. Rumpfhuber hatte nur Autos bemerkt, vielleicht einen Schuss. Möglicherweise hatte er in der Vernehmung Entscheidendes überhört, das Steininger als altem Kriminalisten sofort aufgefallen war? Vielleicht hatte der Inspektor, als er in der Früh etwas von einem Auto der Marke Steyr erzählt hatte, schon die richtigen Schlussfolgerungen gezogen? Er musste noch viel lernen!

Steininger aber pfiff zufrieden einen alten Militärmarsch und blickte durch die Seitenscheibe ins regennasse Linz. Die Angaben Rumpfhubers passten gut mit jenen Gustls zusammen. Dessen Gehör traute er so weit, dass für ihn der Schlüssel zur Lösung des Falles über die Zuordnung des Wagens möglich schien. Wenn nur endlich die Verkehrsabteilung spurte! Er war nun wieder zuversichtlich, dass der Fall tatsächlich in den nächsten Tagen abgeschlossen sein konnte.

Zechenter würde dem Polizeidirektor Bericht erstatten: Ja, ja, würde er sagen, wenn man dem Steininger eine Aufgabe überträgt, dann kann man sich darauf verlassen. Und der Polizeidirektor würde dem Sicherheitsdirektor Revertera berichten, dass es bei der Linzer Kriminalpolizei einen Mann gab, der in jedem Fall als Garant für die Einhaltung von Recht und Ordnung in der Stadt gelten könne. Die Presse würde ihn als jenen Mann porträtieren, der unverzüglich den Mörder dingfest gemacht hatte. Dann war's auch egal, dass er möglicherweise in einem unbedachten Moment ein bisschen über die Heimwehr geflucht hatte und dass die Grafenederin, von der er heute in der Früh tatsächlich einen eigenartigen Blick geerntet hatte, dies ihrem Mann weitererzählt hatte. Steininger war also zufrieden mit sich, auch ein bisschen mit dem Ertl, den er im Grunde für einen Schafskopf hielt, war ihm doch einmal etwas geglückt.

Und, nicht zu vergessen, heute Abend war das Kameradschaftstreffen des Landwehrregiments im Volksgartenpavillon mit der Regimentskapelle, Bier und Spanferkel. Er würde alte Kameraden wiedersehen, man würde die Erinnerungen an die eigenen Heldentaten wieder auffrischen – wenn nur der Leibenfrost nicht kam, der hatte ja im selben Regiment gedient!

Die Sache mit dem Rudi würde sich auch noch einrenken, fiel ihm ein. Schließlich hatte man gestern noch ein ausführliches Gespräch geführt. Das hieß, eigentlich hatte, von wenigen Einwänden Rudis unterbrochen, nur er geredet, aber schließlich waren väterliche Worte von besonderem Gewicht.

Dass Steininger seinem Sohn nicht, wie dieser befürchtet hatte, ein paar kräftige Ohrfeigen verabreicht hatte, lag daran, dass dieser den Umgang seines Sohnes gar nicht so negativ bewertete. Bei allen Frechheiten, die Gustl, Willi und Ferdl ihm an den Kopf geworfen hatten, imponierten ihm die drei – sie hatten vor dem wütenden Vertreter der Polizeigewalt Schneid gezeigt. Wenn nur der Rudi auch so wäre! Dann müsste man sich wahrlich keine Sorgen um ihn machen. Er solle sich doch, so hatte Steininger dem Filius erläutert, eine Scheibe von seinen Kameraden abschneiden und nicht so ein wankelmütiger Schwächling sein. Schließlich sei er ja der Sohn eines Kriegsteilnehmers. Das Lavierende, das Weiche, das auf die Mutter zurückging, solle er endlich ablegen und etwas von dem Schneid seines Vaters zeigen. Rudi meinte, er habe ja bereits Schneid gezeigt, indem er den von den Eltern vorbestimmten Lebensweg ablehnte, aber diesen Einwand schmetterte der Vater rundweg ab: Sein Sohn habe nicht erfasst, worum es im Leben wirklich gehe. Schneid bestehe nicht darin, sich gegen die elterliche, genauer gesagt: die väterliche Weisheit zu stellen, sondern vielmehr, im Leben mit Bestimmtheit aufzutreten, ganz wie Ferdl, Willi und Gustl. Es gehe zwar nicht an, dass Rudi der Schule fernbleibe und sich am Südbahnhofgelände herumtreibe, aber wenn er eine andere Möglichkeit präsentiere, wie er sein künftiges Fortkommen bewerkstelligen wolle, könne man jederzeit darüber reden.

Steininger war also wieder rundum zufrieden mit seinem Leben. In aufgeräumter Stimmung betrat er das Sicherheitsbüro. Nach dem Essen, das Steininger eiliger als sonst beendete, fanden sich die übrigen Mitarbeiter ein, um ihre bisherigen Ermittlungsergebnisse zusammenzutragen. Steininger lauschte zunächst den einzelnen Berichten, fragte bei einigen Aspekten nach, notierte sich auch das eine oder andere. Die Verkehrsabteilung hatte noch immer nicht herausgefunden, wie viele Steyr 40 in Linz gemeldet waren, versprach aber, noch am Nachmittag fernmündlich Auskunft erteilen zu wollen. Im Übrigen waren einige Details geklärt, die aber für sich genommen noch nicht viel zur Lösung des Falles beitrugen.

Die ärztliche Untersuchung der Leiche hatte, wie Haslinger ausführte, ergeben, dass der Mann tatsächlich erschossen worden war. Der Schuss war aus nächster Nähe abgegeben worden, woraus auch die große Wunde am Kopf herrührte. Da der Blutverlust nach Verletzungen dieser Art sehr groß zu sein pflegte, war nun klar, dass der Mord nicht am Schulhof geschehen war. Nach Meinung des Arztes musste der Tod am Montag gegen Mitternacht eingetreten sein. Die Kugel, die man aus dem Kopf des Toten geholt hatte, war aus einer Neun-Millimeter-M12-Pistole abgefeuert worden. Diese Waffe war im Krieg bei der Armee üblich gewesen und wurde seither auch bei der Linzer Sicherheitswache eingesetzt. Der Tote konnte somit theoretisch mit der Waffe eines Polizisten erschossen worden sein, aber zugleich wusste man, dass dieser Umstand nicht überbewertet werden durfte. Armeepistolen gab es nach wie vor zuhauf auf den österreichischen Dachböden, und bei den Kämpfen im Februar 1934 waren viele Polizei- und Armeewaffen verlorengegangen und bei den versprengten Resten des Schutzbunds, bei der Heimwehr, bei allerlei zwielichtigem Gesindel und natürlich auch bei den Nazis gelandet.

Da der Mann Nichtraucher gewesen war, stammten die ‚Heimat'-Zigaretten, die bei der Leiche gefunden worden waren, nicht von ihm, sondern möglicherweise vom Täter. Die Zigarettensorte, berichtete nun Strasser, werde erst seit wenigen Wochen produziert und ausgeliefert. Sie würde zwar in zahlreichen Trafiken der Stadt angeboten, verkaufte sich aber nur schleppend. Seine Recherche bei den Läden im Umfeld der Schule hatte ergeben, dass die Marke von Arbeitern kaum gekauft würde. Vor allem patriotisch gesonnene Personen würden ‚Heimat'-Zigaretten erwerben.

Doch auch wenn die Umstände des Todes nun deutlich klarer waren, stand es um die Identifizierung des Toten noch immer schlecht. Die tschechoslowakische Botschaft hatte versprochen, sich des Falls anzunehmen, aber Sedlak war der Ansicht, dass das wenig bringe, zumal der Slawe dem deutschen Österreich bekanntlich nicht freundlich gegenüberstehe und sich dies eben auch in der Kooperationsbereitschaft zeige. Dafür wiederum hatten die Kollegen in Brünn prompt gearbeitet, aber auch nicht viel erfahren: Ein Mann, auf den die Beschreibung des Toten passe, sei in Brünn nicht abgängig. Das Kaufhaus, aus dem der Anzug des Toten stammte, war eines der neuartigen großen Häuser, die ausschließlich Kleidung von der Stange verkauften, und das in großer Zahl. Eine Identifizierung des Toten über diesen Weg schien Sedlak damit ausgeschlossen.

Da die Kollegen in Wien auf die Linzer Anfrage hinsichtlich der Fingerabdrücke des Opfers noch nicht geantwortet hätten, tappe man, so Lampelmaier resigniert, noch immer völlig im Dunkeln.

„Hast du den Schulwart gestern verhört?“, wandte sich Steininger noch einmal an Sedlak.

„Ich bin gleich mit zwei von der Sicherheitswache hin, solchen Kerlen ist nur so beizukommen. Hast du eigentlich gewusst, dass der Mann früher Anarchist war? Ist deswegen ein paar Mal eingesessen, aber das war alles vor dem Krieg. Er hat gemeint, er ist zur fraglichen Zeit allein im Bett gelegen, seine Frau liegt ja im Spital. Was soll man sagen? Man kann’s glauben oder nicht. Wir haben seine Wohnung durchsucht, aber nichts gefunden. Abenteuerlich, wie dieser Kerl wohnt. Ich bin mir nicht sicher, aber ich glaub, so dumm wär der nicht, einfach eine Leiche vor der eigenen Schule liegen zu lassen und dann zur Polizei zu gehen.“

„So dumm oder so unverfroren“, warf Haslinger ein.

„Nein, ich bin mir sicher, der Sedlak sieht das richtig“, schmetterte Steininger die beginnende Debatte ab. Alle blickten ihn erstaunt an, denn der Bezirksinspektor war selten mit Sedlak einer Meinung. Nun war es an Steininger, seine überraschenden Erkenntnisse des Vorabends zu enthüllen. Er sprach bewusst als Letzter, um die größtmögliche Wirkung zu erzielen. Er liebte diese Effekte und nahm dabei gerne für sich in Anspruch, was eigentlich andere zu Wege gebracht hatten. Steininger berichtete von spätabendlichen Ermittlungen, die ihn zu wichtigen Zeugen geführt hatten, die – er bemerkte dies mit einem Seitenblick auf Strasser und Ertl – offenbar übersehen worden seien. Über die Umstände dieses Gesprächs und die Tatsache, dass es sich dabei um Freunde seines Sohnes gehandelt hatte, verlor er kein Wort. Er legte dar, dass nach Ansicht der Zeugen zwei Männer gegen Mitternacht einen Sack, der durchaus die Leiche enthalten haben konnte, im Schulhof abgelegt hatten. Er erläuterte nun auch, was es mit dem Steyr-40-Wagen auf sich hatte, der ihn schon den ganzen Tag beschäftigte. Die Wahrnehmungen Rumpfhubers, so ergänzte er, bestätigten die Aussagen der von ihm eruierten Zeugen vollinhaltlich.

„Sind diese Zeugen zuverlässig? Nach deiner Erzählung, Steininger, handelt es sich dabei ja offenkundig um junge Burschen ohne rechten Sinn für Ordnung und Anstand“, zweifelte Sedlak.

„Die jungen Leute sind unbedingt vertrauenswürdig, Sedlak, glaub mir. Einer kann tatsächlich Automobile nach dem Gehör unterscheiden. Ich habe das umgehend überprüft. Im Übrigen sind die Burschen nicht ohne Anstand und Ordnung, sondern nur ein bisserl anders angezogen, aber“, er erinnerte sich an seine Kleidung gestern Abend, „so etwas sollte man heutzutage nicht überbewerten.“

„Und der Schuss, den der Rumpfhuber gehört haben will?“, fragte Haslinger nach.

„Auch das würde ich nicht überbewerten. Der Schuss wurde von niemand anderem gehört, und Rumpfhuber selbst ist unsicher. Es könnte sich um einen Defekt oder eine Fehlzündung beim Wagen gehandelt haben, was bei zahlreichen Marken vollkommen üblich ist, wie jeder weiß.“

„Vielleicht“, warf Ertl schüchtern ein, „sollte man noch bedenken, dass einzelne Nachbarn den Toten als einen gewissen Karl Schinagl erkannt haben wollen.“

„Ertl!“, entgegnete Steininger verärgert. „Grad hab ich noch gedacht, aus dem Buben wird doch ein anständiger Kriminaler, jetzt kommen S’ wieder mit dem Blödsinn daher! Der Schinagl ist im Häfen und wird dort so lange bleiben, bis er schwarz ist oder sie kurzen Prozess mit ihm machen!“

„Das sehe ich auch so“, bestätigte Strasser nickend und wandte sich grimmig an Ertl: „Ich hab auch gleich zum jungen Kollegen gesagt, dass er den Schmarrn vergessen soll.“

„Jetzt weiß ich, an wen mich der Tote erinnert hat!“, rief Sedlak aus. „Der schaut wirklich aus wie der Schinagl! Ich glaub, ich hab da noch wo ...“, er kramte hektisch in einer Schreibtischlade, „... ein altes Fahndungsblatt aus dem letzten Jahr. Da ist es ja!“ Triumphierend schwenkte er ein zerknittertes Blatt Papier im Quartformat. Auf diesem war das Foto eines Mannes mit Hut und stechendem Blick zu sehen. Darunter stand der Name des Gesuchten: „Karl Schinagl, ehem. städt. Arbeiter, 37 Jahre alt“. Das Fahndungsblatt stammte aus dem Februar 1934, als man fieberhaft nach den wenigen entflohenen Anführern des Schutzbundes gefahndet hatte.

„Warum hast dir denn das alte Blattl aufgehoben?“, fragte Lampelmaier irritiert.

„Unlängst hat mich der Mayer vom Polizeimuseum gefragt, ob wir noch alte Fahndungsblattln haben, die er haben könnt. Da hab ich im Schreibtisch gesucht und unter ein paar anderen das da gefunden. Eigentlich wollte ich es eh wegschmeißen, aber hab's wohl vergessen.“

Die Linzer Polizeidirektion beherbergte seit mehreren Jahren ein kleines Museum, in dem die Geschichte der Polizei präsentiert wurde. Mayer, der sich um das Museum annahm, war emsig bemüht, die Sammlung von Waffen, Uniformen und eben auch Fahndungsblättern beständig zu erweitern, und lag seinen Kollegen andauernd in den Ohren, nur ja nichts wegzuwerfen.

Lampelmaier verglich das Foto des Toten mit dem Fahndungsblatt. „Also die Ähnlichkeit ist wirklich frappierend. Wenn man nicht wüsste, dass der Schinagl sitzt, könnt man wirklich meinen, das ist er."

„Ganz sicher ist er das, und wenn nicht, muss er einen Zwillingsbruder haben", rief Sedlak aus.

„So deutlich ist das aber jetzt auch wieder nicht. Der Tote ist dünner, und außerdem, die Kopfwunde, da hat sich weiß Gott was verändert", warf Haslinger ein.

„So kommen wir nicht weiter", entschied Steininger, den die Sache allmählich zu ärgern begann. „Wir haben doch die Fingerabdrücke vom Schinagl in der Registratur. Haslinger, schau nach, ob sie mit den Abdrücken vom Toten zusammenpassen. Aber schau persönlich! Da sitzen ja auch wieder solche Schlafhauben wie in der Verkehrsabteilung! Und tummel dich!"

Haslinger eilte davon, während die anderen noch über dem Fahndungsblatt und dem Foto des Toten rätselten. Strasser und Steininger brannten sich Zigaretten an, und wie als Protest holte Lampelmaier seinen Schnupftabak hervor. Die Gespräche verstummten allmählich, alle warteten auf das endgültige Ergebnis. Der Regen hatte nachgelassen und schließlich ganz aufgehört, ein Sonnenstrahl fiel durch das Fenster in das trübe Büro.

„Er ist's!", rief Haslinger, kaum, dass er zur Türe hereingestürzt kam. „Gar kein Zweifel, der Tote ist der Karl Schinagl. In der Registratur haben sie gestern geschlampt beim Vergleich der Fingerabdrücke. Zuerst wollten s' mich abwimmeln, bei ihnen gibt's keine Fehler und so, hat's geheißen. Dann haben sie mich doch schauen lassen, aber ich hab zunächst auch nichts gefunden, bis mir eingefallen ist, dass die eine Sonderregistratur mit den Fingerabdrücken für die politischen Fälle haben. Dort haben die Deppen gestern einfach nicht nachgeschaut!"

Die versammelten Polizisten starrten völlig verdutzt auf Haslinger, der in der Hand triumphierend Papierstreifen mit Fingerabdrücken schwenkte.

Hinter ihm hatte sich ein kleines Männchen mittleren Alters in den Raum geschoben, das zeternd versuchte, an die Fingerabdrücke zu gelangen. „Geben S' her, Haslinger! Dazu haben S' kein Recht", quäkte er mit hoher Stimme und versuchte vergeblich, mit ausgestreckten Armen die Abdrücke zu ergattern, die der lange Haslinger in die Luft hielt.

„Dass so eine Schlamperei in unserem Haus möglich ist, hätt ich mir nie gedacht", brachte Lampelmaier erschüttert hervor.

„Wenn man nicht immer selber nachschaut", meinte Haslinger, dem das Gezeter des kleinen Männchens zu bunt wurde. Er schob es aus dem Büro und versperrte die Türe hinter sich.

„Jetzt schlagt's dreizehn", meinte Steininger in gefährlich ruhigem Tonfall. Plötzlich donnerte er die Faust auf den Tisch und brüllte: „Eine einzige Schlamperei in dem Haus, alles tun s', damit man die Fälle nicht lösen kann! Da heißt's dann immer, es wird rationalisiert, die Bestgestaltung des fahnderischen Ablaufs, immer mehr Schreiberlinge stellen s' ein, die machen eine Karteikarte nach der anderen, aber wenn man einmal was braucht von denen, dann schnarchen s'!"

Ins Gebrüll des Inspektors hinein läutete das Telefon.

Lampelmaier hob ab, nahm Zettel und Bleistift zur Hand und schrieb eifrig mit. „Steininger, sei ruhig! Das war die Verkehrsabteilung. In Linz und Umgebung sind insgesamt sieben Kastenwägen der Marke Steyr 40 gemeldet. Von diesen sieben sind vier entweder schwarz oder dunkelbraun. Das heißt, es bleiben drei helle Wägen, einer weiß und zwei beige. Schönen Gruß von den Schreiberlingen, ohne die würdest jetzt nämlich schön anstehen", ergänzte er patzig, denn er fühlte sich von den Vorwürfen Steiningers gegen die Polizeiverwaltung gekränkt.

„Und was, wenn der Wagen von auswärts gekommen ist?", wollte Ertl wissen.

„Das können wir nicht ausschließen, aber es würde einfach zu lange dauern, alle hellen Steyr 40 zu überprüfen. Wir müssen uns auf Linz konzentrieren", erklärte Steininger. „Auf wen sind die Autos zugelassen?", fragte er Lampelmaier.

„Ein Wagen auf die Firma Hermann Schopper, das ist ein Blumenhändler in der Klosterstraße. Die beiden anderen auf das Café Zentral in der Landstraße und, jetzt heißt's warm anziehen, Steininger, auf die Linzer Heimwehr!"

Entsetztes Schweigen machte sich breit.

„Jetzt haben wir den Salat", meinte Haslinger nach einiger Zeit. Alle wussten, was das bedeutete: Wenn ein ehemaliger Schutzbundführer in Linz ermordet wurde und jener Wagen, der die Leiche zum Fundort transportiert hatte, möglicherweise der Heimwehr gehörte, dann war diese Sache noch bedeutend brenzliger, als sie gedacht hatten.

11.

„Mizzi! Komm her! Schau dir das an! Nichts passt. Hab ich nicht gesagt, dass du mir die Uniform weiter machen sollst?"

Josef Steininger stand vor dem Spiegel im Schlafzimmer und versuchte, seinen massigen Körper in eine Paradeuniform zu zwängen. Den Spiegel, der eigentlich viel zu groß für das kleine Schlafzimmer war, hatte ihnen Marias Taufpatin zur Hochzeit geschenkt, knapp vor Kriegsbeginn war das gewesen. Seit dieser Zeit stand er immer am selben Fleck und legte Zeugnis ab von den körperlichen Veränderungen der Steiningers. Am Tage nach der Hochzeit hatte sich Steininger, damals noch mit Kaiser-Wilhelm-Bart, ans Fußende des Bettes gestellt und sich im Spiegel voll und ganz überblicken können. Heute stand er wieder am Fußende des Bettes, das immer noch am selben Fleck stand wie 1914, sein Körper fand aber nur mehr teilweise Platz im Spiegel. Der Bauch quoll an allen Ecken und Enden aus der Kleidung, und auch das Gesäß war nicht schmäler geworden. Dabei hatte er eigentlich den Eindruck gehabt, gar nicht so viel dicker geworden zu sein. Schließlich arbeitete er hart, und die Sorgen, so meinte er, zehrten an ihm. Er blickte noch einmal sein Spiegelbild an, brummte missmutig und rückte ein paar Dezimeter nach hinten, weiter zum Kopfende des Bettes. Aber auch das konnte nicht verhindern, dass immer noch ein Teil seiner Körpermitte außerhalb des Abschnittes lag, den der Spiegel erfasste.

Er seufzte tief und zupfte an der Uniformhose, die weder mit gutem Willen noch mit Gewalt über das Gesäß zu ziehen war. Auch die Rockknöpfe ließen sich einfach nicht mehr schließen. Die Uniform hatte er sich vor etwa zehn Jahren anpassen lassen, als er dem „Kameradschaftsbund der ehemaligen Zweierschützen" beigetreten war. Ein Fixpunkt des geselligen Lebens dieses Traditionsvereins war der große Kameradschaftsabend, den man einmal im Jahr im Volksgartenrestaurant abzuhalten pflegte. Dieser

Abend fand heute wieder statt, und Steininger wäre durch nichts in der Welt davon abzuhalten gewesen, auch heuer daran teilzunehmen.

„Mizzi, wo bleibst denn?“ Die Mizzi! Natürlich hatte sie vergessen, die Uniform weiter zu machen. Wohlweislich hatte er sie seinerzeit beim Schneider auf Zuwachs gekauft und, auf Anraten seiner Frau, auch einiges an Reserven für künftige Gewichtszunahmen eingerechnet. Und jetzt das!

„Was ist denn schon wieder, Pepi?“ Maria Steininger erschien, einen Putzfetzen in der Hand, im Schlafzimmer.

„Schau dir das an, Mizzi! Du hast mir die Uniform nicht weiter gemacht. Dabei hast genau gewusst, dass heut der Kameradschaftsabend ist, ich hab's dir doch noch extra gesagt!“

„Ja probiert hab ich's ja! Aber wo nichts ist, hat der Kaiser sein Recht verloren“, verteidigte sich seine Frau.

„Was soll denn das jetzt heißen?“ Ratlos stand Steininger da, die viel zu enge Hose spannte in Kniehöhe um seine dicken, weißen Beine. Obwohl der Rock offenstand, schnitt er unter den Achseln bedenklich ins Fleisch.

Seine Frau betrachtete belustigt das Bild, das sich ihr bot. „Ja weißt, Pepi, was ich immer sag: Du wirst einfach immer dicker. Dir passt kein Gewand mehr.“

„Aber wir haben doch die Uniform auf Reserve machen lassen?“

„Ja freilich, aber auch nur, weil ich das gesagt hab. Du hast ja gemeint, dass du essen kannst, was du willst, und nicht zunimmst. Und schau dich jetzt einmal an. Wie eine Knackwurst steckst drin in der Uniform, dabei hast du den Rock noch nicht einmal zu! Ich hab doch die Uniform die letzten Jahre schon weiter gemacht und weiter gemacht. Heimlich, dass du nicht merkst, wie du immer dicker wirst. Letzte Woche erst hab ich sie dann wieder ausgelassen, das, was halt noch gegangen ist. Wenn du da jetzt nicht reinpasst, dann hilft gar nichts mehr!"

Maria Steininger schüttelte den Kopf. Was ihr Mann nur an dieser Uniform fand. Ein simpler Zahlmeister war er gewesen, auch wenn er immer den großen Mann spielte. An der Front, *im Stahlbad*, so erzählte er. Dabei hatte er wahrscheinlich in vier Jahren keinen einzigen Schuss abgegeben! Und dann auch noch der blöde Orden! Ein Karl-Truppenkreuz, das er stolz wie ein Gockel auf der Brust präsentierte. Als ob das was Besonderes war! Dutzendweise hatten das die Männer gekriegt, allein hier in der Bürgerstraße! Maria Steininger seufzte. Aber wenn er sich das Ganze halt so einbildete. Man musste den Männern, zumal den eigenen, die harmlosen Spinnereien lassen.

„Aber Mizzi! Das geht doch nicht!" Steiningers Augen weiteten sich. Er war entsetzt.

„Ja freilich geht das, siehst eh!", antwortete sie lapidar, immer noch amüsiert über die klägliche Erscheinung, die ihr Mann abgab, und verschwand wieder in der Küche.

„Mizzi, jetzt wart doch! Was soll ich denn anziehen? Ich kann ja nicht im gewöhnlichen Straßenanzug da hingehen!" Steininger versuchte, ihr hinterherzueilen, wurde aber von seinem Beinkleid daran gehindert, verhaspelte sich und fiel der Länge nach hin.

„Dann ziehst halt den schwarzen Anzug an, den du zur Firmung vom Rudi angehabt hast", antwortete Maria Steininger ungerührt dem am Boden liegenden schwitzenden Gatten.

„Meinst, dass mir der noch passt?"

„Der muss passen, den hab ich nämlich extraweit gemacht letzte Woche. Als ob ich's gewusst hätt!", erwiderte sie schnippisch und widmete sich wieder dem Reinigen des Küchentischs.

Steininger erhob sich ächzend. Mit rotem Kopf humpelte er schwitzend zu seiner Frau, tätschelte ihr unbeholfen den Rücken und meinte mit einem Anflug von Rührung: „Ist recht, Mizzi. Wird schon gehen, auch wenn die Uniform fescher gewesen wär. Dank dir auch schön."

Frau Steininger hielt inne und blickte ihren Mann an. „Weißt, Pepi, früher warst du halt schon ein fescher Kampl. So stattlich, und dann in der Uniform: wie aus einem Schachterl. Aber jetzt gehst gar arg aus dem Leim."

Steininger wurde rot. „Meinst, Mizzi? Gleich morgen fang ich an, dass ich weniger ess. Jetzt muss ich aber!"

Maria Steininger seufzte. Obwohl der Pepi bereits kräftig gejausnet hatte, würde er es nicht übers Herz bringen, das Spanferkel, das es beim Kameradschaftsabend traditionell gab, zu verschmähen. Und morgen war das ganze Maßhalten ohnedies wieder vergessen.

Eine knappe halbe Stunde später eilte Steininger zum Volksgarten. Es pressierte schon, Einlass war ab 19 Uhr, jetzt war es schon Viertel vor acht. Nicht, dass man etwas versäumt hätte, aber Steininger pflegte stets einer der Ersten zu sein, um einen Tisch möglichst nahe jenem der ehemaligen Offiziere des Regiments zu ergattern.

Die Mizzi! Sie war halt doch eine gute Frau und Steininger war tatsächlich gerührt, dass sie ihm auch noch den schwarzen Anzug hergerichtet hatte. Der zwickte zwar ebenfalls etwas, passte aber noch leidlich, und für diesen Abend würde es reichen. Dann musste er wirklich etwas unternehmen, um sein Gewicht unter Kontrolle zu halten. Dass er, wie seine Frau gemeint hatte, jetzt nicht mehr so vorzüglich aussehe wie vor zwanzig Jahren, machte ihn nachdenklich. Möglicherweise sollte er künftig beim Essen auf die Zuspeisen verzichten? Er hatte ja das Kraut und was seine Frau sonst noch neben das Fleisch auf dem Teller aufzuhäufen pflegte, schon immer im Verdacht gehabt, hauptverantwortlich für seine Gewichtszunahme zu sein. Darauf zu verzichten war also gewiss vernünftig, auch würde er von nun an am Sonntagnachmittag in St. Peter in „Schreflers Gasthaus" auf den Bohnenkaffee und den – zugegebenermaßen köstlichen – Zibebengugelhupf verzichten. Das musste doch reichen, um wieder im vollen Umfang im Spiegel zu erscheinen? Vielleicht sollte er es auch einmal mit dem in der Zeitung beworbenen Frühstückstee von Dr. Richter versuchen? Wie hieß es noch in der Reklame? „Fett ist lästig, Fett macht krank, Fett ist hässlich, trink dich schlank!" Warum nicht? Jeden Tag in der Früh ein Tässchen Schlankheitstee, dann würde die Sache ganz von selbst gehen. Er würde seiner Frau auftragen, sogleich den Tee zu besorgen.

Aber eigentlich benötigte er für den aktuellen Mordfall körperliche Reserven, der würde ihm noch genug abverlangen. Die Sache hatte heute eine Wendung genommen, die ihm gar nicht behagte, nämlich eine politische. Davon, dass die Sache mit dem heutigen Tage einfacher geworden wäre, konnte damit keine Rede sein. Zuerst schien die Lösung der Sache mit dem Hinweis auf den Steyr 40 ja einfacher als vermutet, aber nun wurde es immer heikler. Nicht nur, dass den Mann, der bei der Dollfußschule entdeckt worden war, möglicherweise die Heimwehr umgebracht hatte, nein, es war auch noch immer nicht restlos klar, ob der Mann wirklich Karl Schinagl war.

Steininger hatte routinemäßig mit dem Gefängnis in Garsten, in dem Schinagl verwahrt wurde, telefonieren lassen, und dort hatte man ihm tatsächlich bestätigt, dass der Mann dort einsaß, gesund und munter! Zugleich hatte sich die Gefängnisleitung standhaft geweigert, den Inhaftierten durch einen Linzer Kriminalbeamten befragen zu lassen.

Die Sache behagte ihm gar nicht. Wenn am Ende des zweiten Tages nach dem Fund einer Leiche die Identität des Toten noch immer nicht klar war, war nach Steiningers Ansicht etwas faul. Nun erschienen ihm auch einige Details der bisherigen Ermittlungen in anderem Licht: Hatte die Registratur die Fingerabdrücke Schinagls wirklich verlegt gehabt, wie man im Nachhinein versichert hatte, oder absichtlich die Identifizierung in einer so brisanten Sache verzögert oder gar zu verhindern gesucht? War es tatsächlich Zufall, dass der Tote mit einer Pistole erschossen worden war, die auch die Linzer Polizei in Verwendung hatte? Und welche Rolle spielte der finstere Schulwart Leibenfrost mit seiner anarchistischen Vergangenheit?

Als er im Volksgarten eintraf, verscheuchte Steininger diese Gedanken. Schließlich musste man auch einmal entspannen, man war ja auch Privatmensch. Drinnen hatte die Regimentskapelle eben einen Marsch beendet, und ein Doppelliterkrug Bier machte die Runde unter den Musikern. Der riesige Saal war bereits gut mit ehemaligen Regimentsangehörigen, Ehrengästen und Vertretern befreundeter Regimenter aus dem Korps gefüllt. Vielstimmiges Geschrei und Rauchschwaden füllten den Raum, bei einigen zeugte bereits ein roter Kopf vom Bierkonsum. Immer wieder war ein lautes „Öha!" zu vernehmen, ein Zeichen, dass sich alte Bekannte wiedergefunden hatten. Gleich beim Eintreten atmete Steininger auf: Ein Teil der Anwesenden war ohne Uniform erschienen, er fiel also nicht aus dem Rahmen. Um seinem Anzug zumindest etwas Militärisches zu geben, hatte er sich ein altes Edelweißemblem, die Korpsblume, ins Knopfloch geheftet und die einzige Auszeichnung angesteckt, die er in vier Kriegsjahren erworben hatte: das Karl-Truppenkreuz.

Steininger kämpfte sich zu einem halbwegs leeren Tisch unweit der Toiletten durch, an dem er einen alten Freund aus Regimentstagen zu erkennen glaubte. Der Mann entpuppte sich aber schließlich als ein völlig Unbekannter, der im Sommer 1918 eingezogen worden und erst an der Front angekommen war, als die Kriegsparteien den Waffenstillstand bereits vereinbart hatten. Dieser Mann betrachtete mit verklärten Augen die Uniformen, Orden und Regimentsfahnen, die man an den Wänden angebracht hatte, und wollte von Steininger partout Erzählungen über Erlebnisse im Schützengraben hören. Ausgerechnet von ihm, der er doch kein einziges Mal in vier Jahren Krieg in einem Graben gesessen war! Doch der Mann ließ sich weder abwimmeln noch durch die drei Portionen Spanferkel ablenken, die Steininger einer Kellnerin gierig vom Tablett riss und von denen er eine dem Manne vor die Nase stellte. Um den Kameraden, der sich als Schimberger Alfred vorstellte, zumindest etwas zu befriedigen, erzählte ihm Steininger dieses und jenes, wobei die zunächst vorgebrachten Berichte über komplexe Probleme der frontnahen Buchhaltung auf wenig Interesse stießen. Deutlich erfolgreicher war er mit Erzählungen aus den Schützengräben Galiziens und des Isonzos, die Steininger seinerzeit von Kameraden aufgeschnappt hatte, die er aber dem gespannten Zuhörer als eigene Erlebnisse verkaufte. Nach den beiden Portionen Spanferkel, die arg klein waren und denen Steininger daher eine dritte folgen ließ, mehreren Halben Bier und einem halben Dutzend Sliwowitz war Steininger so richtig in Fahrt, wurde aber durch die langatmige Ansprache des ehemaligen Regimentskommandeurs unterbrochen.

Das Regiment habe stets dem höheren Zwecke gedient, betonte er, niemals sei es gewankt, habe sich weder dem hinterhältigen Slawen noch dem Untreuen vom Po gebeugt und werde auch künftig bereitstehen. Steininger war in einen schläfrigen Dämmer verfallen, als plötzlich im ganzen Saal ein Sesselrücken zu vernehmen war. Alle hatten sich erhoben, denn die Regimentskapelle intonierte die Melodie der Bundeshymne, ehemalige Kaiserhymne und seit ein paar Jahren ebenso die Hymne Deutschlands. Auch Steininger erhob sich, überlegte kurz, ob er als Beamter verpflichtet war, den von Ottokar Kernstock verfassten aktuellen Text zu singen, ließ sich aber von der allgemeinen Tendenz mitreißen, dem „Gott erhalte ..." den Vorzug zu geben. Nur wenige hielten mit Kernstocks „Sei gesegnet ohne Ende, Heimaterde wunderhold" dagegen, was auch darauf zurückzuführen war, dass diesen Text nicht viele kannten. Als störender empfand Steininger jedoch, dass ein anschwellender Chor den Text der deutschen Hymne sang, woraufhin die Kaisertreuen umso lauter „Gott erhalte ..." brüllten. Erste Drohungen wurden zwischen den Fraktionen getauscht, da glättete die Kapelle die Wogen, indem sie flugs in den Radetzkymarsch überging, der von allen Anwesenden mit rhythmischem Klatschen begleitet wurde. Steininger war hellauf begeistert, ihm trat angesichts der überwältigenden Kameradschaft das Wasser in die Augen. Nachdem sich alle wieder gesetzt hatten, glaubte er, aufs Neue jenes Band zu verspüren, das alle hier im Saal vereinte.

Steininger nahm seine Erzählung wieder auf. Er erzählte nun nicht nur, er deklamierte in epischer Breite. Schimberger hing an seinen Lippen, seine abstehenden Ohren glühten. Längst hatte Steininger begonnen, das eine oder andere Detail der kolportierten Berichte durch spektakulärere Wendungen zu ergänzen. Er musste offenbar lauter gesprochen haben, denn vom Nebentisch klopfte ihm ein, wie er an der Uniform erkennen konnte, Gefreiter auf die Schultern.

„Was redest denn du für einen Schmarrn daher?"

Steininger beschloss zunächst, den bereits schwer betrunkenen, verschwitzten Mann zu ignorieren, der sich aber nichtsdestotrotz bedenklich schwankend auf ihren Tisch zubewegte und Platz nahm. „So wie du daherredest, warst du gar nicht im Krieg!", lallte der Mann weiter, rülpste laut und stieß Steininger seinen Schnapsatem ins Gesicht.

Steininger war empört. „Reißen Sie sich zusammen! Ich war schließlich Unteroffizier!"

„Was warst du? Unteroffizier warst du?" Der Mann musterte Steininger mit glasigen Augen, Schimbergers Ohren waren erbleicht.

„Militärkooperator warst vielleicht, aber Unteroffizier sicher nicht."

„Freilich war ich Unteroffizier! Rechnungs-Unteroffizier 2. Klasse!", erklärte Steininger mit Stolz. Der Mann lachte laut auf und wollte gar nicht mehr aufhören, sein Mund war weit aufgerissen, man sah sein schadhaftes Gebiss. Von den Nebentischen beobachtete man mittlerweile grinsend die Szenerie. Die Kapelle war zu ruhigeren Weisen übergegangen. Die Kellnerinnen stellten Sliwowitzflaschen auf die Tische. Alles war recht gemütlich. Nur Steininger fühlte sich so gar nicht kommod.

„Ein Unteroffizier, sagt er! Dabei ist er hinterm Bummerlofen gsessen und hat Papierln angschmiert!"

„Mit Ihnen debattier ich doch gar nicht. Sie sind ja angesoffen!", versuchte Steininger, das Gespräch zu beenden.

„Und du bist eine ausgefressene Sau!", rülpste ihm der Mann ins Gesicht. Steininger war sprachlos. Dass es unter Kameraden so etwas gab! Plötzlich begann der Kontrahent zu kichern und deutete mit dem riesigen Zeigefinger seiner rechten Hand auf die schwach ausgestattete Ordensbrust Steiningers.

„Mit so einer notigen Pletschn spielt er den wilden Mann!", brüllte er zum Gaudium der Nachbartische und wandte sich an Schimberger: „Buberl, schau, das sind Orden", er klopfte an seine vielfach geschmückte Brust, „was der Blade da hat", er bohrte dem Bezirksinspektor den Zeigefinger in die Brust, „ist ein Pemperlzeug. Das hat ein jeder gekriegt, der seinen Hintern vom warmen Ofen daheim wegbewegt hat!"

„Das ist eine Lüge!", brüllte Steininger. Ihm war zum Weinen zumute. Im Grunde hatte der Mann ja recht. Vier Jahre lang war er im Krieg gewesen, immer in der Zahlmeisterei, und gut hatte es ihm dort gefallen, gut hatte er es sich gehen lassen. Nie war ihm etwas abgegangen. Er war einer der wenigen im Regiment gewesen, der im Krieg zu- und nicht abgenommen hatte. Schamlos hatte er die besten Nahrungsmittel abgezweigt und für sich gehortet oder bei Händlern vor Ort gegen Schmuck getauscht. Gefälligkeiten waren mit Speck und Schnaps erkauft worden. Heilfroh war er damals gewesen, so völlig außer jeder Gefahr zu sein. Nur einmal hatte sich eine italienische Granate verirrt und war in der Nähe der Hütte eingeschlagen, in der die Zahlmeisterei untergebracht war. Er hatte sich zu Tode geängstigt.

Als aber dann absehbar gewesen war, dass der Krieg zu Ende ging, hatte ihn doch der Ehrgeiz gepackt. Ein Orden musste her! Was würde die Mizzi sagen – und erst die Nachbarn –, wenn ihr Mann nach vier Jahren an vorderster Front, wie er stets geschrieben hatte, keine einzige Auszeichnung nach Hause brachte. Die Ernennung zum Unteroffizier hatte kein Problem dargestellt. Ein paar Flaschen Kognak, ein Leiterwagerl voll Speck, ein oder zwei Ölgemälde aus einer der norditalienischen Villen den richtigen Leuten zum Geschenk gemacht, schon hatte man ihm zur Beförderung gratuliert. Bei den Orden war die Sache komplizierter gewesen. Im Sommer 1918 waren seine Bitten beim Leutnant flehentlicher geworden. Ursprünglich hatte Steininger auf eine Tapferkeitsmedaille gehofft, aber sein Vorgesetzter hatte ihn rundweg für verrückt erklärt. Das sei beim besten Willen nicht möglich, hatte er gemeint. Je näher das Ende gerückt war, desto panischer war Steininger geworden. Irgendeinen Orden musste es doch geben! Ab dem Spätsommer 1918 hatte er seine Hoffnung auf das Karl-Truppenkreuz gesetzt. Die Voraussetzungen für diese Auszeichnung waren denkbar gering gewesen: Mindestens zwölf Wochen musste man gedient, mindestens eine Schlacht musste man mitgemacht haben. Bei Steininger hatte es halt an der einen Schlacht gehapert. Aber was war denn schon eine Schlacht? War denn das, was er über Jahre hinweg für den Kaiser geleistet hatte, zuerst für den alten, dann für den jungen, gar nichts wert? Aber der Kompanieführer, der sture Hund, hatte sich partout geweigert, das Kreuz herzugeben. Jeder hatte eine Auszeichnung, sogar der Rossknecht vom Train, ein debiler Mensch aus dem Mühlviertel, hatte einen Verdienstorden erhalten, weil ihm einmal drei Italiener über den Weg gelaufen waren, die sich hatten ergeben wollen. Alle, nur er nicht! Aber Gott sei Dank hatte dann zwei Wochen vor Kriegsende eine Granate dem Kompanieführer den Garaus gemacht. Dessen Nachfolger hatte ihm für ein paar Flaschen Grappa eines Abends das Kreuz auf den Tisch geworfen. Er solle sich doch das blöde Trumm anstecken, jetzt sei eh schon alles wurscht, hatte er geknurrt. Und seither trug der Rechnungs-Unteroffizier 2. Klasse Josef Steininger voll Stolz das Karl-Truppenkreuz.

„Pick's dir aufs Hirn, die grindige Pletschn! Sonst mach ich das!", unterbrach der Gefreite das Sinnieren des Inspektors. Er hatte einen kräftigen Schluck aus der Schnapsflasche genommen, den Rock ausgezogen und war offenkundig willens, die Lösung des Konflikts mit ein paar Ohrfeigen zu beschleunigen.

„Aber wer wird denn, Schoiswohl!", brummte da eine beruhigende Stimme, die zu einem grinsenden Mann gehörte, der plötzlich am Tisch aufgetaucht war. „Weißt gar nicht, dass der Herr Unteroffizier heut bei der Polizei ist? Wenn du den jetzt umhaust, dann gehst in Häfen, so schnell kannst gar nicht schauen."

Der Betrunkene hielt in seinen Kampfvorbereitungen inne und drehte sich, etwas schwankend, zu dem Manne um, der ihn vor Steininger gewarnt hatte. Sein Antlitz wurde freundlich. „Ja, da schau her, der Herr Feldwebel!"

Der Feldwebel legte ihm beruhigend eine Hand auf die Schulter, nötigte den Gefreiten, sich zu setzen, und drückte ihm die Schnapsflasche in die Hand. Vergessen war Steininger, vergessen war die leidige Ordensfrage. Der Gefreite nahm einen tiefen Schluck, rülpste noch einmal laut, ließ seinen Schädel krachend auf den Tisch fallen und begann umgehend, laut zu schnarchen. Die Kiebitze von den umstehenden Tischen lachten noch einmal laut auf und wandten sich dann wieder ab. Schimberger hatte sich längst davongemacht und an einem Tisch mit reich dekorierten Veteranen Aufnahme gefunden, die ihm allerhand vom Krieg erzählten. Seine Ohren glühten wieder.

Steininger hatte während der ganzen Zeit den Mann gemustert, dem es so einfach gelungen war, seinen Kontrahenten zu beruhigen. Plötzlich rief er laut aus: „Jetzt weiß ich's! Der Kröswang Heinrich aus Traun!"

„Kennst mich doch noch, Steininger?" Die beiden begrüßten einander herzlich. „Dabei hast du dich verändert, nicht ich! Das heißt, verdoppelt hast dich!", brummte Kröswang und klopfte Steininger auf den Bauch.

Neidvoll musste dieser feststellen, dass Kröswang zwar älter, aber kaum runder geworden war. Man kannte sich aus den ersten beiden Kriegsjahren aus der Zahlmeisterei. Gemeinsam hatte man allerhand ausgeheckt und viele Geschäfte, allesamt illegal, abgewickelt. 1916 aber hatte sich Kröswang zur kämpfenden Truppe versetzen lassen. Zu langweilig war es ihm in der Zahlmeisterei geworden. Immer nur Buchhaltung und den Kaiser und die Juden übers Ohr hauen, das sei ihm eindeutig zu wenig, hatte er gemeint. So hatten sich die beiden aus den Augen verloren und sahen sich erst jetzt, nach knapp zwei Jahrzehnten, wieder.

„Woher weißt du denn, dass ich bei der Polizei bin?“, fragte Steininger, als man es sich an einem freien Tisch beim Bier gemütlich gemacht hatte.

„Wir sind mehr oder weniger Kollegen“, antwortete Kröswang. „Das heißt, bei der Kriminalpolizei bin ich nicht, aber so was Ähnliches mach ich auch, allerdings in Wien. Und da interessiert man sich natürlich für seine alte Heimat.“

Kröswang erzählte, wie er nach Kriegsende in Wien gestrandet war. Die Angst vor roten Unruhen war allerorts spürbar gewesen. Man hatte von Versuchen gemunkelt, eine Räteregierung zu installieren, ein Sowjetösterreich solle entstehen, war auf Flugblättern gestanden. Da hatte er sich, da er sonst nichts zu tun gehabt und auch wenig Lust verspürt hatte, nach Hause zurückzukehren, spontan bei einer der zahlreichen bewaffneten Ordnungsformationen dieser Zeit gemeldet. Dort war er, nachdem man mit den wenigen Aufrührern, die tatsächlich eine radikale Umgestaltung wollten, kurzen Prozess gemacht hatte, geblieben und irgendwann von der Polizei übernommen worden. Allerdings sei er, so Kröswang, eher für politische Sachen zuständig.

„Das heißt, bei der Staatspolizei bist du?“, flüsterte Steininger.

„So kann man das nennen“, bestätigte Kröswang. „Ich bin heute auch nur da, weil ich meine Mutter in Traun besucht hab. Es geht ihr nicht gut, sie liegt im Sterben. Da bin ich jetzt öfter in der Gegend.“

Steininger nahm einen tiefen Schluck aus dem Bierglas und sinnierte. Er blickte sich kurz um und bedeutete Kröswang, etwas näher zu rücken. Kröswang beugte sich über den Tisch.

„Heini, wenn du mit den politischen Sachen beschäftigt bist, dann könntest mir ja, so unter der Hand, vielleicht ein bisserl weiterhelfen."

„Also eigentlich, Sepp, geht das nicht, weißt eh. Amtsgeheimnisse werden nicht so mir nix dir nix überm Biertisch erzählt", entgegnete Kröswang. Auch er blickte sich um. „Um was geht's denn?", fragte er flüsternd.

Steininger rückte noch näher an den Kameraden. „Um den Schinagl Karl geht's", raunte er mit verschwörerischer Miene Kröswang zu. In kurzen Worten erzählte er den Fall und seine Paradoxien. Wie konnten die Fingerabdrücke eines Mannes, der eigentlich seit letztem Jahr im Gefängnis saß, zu einem eben aufgefundenen Toten passen? „Sitzt der Schinagl jetzt, oder sitzt er nicht, Heini? Auf Deutsch: Könnte das wirklich sein, dass der am Dienstag nach Ostern in Linz tot vor einer Schule liegt?"

Kröswang blickte Steininger zunächst stirnrunzelnd an, dann räusperte er sich und meinte: „Kurz und bündig gesagt, ausschließen kann ich das nicht."

„Ja, aber wie?" Steininger war aufgeregt, seine Stimme war wieder lauter, als sie eigentlich sein sollte. Um seine Nerven zu beruhigen, fischte er vom Tablett einer vorbeieilenden Kellnerin einen Teller Palatschinken.

„Nicht jetzt und nicht da, Sepp. Außerdem, schrei nicht so! Weißt was?" Kröswang warf wieder einen prüfenden Blick ringsum. „Am Sonntag bin ich wieder in Traun bei der Mutter, da treffen wir uns einfach. Bis dahin kann ich dir mehr sagen, ich muss da selbst noch ein bisserl recherchieren. Aber eins sag ich dir gleich: Von mir hast gar nichts, gell? Das ist momentan eine heikle Angelegenheit."

„Freilich, freilich“, Steininger nickte eifrig. Gerade eben ging in Wien der große Schutzbundprozess seinem Ende zu, bei dem namhafte Führer der sozialdemokratischen Kampforganisation einer Verurteilung entgegensahen. Die Zeitungen berichteten ausführlich darüber. Außerdem stand der erste Mai vor der Tür. Die Unruhe vor diesem traditionellen Festtag der Arbeiterbewegung war in der Bundespolizeidirektion allenthalben spürbar. Würde sich die nach wie vor sozialdemokratisch eingestellte Arbeiterschaft diesen Feiertag vom Ständestaat so einfach abluchsen lassen, oder würde es Aktionen geben?

„Gut, dann treffen wir uns um sechs am Abend draußen in St. Peter beim ‚Schrefler‘, wenn’s den noch gibt“, sagte Kröswang. „Seinerzeit im Krieg hast du so geschwärmt von den Steckerlfischen dort, dass einem das Wasser im Mund zusammengelaufen ist. Bis heut hab ich es noch nicht geschafft, dort hinzukommen.“

Steininger schmatzte zufrieden. Glück muss der Mensch haben, dachte er. Geht man zum Kameradschaftsabend, und auf einmal ist man der Lösung des Falles ein bisschen nähergerückt.

Als Steininger mehrere Stunden später nach Bier, Fett, Rauch und Schweiß stinkend versuchte, sich daheim die Hose auszuziehen, war er vollkommen betrunken. Da sich Kröswang standhaft geweigert hatte, weiter über Schinagl zu sprechen, war man über kurz oder lang wieder bei den gemeinsamen Kriegserlebnissen gelandet. Man wärmte Erinnerungen über das Wohlleben hinter der Front auf, etwa, als man einmal mitten im Winter ein Wettfressen der Zahlmeisterei veranstaltet hatte, das naturgemäß Steininger gewonnen hatte. Man erinnerte sich daran, wie man waggonweise Lebensmittel, Schuhe und Schnaps aus Divisionsbeständen illegal verkauft hatte oder wie man von galizischen Juden, angeblich auf höheren Befehl, Schmuck, Gold und Kleidung requiriert und in die eigene Tasche gesteckt hatte. Kurzum, es war alles recht gemütlich gewesen. Irgendwann hatte man gemeinsam mit ein paar anderen bemerkt, dass die Kapelle aufgehört hatte zu spielen und sich der Saal bereits geleert hatte. Weil man aber eben so jung schon gar nicht mehr zusammenkam, hatte man beschlossen, den Abend noch nicht enden zu lassen. Einen Fähnrich, der sich am Stelzhamer-Denkmal übergeben hatte, nahm man kurzerhand mit in das nahe gelegene Tanzlokal „Rosenstüberl". Da die Stimmung dort aber keineswegs den Erwartungen entsprach, war man schon nach ein paar Halben im Animierlokal „Orient" gelandet. Dort erschien den Männern die Stimmung entschieden besser, leichtbekleidete Damen nahmen sich der betrunkenen Veteranen an. Als Steininger am nächsten Tag das Geschehen zu rekonstruieren versuchte, glaubte er, sich vor allem an zwei brünette Tänzerinnen erinnern zu können, die kokett auf den Knien des Fähnrichs Platz genommen und den Takt des Radetzkymarsches auf ihren Schenkeln geklopft hatten. Am besten konnte er sich aber daran erinnern, dass er irgendwann ein schlechtes Gewissen bekommen und zu weinen begonnen hatte. Die Mizzi daheim war ihm eingefallen, die ihm den dunklen, mittlerweile völlig verschmutzen schwarzen Anzug hergerichtet hatte. Einen Sohn hatte sie ihm geschenkt, immer hatte sie ein offenes Ohr für ihn, achtete darauf, dass er stets warmes Essen und saubere Kleidung bekam! Von diesem Zeitpunkt an wollte Steininger nur mehr heim. Was war er nur für ein Mann! Weinend war er nach Hause gewankt.

Daheim hatte ihn erwartungsgemäß Stille und Dunkelheit erwartet, Frau und Sohn hatten fest geschlafen. Steininger war bemüht gewesen, keinen Lärm zu machen. Nur seine geliebte Frau hatte er doch noch einmal herzen und drücken müssen, die Gute, die so viel Mühe mit ihrem Mann hatte! So war er ins Bett gefallen und hatte der Seinigen schmatzend übelriechende Küsse auf Mund und Wangen gedrückt. Zwar war ihm seine Mizzi gar nicht gerührt erschienen, ganz im Gegenteil, sie hatte ihn einen versoffenen alten Sumper geheißen, der stinke wie ein Geißbock. Am nächsten Tag aber war er überzeugt, dass er sich verhört haben musste, der Alkohol hatte ihm gewiss einen Streich gespielt. Seine Mizzi würde nie und nimmer so hässlich von ihm reden!

12.

Der nächste Tag verlief für Steininger recht unbefriedigend. Ein Teil seiner Mannschaft wurde zur Klärung einer Messerstecherei zwischen den Besatzungen eines rumänischen und eines ungarischen Kahns am Donaukai benötigt, sodass ihm für die Bearbeitung des Mordes zunächst nur Ertl und Lampelmaier blieben. Seine eigene Arbeitsfähigkeit war nach dem Kameradschaftsabend durch den Alkoholgenuss eingeschränkt. Doch auch mit voller Mannschaft und leistungsfähigem Bezirksinspektor wäre man der Lösung des Falles wohl um keinen Deut näher gekommen. Diese Sache war an einem Punkt angelangt, an dem sich Steininger fragte, ob man den Fall überhaupt würde lösen können. Und Zechenter machte Druck, er wollte Ergebnisse sehen!

Die Identität des Ermordeten war nach wie vor nicht klar. Ob es sich tatsächlich um Karl Schinagl handelte, hatte sich noch immer nicht zweifelsfrei klären lassen. Die Übereinstimmung der Fingerabdrücke des Toten mit jenen, die unter dem Namen Karl Schinagl in einem geheimen Winkel der Registratur abgelegt waren, stellte das stärkste Indiz dar, schloss aber andere Möglichkeiten nicht aus. Schließlich erwies sich die daktyloskopische Registratur als bedeutend schlampiger als erwartet. Ihre Präzision, ebenso wie die Geschwindigkeit, mit der Aufträge bearbeitet wurden, hatte nicht zuletzt durch die Einsparungsmaßnahmen der letzten Jahre stark gelitten. In Sonntagsreden schmückte sich der Polizeidirektor zwar gerne mit schönen Worten wie der Rationalisierung der Polizeiarbeit und dem Einsatz modernster Methoden, dies erwies sich bei näherer Betrachtung, wie Steininger einmal mehr feststellte, jedoch als mehr oder minder leeres Geschwätz. Man konnte sich offenkundig selbst bei einfachsten Anfragen nicht einmal auf die Abteilungen im eigenen Haus verlassen.

Die Gefängnisverwaltung in Garsten schwor nach wie vor Stein und Bein, dass Schinagl einsitze und am Leben sei, eine Befragung des Sträflings durch einen Linzer Kriminalbeamten wurde aber ohne Begründung weiterhin strengstens untersagt. Man hatte ein paar alte Bekannte Schinagls aufgetrieben, die in dem Toten Schinagl erkennen wollten, einzelne von ihnen aber schworen das gerade Gegenteil, und einige waren sich nicht völlig im Klaren. Im Übrigen war sich Steininger nicht sicher, wie diese Aussagen zu bewerten waren. Man musste davon ausgehen, dass die Befragten der Polizei allesamt feindlich gesonnen waren. Ertl hatte schließlich sogar die Polizisten ausfindig gemacht, die Schinagl Ende Februar 1934 festgenommen hatten.

Schinagl hatte jene Schutzbundabteilung geführt, die den „Jägermayrhof", ein Ausflugsgasthaus auf einem der Linzer Hausberge, gegen eine Übermacht aus Bundesheer und Polizei verteidigt hatte. Nach zähem Kampf hatte man sich schließlich doch ergeben müssen, wobei Schinagl unter unklaren Umständen zunächst die Flucht gelungen war. Trotzdem der Mann, dessen Leiche bei der Dollfußschule gefunden worden war, deutlich hagerer wirkte als Schinagl bei seiner Verhaftung, waren die Polizisten davon überzeugt, in der Leiche den Schutzbundführer zu erkennen. Dies stellte für Steininger, der die beiden bei der Besichtigung der Leiche begleitet hatte, ein weiteres starkes Indiz für seine Befürchtung dar. Richtige Klarheit konnte aber nur jemand bringen, der diesen Mann jahrelang tagtäglich gesehen hatte: seine Frau. Es war an der Zeit, mit ihr zu sprechen.

Und solange nicht klar war, um wen es sich bei dem Toten handelte, scheute sich Steininger, Gustls Hinweis auf den Wagen, mit dem der Tote transportiert worden sein sollte, zu intensiv zu verfolgen. Lampelmaier hatte recherchiert, dass von den drei in Linz und Umgebung gemeldeten hellen Steyr 40 jener der Blumenhandlung Schopper zum fraglichen Zeitpunkt in Reparatur gewesen war. Der Mechaniker der „Zentralgarage Bartl & Co" in der Weißenwolffstraße beteuerte, dass man den Wagen unmöglich in Gang hätte setzen können, schließlich habe man vor Ostern den Motor des Wagens ausbauen müssen und sei eben erst dabei, ihn wieder einzubauen.

Eine Recherche bei sämtlichen in Frage kommenden Werkstätten in Linz und Umgebung hatte ferner ergeben, dass in letzter Zeit kein derartiger Wagen lackiert worden war. Damit war klar, dass der Tote von einem der verbleibenden Autos angeliefert worden sein musste. Der Kaffeesieder, der das Café Zentral betrieb, konnte nachweisen, dass er zum fraglichen Zeitpunkt bei seiner Tarockpartie im Gasthaus Klosterhof gewesen war und somit nicht in Frage kam. Zwar wurden die Autoschlüssel abends grundsätzlich im Lokal aufbewahrt, aber Zugang hatte, seinen Angaben zufolge, abgesehen von ihm selbst nur die Kellnerin Cäcilia Maisberger, die aber zur fraglichen Zeit im Lokal gearbeitet hatte. Im Übrigen war sie des Fahrens unkundig, was wiederum nicht für den Kellner Heinrich Ocmanek galt. Dieser hatte am fraglichen Tag aber nur bis zum späten Nachmittag Dienst gehabt, während der Cafetier tagsüber im Lokal gewesen war und die Autoschlüssel dabei stets bei sich zu tragen pflegte.

Somit blieb letztlich nur die Linzer Heimwehr übrig. Doch Steininger scheute sich, dort vorzusprechen. Was sollte er vorbringen? Ob die Herren Heimatschützer wohl einen Mann, der für die einen Schinagl hieß, für die anderen aber nicht, umgebracht hatten? Nein, bei der Heimwehr musste man schon mit hieb- und stichfesten Beweisen kommen, sonst konnte er an den Fingern einer Hand abzählen, wann sich der Herr Sicherheitsdirektor beim Herrn Hofrat über einen gewissen Steininger, Bezirksinspektor beim Sicherheitsbüro, erkundigen würde. Wenigstens einen Fortschritt musste Steininger erzielen, denn zu allem Überfluss hatte ihm Zechenter am Vortag wortlos die Tagespost in die Hand gedrückt, wo es die wilden Spekulationen über den Mord mittlerweile auf die Titelseite gebracht hatten.

All dies drückte die Stimmung Steiningers gehörig. Brummig saß er in seinem Büro, erledigte gemeinsam mit Ertl die Recherchen, von denen er insgeheim wusste, dass sie wenig einbringen würden, und hoffte auf die Erkenntnisse, die ihm Kröswang liefern würde.

Schließlich wurde er auch noch unfreiwillig an den Abschluss des Kameradschaftstreffens erinnert. Eine Prostituierte namens Klara Angerer, die im Zuge einer Razzia von der Sittlichkeitsabteilung festgenommen worden war, verlangte, umgehend mit dem Inspektor „Pepi" Steininger, der ihr kürzlich im Café „Orient" nahegekommen sei, sprechen zu können. Die Beamten hätten das wohl ignoriert, wäre just in dem Moment nicht Steininger auf dem Weg zur Toilette an ihnen vorbeigeschlurft. Die Angerer war hellauf entzückt, ihren Pepi wiederzusehen, während sich die stetig vermehrende Schar der Polizisten grinsend die hilflosen Versuche Steiningers anhörte, alles abzustreiten. Steininger konnte sich ausrechnen, dass noch am selben Tag die gesamte Linzer Polizei von diesem Vorfall erfahren würde.

Schlimmer aber war, dass ihm anschließend auf der Toilette der Portier des Hauses, Hinterriegler, ein versoffener Kriegsinvalide mit allgemein bekanntem Hang zu unsagbaren Ferkeleien, auf die Schulter klopfte und in verschwörerischem Ton meinte: „Wenn S' einmal was Spezielleres wollen, Herr Inspektor, ich könnt Ihnen da schon was vermitteln."

13.

Therese Schinagl wurde am frühen Samstagabend von Ertl in ihrer Wohnung in der Franckstraße abgeholt. Als er ihr den Grund seines Besuchs mitteilte und erzählte, dass es möglicherweise ihr Mann war, der kürzlich tot aufgefunden worden war, beobachtete er ihre Reaktion genau. Die Überraschung, das ungläubige Entsetzen, das sich in ihrem Gesicht ausbreitete, entsprach den Reaktionen, die Ertl in solchen Fällen bereits beobachtet hatte. Allerdings trat Therese Schinagls Erschütterung unmittelbar zutage, während bei anderen erst ein Moment verging, in dem die Botschaft realisiert wurde.

Als sie wenige Minuten später von Steininger, der persönlich mit ihr sprechen wollte, und Ertl in den kühlen, mit weißen Fliesen verkleideten Raum geführt wurde und in das Gesicht der Leiche starrte, vermochte der Bezirksinspektor keine Gefühlsregung an ihr wahrzunehmen. Weder brach sie in Tränen aus, noch wandte sie sich entsetzt ab oder holte ein Taschentuch aus ihrer abgetragenen braunen Tasche. Steininger blickte sie fragend an. Er bemerkte ihre rissigen Hände, die von harter Arbeit zeugten.

„Nein", sagte sie schließlich mit ruhiger Stimme. „Nein, mein Mann ist das nicht." Sie atmete einmal tief ein. „Ganz gewiss nicht."

„Sind Sie sich sicher? Der Schuss hat sein Gesicht verändert", bohrte Steininger nach.

„So ist es", bestätigte Dr. Weißmann vom polizeiärztlichen Dienst, der auch die Obduktion an der Leiche vorgenommen hatte. „Schauen S', hier", er beugte sich über den Körper und deutete mit dem kleinen Finger seiner rechten Hand, auf dem ein riesiger Siegelring prangte, auf eine Stelle im Gesicht des Toten, „hier fehlt ein Stückerl vom Wangenknochen und da ..."

„Herr Doktor!", zischte Steininger ärgerlich. Furchtbar, dieser Weißmann! Dass er es genoss, an Toten herumzuschneiden, war in diesem Metier naturgemäß kein Fehler. Dass er dies zu Studienzeiten auch an Lebenden getan hatte, bewiesen die Schmisse in seinem Gesicht, die ihn als Mitglied einer schlagenden Studentenverbindung auswiesen. Dass er darüber hinaus auch wichtige Zeugen einschüchterte, indem er allfällige Deformierungen der Körper von Toten genüsslich ausbreitete, ging für Steininger aber doch zu weit. Weißmann verschränkte beleidigt die Arme hinter dem Rücken und zog sich zurück.

„Ich werd doch meinen Mann kennen!“, rief Therese Schinagl, drängte sich an Steininger vorbei und ging ruhigen, aber bestimmten Schrittes hinaus. Ertl wollte sie daran hindern, aber ein kurzes Kopfschütteln Steiningers hielt ihn davon ab. Der Bezirksinspektor musste sich erst darüber klar werden, wie er ihre Reaktion zu bewerten hatte. Vieles sprach dagegen, dass sie eben ihrem toten Mann ins Gesicht geblickt hatte. Zwar schien sie einmal, als sie tief eingeatmet hatte, die Fassung zu verlieren, doch konnte dies auf den Anblick einer Leiche, das entstellte Gesicht und die wenig einfühlsame Einführung durch Dr. Weißmann zurückgeführt werden. Andererseits musste Therese Schinagl doch einiges gewöhnt sein. Schließlich arbeitete sie im städtischen Schlachthof, und als engagierte Sozialdemokratin, die sie zumindest bis zum Februar 1934 gewesen war, hatte sie damals schwerverletzte Schutzbündler versorgt.

Warum aber sollte sie es verbergen, wenn sie den Toten als ihren Mann identifiziert hatte? Natürlich war ihr bekannt, dass er offiziell in Garsten einsaß, möglicherweise schien es ihr deshalb sicherer, sich an dieser Version zu orientieren. Aber falls dem so war, musste sie vom Tod ihres Mannes erfahren haben, bevor die Polizei sie geholt hatte. Nur eine zweite Erklärung schien Steininger plausibel: Jemand wollte nicht, dass sie den Toten als Karl Schinagl identifizierte. Wer aber könnte sie unter Druck gesetzt haben? Zweifellos nur jemand, der die Schwierigkeiten der Polizei voraussah, den Mann zu identifizieren, und der sich von einer Falschaussage Therese Schinagls erhoffte, dass die Ermittlungen dadurch im Sande verliefen oder zumindest entscheidend verschleppt wurden. Hier wiederum schienen Steininger nur zwei Möglichkeiten plausibel: entweder die Heimwehr, sofern sie tatsächlich mit einem alten Gegner abgerechnet hatte, oder jemand aus der Polizei selbst. So furchtbar Steininger diese Option erschien, so wenig von der Hand zu weisen war sie. Als dem Linzer Schutzbundführer Richard Bernaschek nach dem Scheitern des Aufstands 1934 die Flucht gelungen war, hatte dies ein peinliches Versagen der Polizei dargestellt. Wollte jemand das Bekanntwerden eines zweiten, ähnlich gelagerten Falls verhindern? Falls dem so war, musste davon ausgegangen werden, dass höchste Kreise der Linzer Polizei zumindest davon informiert waren. Vielleicht aber hatten auch ihre Genossen aus der Sozialdemokratie selbst Druck auf Therese Schinagl ausgeübt, um nicht nach Richard Bernaschek den Verlust des zweiten großen Hoffnungsträgers der Linzer Arbeiter bekannt geben zu müssen. Steininger brummte der Kopf, er setzte sich auf einen klapprigen Sessel neben der Tür und holte eine „Donau“ hervor.

„Ist Ihnen was, Herr Inspektor? Brauchen S’ ein Riechsalz?“, fragte Weißmann spöttisch, der in der Reaktion Steiningers ein sensibles Gemüt vermutete. „Hier scheidet sich halt die Spreu vom Weizen“, fuhr er gut gelaunt zu Ertl fort.

„Herr Doktor, haben S’ denn nichts zu tun?“, fragte Steininger gequält.

„Aber freilich, zu tun gibt es immer etwas, mein lieber Inspektor, ich hab da gerade einen zertrümmerten Schädel hereingekriegt, das müssen Sie sich anschauen, das hat man selbst im Krieg selten gesehen!"

Steininger schüttelte langsam den Kopf. „Mir genügt der eine da", deutete er auf die Leiche.

„Und Sie meinen, dass der Tote der Mann von dieser Frau Schinagl war?", fragte Weißmann nun ernsthafter interessiert.

„Es gibt einige Hinweise, aber wenn die Frau selbst behauptet, den Mann nicht zu kennen ..."

„Es sollen schon mehr Weiber ihre Männer am Gewissen haben. Die hat gelogen, das sollte sogar Ihnen aufgefallen sein."

„Kann sein, muss aber nicht. Selbst wenn, heißt das noch nichts. Da kann es viele Gründe geben." Mit Grauen dachte Steininger an mögliche Machenschaften in höheren Kreisen von Polizei oder Heimwehr.

„Aber ist das nicht merkwürdig, Steininger", fuhr Weißmann unbeirrt fort. „Ein Mann wird tot aufgefunden und nach ein paar Tagen will ihn seine Frau nicht erkennen. Ich sag's Ihnen, Steininger, die ist gescheiter, als sie dreinschaut, die weiß natürlich, dass Sie Schwierigkeiten haben, die Leiche zu identifizieren, wenn Sie erst nach ein paar Tagen zu ihr kommen. Vielleicht hat sie ihm gerade deswegen das halbe Gesicht weggeschossen!"

„Ist Ihnen übrigens das mit dem Ring aufgefallen?", fragte Ertl zögernd.

„Welcher Ring?", fragte Steininger grantig. Er hasste es, wenn er von anderen auf Spuren gestoßen werden musste.

„Die Frau ist ja offenbar verheiratet, trägt aber keinen Ehering."

„Das stimmt, ich hab auch keinen gesehen“, bestätigte Weißmann.

„Ja und?“, brummte Steininger, der immer noch nicht begriff, worauf Ertl hinauswollte. Und dass er ihn so vor dem Weißmann bloßstellen musste. Da würde es bald heißen, der Steininger muss sich seine Fälle von den Lehrbuben lösen lassen, selbst ist er schon zu alt dazu!

„Die Schinagls sind nie geschieden worden, und wenn der Mann wegen der gemeinsamen politischen Ideale ins Gefängnis wandert und dann ins Ausland flüchtet, wäre es doch sehr merkwürdig, dass seine Frau gerade dann den Ehering ablegt – es sei denn, die Ehe war alles andere als gut“, erläuterte Ertl.

„Und als er dann wieder aufgetaucht ist, hat sie die Trennung mit der Pistole zu einer endgültigen gemacht!“, ergänzte Weißmann, dem diese Abwechslung immer mehr behagte.

„Aber so ein Schmarrn“, rief Steininger beleidigt, „was ihr euch alles ausdenkt. Es gibt hundert Gründe, warum ein Verheirateter keinen Ehering trägt!“

„Und einer davon heißt Klara Angerer, gell, Steininger?“, zwinkerte Weißmann.

Steininger lief mit tiefrotem Kopf hinaus. Im Rathausbuffet kippte er an der Schank ein paar Schnäpse, um seine Wut hinunterzuspülen. Als er wieder einigermaßen klare Gedanken fassen konnte, musste er sich eingestehen, dass die beiden vielleicht Recht hatten. Vielleicht war es tatsächlich nur ein einfacher Ehestreit, den Therese Schinagl auf ihre Weise gelöst hatte. Möglicherweise hatte sie sich mit einem anderen getröstet. Würde es da nicht naheliegen, den Ehegatten, der offiziell im Gefängnis saß und der – aus welchen Gründen auch immer – plötzlich aufgetaucht war, endgültig verschwinden zu lassen? Konnte sie in diesem speziellen Fall nicht nur damit rechnen, dass niemand den Mann vermissen würde, sondern auch damit, dass die Polizei nur halbherzig ermittelte? Aber wie passte die Zeugenaussage ins Bild, wonach der Tote mit einem Lieferwagen antransportiert worden war? Nichts schien mehr zusammenzupassen. Steininger fühlte sich diesem Fall zusehends hilflos ausgeliefert, dessen Dimensionen für ihn nach wie vor nicht absehbar waren und dessen Bearbeitung er selbst nicht mehr kontrollieren zu können glaubte. Eine letzte Hoffnung blieb ihm: sein alter Kamerad Kröswang Heinrich. Es war höchste Zeit, dass sie miteinander sprachen.

14.

„Schreflers Gasthaus" in St. Peter war, außer im Sommer, an Sonntagabenden nur mäßig besucht. So fand Steininger, als er am frühen Abend die schwach beleuchtete Gaststube betrat, die meisten Tische des Lokals leer vor. Nur am großen Tisch neben dem Eingang, der offenbar als Stammtisch diente, unterhielten sich ein paar ältere Bauern über die Zwangsversteigerung eines Hofes in der Nachbarschaft. In letzter Zeit hatte man häufiger von solchen Fällen gehört, die Zusammenhänge waren Steininger aber nicht bekannt. Im Grunde interessierten sie ihn auch nicht, es sei denn, daraus ergab sich für ihn die Gelegenheit, einen billigen Grund in St. Peter zu ergattern. Als die Bauern den Eintretenden bemerkten, verstummten sie kurz, sprachen dann aber in gedämpftem Tonfall weiter.

Kröswang war noch nicht da, so setzte sich Steininger an einen Ecktisch abseits der Schank und bestellte bei einer dürren Kellnerin eine Halbe Bier und, da ihm die Strapazen der letzten Tage den Appetit verdorben hatten, nur ein Rindsgulasch. Der Wirt setzte sich zu den Bauern, von denen einer Tarockkarten hervorholte. Ein kleiner Bub kam mit einem Krug in die Gaststube und ließ sich Bier für seinen Vater geben.

Wie anders wirkte dieses Wirtshaus an den Sonntagnachmittagen im Sommer! Bei Schönwetter war das Ausflugslokal mit seinem großen Gastgarten oft bis auf den letzten Platz besetzt. Der Wirt füllte mit hochgekrempelten Ärmeln mechanisch ein Bierglas nach dem anderen und brüllte gleichzeitig Kommandos in die von schwerem Bratenduft erfüllte Küche. Der Fischbrater war bis spät am Abend, wenn die Lichter in den bunten Lampions schon lange brannten, damit beschäftigt, die zahlreichen Ausflügler mit Steckerlfischen zu versorgen, und die Kellnerinnen schwitzten unter der Last der gefüllten Tabletts. Für einen kurzen Moment genoss Steininger die durch das dumpfe Licht verstärkte, ruhige Stimmung, da öffnete sich leise die Tür der Gaststube und Kröswang kam, eine Tasche unter den Arm geklemmt, herein und steuerte umgehend auf Steiningers Tisch zu.

„Servus, Pepi."

„Servus, Heinrich."

Kröswang setzte sich, ohne die Tasche aus der Hand zu geben, und bestellte leise ein Bier und einen Schweinsbraten. Bis die Kellnerin mit schlurfendem Schritt das Gewünschte brachte, unterhielten sich die beiden über Belanglosigkeiten.

„War noch recht gemütlich unlängst, gell?", fragte Kröswang schließlich kauend.

Bei der Erinnerung an den Kameradschaftsabend wurde Steininger rot. Er nahm einen großen Schluck

Bier und wischte sich mit dem Handrücken über seinen Schnurrbart.

„Wie man's nimmt. Am Anfang auf jeden Fall, aber an das letzte Lokal kann ich mich nicht mehr erinnern. Stell dir vor, jetzt ist bei einer Razzia eine Hur mitgenommen worden, die behauptet steif und fest, ich wär mit ihr bekannt! Kannst du dir so was vorstellen?"

„Du meinst die im Café ‚Orient'? Die Dunkelhaarige? Die ist mir schon im Gedächtnis geblieben." Kröswang lachte verschmitzt. „Du solltest dich eigentlich auch noch an die Frau erinnern, dich hat s' ja, scheint's, ganz besonders ins Herz geschlossen."

„So ein Schmarrn!", schmetterte Steininger unwirsch ab, „ich war doch sicher nicht in so einem Etablissement!"

„Aber freilich warst du dort! Du, der Grabner, weißt schon, der Dicke, der im Krieg beim Train gewesen ist, und der Fähnrich, der sich beim Stelzhamer-Denkmal übergeben hat! Eigentlich wär ich ja am liebsten ins Bett, mir hat's gereicht!", replizierte Kröswang schmunzelnd, während er das letzte Stück Semmelknödel aufspießte.

Steininger war vom Erinnerungsvermögen seines Kameraden beunruhigt. Wenn nur die Mizzi nichts erfuhr! Die stellte wer weiß was mit ihm an! Lustlos stocherte er in den Resten seines Gulaschs.

„Wie geht's denn deiner Mutter?", versuchte Steininger, das Gespräch in weniger verfängliche Bahnen zu lenken.

„Leider schlecht, ich muss auch später noch zu ihr. Deshalb lass uns lieber gleich über die gewisse Sache reden", meinte Kröswang und öffnete nun die Tasche, die er während der Mahlzeit zwischen die Knie geklemmt hatte.

„Ich hab dir da den Akt über den besagten Vorgang mitgebracht." Kröswang blickte sich um. „Oberstes Gebot ist natürlich absolutes Stillschweigen", flüsterte er. „Aber das kannst du dir ja denken. Es handelt sich schließlich um einen für die Polizei und den Staat insgesamt, sagen wir, sehr unangenehmen Vorgang. Damit mein Interesse an diesem Schinagl nicht zu sehr auffällt, hab ich mir gleich ein Dutzend Schutzbundakten ausheben lassen. Den Akt kannst du natürlich nicht behalten, das geht auf keinen Fall, du kannst ihn nur hier lesen und gleich wieder vergessen, dass ich ihn dir gezeigt habe."

Steininger nahm den Aktenumschlag und öffnete ihn, schlug den Umschlag aber schnell wieder zu. „Heinrich, ich glaub, es macht mehr Sinn, wenn du mir die ganze Sache einfach erzählst."

Kröswang zögerte. „Na gut, aber nicht da im Wirtshaus. Wir gehen ein Stück zusammen." Die beiden tranken aus und zahlten. Sie schlenderten durch das stille, dunkle Dorf, an der kleinen Kirche und der Fischzuchtanstalt vorbei, bis sie am Rande der Au einen umgekippten Baumstamm entdeckten, auf den sie sich setzten. Steininger fröstelte etwas, hier an der Donau waren die Abende noch recht kühl.

„Pepi, das Beste ist wohl, wenn du zuerst erzählst, wie es um den Fall steht." Steininger schilderte in knappen Worten den Leichenfund und die Hinweise, die darauf hindeuteten, dass der Tote Karl Schinagl war, vergaß aber auch nicht, jene Indizien und Zeugenaussagen anzuführen, die dagegen sprachen. Er erwähnte die merkwürdige Haltung der Garstener Gefängnisverwaltung und die Reaktion von Schinagls Frau. Die Zeugenaussage Gustls, die auf eine Beteiligung der Heimwehr hinzuweisen schien, verschwieg er. Nur nicht unnötig viel Politik hineinzubringen, hielt er für klüger. Möglicherweise handelte es sich ja nur um eine private Angelegenheit. Vielleicht geht's mir am Ende auch so, dachte er kurz, verscheuchte aber den Gedanken an drohende Konsequenzen aus dem Kameradschaftsabend.

„Kurz gesagt, Heinrich, ohne dich bin ich aufgeschmissen“, lautete das wenig optimistische Resümee Steiningers.

Kröswang hatte die ganze Zeit schweigend zugehört und nur gelegentlich mit Zwischenfragen die etwas wirre Erzählung Steiningers zu klären versucht. Eingehend betrachtete er die Fotos der Leiche, die Steininger ihm im schwachen Lichtschein mehrerer Zündhölzer zeigte, legte sie schließlich beiseite und starrte in den Auwald.

„Und, Heinrich, sag schon was. Was ist jetzt?“, fragte Steininger unsicher.

„Eure Leiche ist der Schinagl“, antwortete dieser nach einer Weile mit betont ruhiger Stimme. „Dass die Gefängnisverwaltung behauptet, er sitze ein, geht auf eine mündliche Weisung aus dem Ministerium zurück. Niemand darf wissen, dass noch ein hochrangiger Schutzbündler entflohen ist. Das macht, wie du dir denken kannst, ein verheerendes Bild. Zuerst der Bernaschek, dann der Schinagl. Was würdest du dir über eine staatliche Ordnung denken, die so mir nix, dir nix zwei erbitterte Feinde laufen lässt? Das hängst du aber nicht an die große Glocke, gell, Josef? Nicht, dass ich das in der Zeitung lesen muss.“

Steininger schwor hoch und heilig, nur jenen davon zu erzählen, die davon wissen mussten.

Kröswang fuhr fort: „Jedenfalls bedeutet das zweierlei: Erstens, deine Ermittlungen werden entweder sehr einfach oder du marschierst durch ein Minenfeld. Und zweitens: Dass der Tote Schinagl ist, heißt für mich, dass ich schon mitten im Minenfeld bin."

Steininger verstand kein Wort. Ihm wurde schlagartig klar, dass er in den letzten Tagen im Inneren stets gehofft hatte, dass der Tote nicht Schinagl war. Er hatte es nicht nur gehofft, er hatte sogar den entsprechenden Hinweisen deutlich mehr Gewicht beigemessen, als ihnen bei Lichte betrachtet zukam. Denn diese Indizien waren sowohl spärlich als auch recht unkonkret. Unter normalen Umständen hätte Steininger eindeutig den viel konkreteren und glaubwürdigen Hinweisen, die für Schinagl als Opfer sprachen, Glauben geschenkt. Doch in diesem Fall war dies gleichbedeutend mit politischen Verwicklungen, mächtigen Interessen und sehr viel Aufmerksamkeit für einen kleinen Bezirksinspektor, der doch nichts als seine Ruhe wollte.

„Kannst du das einem einfachen Provinzkriminaler erklären?"

Kröswang hatte eine Packung „Milde Sorte" hervorgeholt und bot Steininger eine an, der sie dankend annahm. Schweigend zündete Kröswang die Zigaretten an.

„Ich glaube, jetzt muss ich dir Näheres darüber erzählen, was meine Arbeit ist. Du weißt, wir beschäftigen uns mit den politischen Sachen, das heißt mit allem, was den Staat gefährdet. Wie du dir denken kannst, wird diese Aufgabe nicht einfacher. Wir haben jetzt zwar mehr Möglichkeiten als zu Republikszeiten, aber das ist dann auch schon die einzige Erleichterung für uns. Es ist heutzutage nicht mehr so klar, wer für und wer gegen den Staat ist. Früher war das einfach. Da die Sozialdemokraten, da die Kommunisten und dort die Nazis, aber jetzt? Jeder in Österreich, ob staatstreu oder nicht, würde sich die Finger abschlecken, wenn hier der Hitler auch so viel Arbeit schaffen würde wie draußen in Deutschland. Und überhaupt, wo hören die Nazis auf und wo fängt die Heimwehr an? Es gibt mittlerweile Fälle, wo die Nazis den Sozialdemokraten helfen, wenn es gegen den Staat geht! Wer hätte sich früher so etwas gedacht. Aber seit der Sache mit Bernaschek müssen wir das leider auch in Betracht ziehen."

Steininger nickte eifrig. Auch er war überrascht gewesen, zu erfahren, dass der geflohene Schutzbundführer von Nazideutschland mit offenen Armen empfangen worden war.

„Das zeigt", fuhr Kröswang fort, „dass Gesinnung nicht mehr unüberwindbare Gräben aufwirft. Aber zurück zum Schinagl: Der ist bei der Überführung ins Gefängnis entkommen. Im Unterschied zur Flucht von Bernaschek hat ihm aber niemand geholfen, soweit wir das in Erfahrung gebracht haben. Es war schlicht und einfach die Blödheit von einem Polizisten schuld, dass einer der wichtigsten Beteiligten an der Schutzbundaktion im Februar letzten Jahres auskommen hat können." Kröswang war lauter geworden, die Flucht Schinagls ärgerte ihn offenbar immer noch. „Die Gefängnisleitung von Garsten ist instruiert worden, so zu tun, als ob der Schinagl einsitzt. Du wirst verstehen, dass wir es uns nicht leisten können, dass auch dieser Fall in der Öffentlichkeit bekannt wird. Anders als Bernaschek war der Schinagl aber nicht so blöd, sich nach Deutschland kutschieren zu lassen. Als ob der Hitler ihm dort die Weltrevolution ermöglichen würd! Er ist nach Brünn zu seinen Genossen, hat sich eine neue Identität verschafft und sich schön still verhalten.

Wir haben ihn natürlich überwachen lassen und dabei bemerkt, dass er bald wieder begonnen hat, Kontakte nach Österreich zu knüpfen."

„Wie habt ihr ihn denn aufgespürt?", fragte Steininger, der allmählich die Kälte zu vergessen begann.

„Auch unter den prinzipientreuen Sozialisten findet sich so mancher, der die Brücken in die Heimat nicht völlig abgebrochen hat, lieber Pepi", grinste Kröswang. „Beispielsweise die, denen es gar nicht geschmeckt hat, wie sich die Parteispitze im letzten Jahr klammheimlich ins Ausland verdrückt hat und dabei auch noch die Parteikasse mitgehen hat lassen. Oder die, die Zweifel haben, dass ein Schinagl so mir nix, dir nix der österreichischen Polizei auskommt."

„Wie meinst du das?", fragte Steininger, dem es angesichts dieser Komplexität doch ganz angenehm war, nicht bei der politischen Polizei gelandet zu sein.

„Es hat Gerüchte gegeben, dass wir den Schinagl haben laufen lassen, um ihn in die Exilpartei einzuschleusen. Wir haben, sagen wir es so, nicht viel getan, um diese Gerüchte zu entkräften."

„Raffiniert!", rief Steininger anerkennend.

„Wir haben also sehr viel erfahren über Schinagl und waren gut informiert über seine Schritte. Wir haben auch gewusst, dass er nach Österreich kommt, wo er über die Grenze geht, wann er wo sein wird und was er isst. Wir haben seine Frau überwacht – samt ihrem Liebhaber."

„Die hat einen Liebhaber?", unterbrach ihn Steininger.

„Gehabt zumindest. Ob sie ihn immer noch hat, weiß ich nicht."

„Na bravo, jetzt wird's gschmackig!", rief Steininger. Kröswang blickte ihn irritiert an.

„Eines haben wir jedenfalls nicht mitbekommen.“ Kröswang schlug plötzlich mit vor Wut geballter Faust gegen den Baumstamm. „Seinen Tod. Von seinem Mörder haben wir keine Ahnung. Derjenige, der ihn in der Nacht hätte überwachen sollen, ist vor lauter Fresserei zu Ostern einfach auf seinem Posten eingeschlafen. Dass man in diesem Beruf aber auch immer wieder auf solche Kretins angewiesen ist!“ Erneut schlug Kröswang gegen den Stamm, er wirkte verzweifelt.

„Was hat denn der Schinagl bis dahin in Linz gemacht?“

„Er ist erst am Ostersonntag in Linz angekommen und bei einem ehemaligen Genossen in einem Hofstöckel in der Nähe der Franckfabrik untergetaucht. Er hat sich dann am restlichen Sonntag ruhig verhalten, aber um zwei Uhr in der Nacht ist er zu seiner Frau.“

„Hab ich's mir doch gedacht, dass die bei der Einvernahme gelogen hat.“

Kröswang blickte ihn fragend an, und Steininger berichtete kurz über die Konfrontation Therese Schinagls mit der Leiche ihres Mannes.

„Ja, Pepi, das sind hartgesottene Leute, diese Roten, auch die Weiber zucken da mit keiner Wimper. Was die beiden gemacht haben, konnten wir nicht zweifelsfrei feststellen.“

„Na, was meinst?“, Steininger grinste anzüglich.

„Das wohl nicht, eher scheinen sie gestritten zu haben. Er ist jedenfalls um vier Uhr wieder in sein Versteck zurück und dort bis Montagmittag geblieben. Da ist er dann außer Haus, wie wir im Nachhinein feststellen konnten, aber wie gesagt, wir haben ihn verloren. Das Nächste, was ich über ihn gehört habe, war die Information über seinen Tod. Es sind in Wien nur sehr wenige Leute über die Causa informiert, aber die sind jetzt natürlich in heller Aufregung."

„Was glaubst du, warum er außer Haus gegangen ist?"

„Genau wissen wir es nicht, aber er wollte höchstwahrscheinlich jemanden treffen. Wer das allerdings war ..." Kröswang zuckte resigniert die Schultern. „Weißt du, Pepi, mir gibt zu denken, dass wir viele Informationen haben, aber nicht das letztlich entscheidende Wissen. Wenn die Angelegenheit kompliziert wird, dann ist das eine Sache, aber wenn man nicht einmal mehr weiß, wer mitspielt, dann wird es brenzlig. Das heißt für mich, dass ich erklären muss, warum ich jeden Schritt vom Schinagl mitbekommen habe, nur nicht seinen Tod. Für dich kann es deshalb eine einfache und eine komplizierte Lösung geben. Die einfache: Ermittle noch ein bisserl weiter, nimm ein paar kleine Würstel fest, und irgendwann legst du den Fall zu den Akten. Du musst ja nicht weitersagen, dass du jetzt weißt, dass der Tote der Schinagl war. In der Öffentlichkeit erfährt ohnedies niemand etwas. Die komplizierte: Ermittle richtig weiter, suche den Mörder und nebenbei, ein bisschen versteckter halt, nach den Personen, mit denen er Kontakt hat aufnehmen wollen. Damit wär auch mir geholfen. Aber mach dich darauf gefasst, dass du es mit Leuten zu tun bekommst, gegen die du nicht ermitteln willst. Nur eines: Egal, wie du dich entscheidest, strengste Geheimhaltung! Nur einweihen, wer unbedingt davon wissen muss, zu niemandem sonst ein Wort! Nicht einmal zu deinem Chef."

„Kein Wort zu Zechenter? Wie soll das gehen?"

„Kein Wort! Wenn du etwas brauchst, geh zu Bentz, er ist verlässlich. Wenn er dir nicht glaubt, verweise ihn an mich, ich werde alles bestätigen."

Das mulmige Gefühl, das Steininger in den letzten Tagen immer wieder überfallen hatte, war wieder da, stärker als je zuvor. Warum musste ausgerechnet er diesen verfluchten Fall bearbeiten? Warum konnte er nicht bis zur Pension mit einfachen Raubmorden weitermachen? Er seufzte laut. Ja, wenn man die Sache einfach so hinschmeißen könnte? Das wäre tatsächlich eine feine Angelegenheit, noch dazu, wenn man es so richten könnte, dass man selbst dabei nichts verlor. Wie auch immer, Steininger beschloss, zunächst nicht weiter über die beiden Wege, die Kröswang geschildert hatte, nachzugrübeln. Egal, wie er sich entschied, er würde mehr Informationen benötigen.

„Eine Sache versteh ich nicht, Heinrich. Wenn ihr über den Schinagl so genau Bescheid gewusst habt, warum habt ihr ihn nicht einfach verhaftet, als er über die Grenze gegangen ist?"

„Das ist halt die höhere Kunst der polizeilichen Investigation", belehrte ihn Kröswang. „Wir haben den Schinagl nicht verhaftet, *noch* nicht verhaftet, weil wir gewusst haben, dass er einen Grund hat, wieder nach Österreich zu kommen.

Schau, Pepi, die Ereignisse sind jetzt gut ein Jahr her. Nachdem wir die Roten fertiggemacht haben, habe ich gleich gewusst, dass es jetzt mit den Nazis krachen wird. Nach dem Naziputsch im Juli, wo sie den Dollfuß umgebracht haben, hab ich mir gedacht, das sind Pfuscher. Bei den Möglichkeiten, die die gehabt haben, bei der Unterstützung, die sie sogar bei der Polizei gehabt haben, war die Sache ziemlich miserabel angelegt. Ich hab mir aber auch gedacht, dass sie dazulernen und dass sie es das nächste Mal besser machen werden. Darum müssen wir noch mehr aufpassen und, wenn es sein muss, noch mehr in Lager sperren. Nach außen ist alles ziemlich ruhig, die paar Bomben von den Nazis helfen uns eher, als dass sie uns schaden. Wenn jetzt aber der Schinagl das Risiko auf sich genommen hat, wieder nach Österreich zu gehen, dann sicher nicht wegen seiner Frau, die eh schon längst ein Gspusi mit einem anderen hat. Der ist nach Österreich gekommen, weil er mit seinen alten Genossen wieder was auf die Beine stellen will und dabei ein paar neue Genossen ins Boot holen möchte."

Steininger blickte ihn fragend an. „Die Kommunisten?"

Kröswang lächelte mitleidig. „Die paar Hansln? Die noch dazu völlig zerstritten sind? Wo sich die Trotzkisten, Stalinisten und wer weiß was noch für welche eher gegenseitig die Schädel einschlagen, als irgendwas gegen den Staat zuwege zu bringen?"

„Dann vielleicht die Anarchisten?" Steininger war der merkwürdige Schulwart Leibenfrost eingefallen.

„Wie kommst du denn auf die? Die gibt's bei uns ja gar nicht mehr. Nein, Pepi, ich red von der anderen Seite."

Steininger zögerte, zu unheimlich schien ihm der Schluss daraus. „Das heißt, die Nazis?"

„Richtig, die Nazis! Nichts schmiedet besser zusammen als der gemeinsame Feind", bestätigte Kröswang. „Schinagl ist zwar nicht zum Hitler gegangen wie der Bernaschek, aber er hat Kontakte geknüpft, Leute von beiden Seiten, die sich eine Zusammenarbeit vorstellen können, zusammengebracht. Und du verstehst, Pepi, wie gefährlich das werden kann. Bisher haben sie alle unwissentlich für uns gearbeitet. Die einen haben gegen die Marxisten gewettert, die anderen gegen die braune Flut, und dabei haben alle beide vergessen, dass wir sie derweil fertigmachen können. Aber wenn sich die zwei zusammentun und dann auch noch einen Teil der Heimwehr abwerben, dann gute Nacht, Schuschnigg! Gerade deshalb wäre es so wichtig gewesen für uns, am Schinagl dranzubleiben. Dann hätten wir seine Kontaktleute in Linz mit einem Schlag erwischen können. Du verstehst schon, Pepi, die Pestbeule erst aufschneiden, wenn sie reif ist."

„Das ist gscheit!", rief Steininger begeistert, „wie im Krieg. Da haben wir auch nur die Waggons mit dem Nachschub abgezweigt, wo es sich wirklich gelohnt hat!"

Kröswang blickte Steininger etwas irritiert an. „Ja, es hat halt nicht geklappt. Jemand anders hat schon vorher in die Beule gestochen. Und nun schwirrt das Gift herum, ohne dass man es kontrollieren könnte."

Während Steininger noch überlegte, ob Kröswang möglicherweise der Hinweis auf gemeinsame Schiebereien im Krieg peinlich war, war dieser bereits aufgesprungen und hatte seine steifen Glieder gestreckt.

Als sie sich am Dorfplatz voneinander verabschiedeten, ließ Steininger die Hand von Kröswang nur zögernd los.

„Du, Heinrich? Könnte es sein, dass da höhere Kreise mitspielen?"

„Wen meinst du?"

„Die Heimwehr vielleicht? Oder sogar jemand von uns?"

„Du meinst, von der Polizei?" Kröswang starrte ihn entsetzt an. „So etwas darfst du nicht einmal denken, Pepi."

15.

Während Steininger und Kröswang in „Schreflers Gasthaus" beisammensaßen, verbrachte Therese Schinagl nach ihrem Besuch bei der Polizei einen unruhigen Abend. Ein Teller fiel ihr aus der Hand, ihr Ellbogen fegte die Milchkanne zu Boden und ein Zündholz nach dem anderen knickte beim Versuch, ein Feuer im Ofen zu entzünden. Sie war fahrig und unkonzentriert wie selten. Ansonsten verstand sie es durchaus, einem Problem durch logisches, systematisches Denken beizukommen. Auch wenn ihr der dabei gezogene Schluss häufig nicht gefiel, zwang sie sich doch, ihn anzustreben. Doch diesmal gelang es ihr nicht, eine Gedankenkette aufzubauen, Für und Wider abzuwägen und Alternativen systematisch auszuschließen. Zu überraschend war für sie die Nachricht vom Tod ihres Mannes gekommen. Schon als der junge Kriminalbeamte an der Wohnungstür gestanden war und davon gesprochen hatte, dass ein Toter aufgefunden worden war, der Ähnlichkeit mit ihrem Mann aufwies, war sie sicher gewesen, dass es sich dabei nur um ihren Karl handeln konnte.

Sie hatte viel erlebt in ihrem Leben. Zuletzt den Schutzbundaufstand in Linz, bei dem sie, plangemäß, Botschaften zwischen verschiedenen Kampfgruppen übermittelt, Waffen von den Geheimverstecken zu den Kämpfenden gebracht und Verwundete versorgt hatte. Ein-, zweimal hatte sie auch selbst geschossen, aber dann hatten die Genossen sie wieder zum Verbändewechseln geschickt. Von Anfang bis Ende der Kampfhandlungen hatte sie, von wenigen Stunden unruhigem Schlaf abgesehen, ihre Rolle erfüllt, ganz im Gegensatz zu vielen anderen Genossinnen und Genossen, die trotz großspuriger Ankündigungen, mit dem Klassenfeind ein für alle Mal abrechnen zu wollen, im Februar 1934 daheim geblieben oder – schlimmer noch – in die Arbeit gegangen waren.

Therese Schinagl hatte also viel erlebt und viel gesehen in ihrem Leben. Nichtsdestotrotz hatte sie alle Mühe gehabt, beim Anblick des zerschossenen Gesichts ihres Mannes ruhig zu bleiben.

Dünn ist er geworden, hatte sie gedacht, als er in der Nacht des Ostersonntags auf einmal vor ihr in der Küche gestanden war. Seine Ankunft aus Brünn war ihr zwei Tage zuvor von einem Genossen angekündigt worden. Wie vereinbart hatte sie am Abend die Wohnungstür nicht abgeschlossen, damit er nicht unnötig im Stiegenhaus warten musste. Die Vorsichtsmaßnahme war gänzlich unbegründet gewesen: Obwohl in diesem Haus niemand religiös war, hatten doch alle, die es sich leisten konnten, den Ostersonntag genützt, um sich ein Stück Fleisch zu gönnen und mehr Alkohol als üblich. Alles hatte also in tiefem Schlaf gelegen, als Karl Schinagl über die Stiege in die Wohnung seiner Frau gehuscht war. Da sie vorhergesehen hatte, ohnehin nicht schlafen zu können, war Therese Schinagl die Stunden bis zu seiner Ankunft in der Küche gesessen. Um 22 Uhr hatte sie das Licht ausgemacht, um keinen Verdacht zu erwecken. Die langsam sich ausbreitende Stille, die sie so in diesem Haus noch nie erlebt hatte, hatte sie schläfrig gemacht. Dennoch hatte sie gehört, wie die Klinke der Wohnungstür niedergedrückt wurde, wie jemand in die Wohnung geschlichen kam. Was, wenn das nicht der Karl ist, hatte sie noch gedacht, doch da war er auch schon in der Küche gestanden, mit einem Lächeln auf den Lippen und gehetztem Blick. Sie hatten einander nicht geküsst, sondern nur umarmt, wie es unter Kameraden üblich war. Kameraden waren sie immer gewesen, ein Ehepaar nur gelegentlich. Gewiss, sie hatten aus Liebe geheiratet, er, der schneidige Arbeiter aus den städtischen Betrieben, und sie, die hübsche Arbeiterin aus dem Schlachthof. Doch dann war die politische Arbeit wichtiger geworden. Karl war den Genossen in der Linzer Parteispitze aufgefallen, hatte sich langsam hochgearbeitet, war nach und nach mit mehr und schwierigeren Ämtern betraut worden, für das Zusammensein war da wenig Zeit geblieben.

Vielleicht war es aber auch die Fehlgeburt und der damit verbundene Umstand gewesen, keine gemeinsamen Kinder mehr bekommen zu können, die aus ihrer Ehe allmählich eine Kameradschaft hatten werden lassen. Ihr war es nie auf politische Ämter angekommen. Einmal war sie sogar gefragt worden, ob sie nicht für den Gemeinderat kandidieren wollte, ihr Listenplatz hätte bei etwas Glück sogar für ein Mandat gereicht. Aber sie hatte abgewunken. Politische Arbeit fand für sie im Betrieb statt, in der Nachbarschaft, auf der Straße, aber nicht in den Parlamenten. Schon vor Jahren war sie überzeugt gewesen, dass die Sozialdemokratie die Straße allmählich an Kommunisten und Nationalsozialisten verlor, sich zu sehr auf die Arbeit in den Gremien konzentrierte. Die Genossen hatten das damals abgetan. Macht könne man nur durch formal gewählte Mandatare erringen und ausüben, hatten sie gesagt, nicht durch Demonstrationen, die doch nur von der Polizei zusammengeschlagen wurden. Sie war anderer Überzeugung gewesen, aber doch der Partei treu geblieben, bis heute. Karl hatte ihre Meinung nie geteilt, aber doch die Ansicht vertreten, dass die Sozialdemokratie bereit sein müsse, zu kämpfen. Im Schutzbund hatte er dann die Möglichkeiten vorgefunden, dies umzusetzen. Tag und Nacht hatte er daran gearbeitet, eine kampfbereite Gruppierung zu formen, Waffenlager anzulegen,

Schießübungen zu organisieren, um, im Falle des Falles, bereit zu sein. Letztes Jahr, im Februar 1934, hatte er dann einsehen müssen, dass viele doch nicht bereit waren, zu den Waffen zu greifen. Aber das hatte ihn genauso wenig wie Richard Bernaschek davon abgehalten, die Standhaften im Schutzbund dazu zu ermuntern, Widerstand zu leisten gegen das Militär und die Heimwehr.

Therese Schinagl holte unter einer losen Bodendiele Flugblätter hervor und stopfte sie nach und nach in den Ofen. Es tat ihr leid, vielleicht hätten diese Zettel manchen dazu ermuntert, weiter an die gemeinsame Sache zu glauben, aber es musste sein. Wenn die Polizei die Überzeugung gewann, dass es sich bei dem Toten tatsächlich um Karl handelte, würde die Wohnung durchsucht werden. Und dann würde man alles finden, die Flugblätter, die Broschüren, die zum Kampf gegen den Faschismus aufriefen, und natürlich die beiden Waffen, die sie unvorsichtigerweise immer noch in der Wohnung hatte. Man würde sie festnehmen, und es war zu riskant, sich auf die eigene Standhaftigkeit im Verhör zu verlassen. Sie wusste, das Leugnen heute bei der Identifizierung der Leiche hatte ihr nur wenig Zeit verschafft, aber Zeit war das, was sie im Moment am dringendsten benötigte. Vielleicht waren es nur ein paar Stunden, vermutlich aber Tage, wenn sie an das verwirrte Gesicht des dicken Bezirksinspektors dachte, den Therese Schinagl als recht behäbig einschätzte. Man würde ihr nie nachweisen können, gelogen zu haben, ihre Verwirrung und das entstellte Gesicht ihres Mannes würden als Erklärung dafür reichen, dass sie den Toten nicht als Karl Schinagl identifiziert hatte.

Nun zählte jede Stunde, sie musste manches verschwinden lassen, sie war, von allen polizeilichen Nachstellungen verschont, in der letzten Zeit unvorsichtig geworden und hatte manches aus Bequemlichkeit in der Wohnung aufbewahrt. Vor allem aber musste sie herausfinden, was schiefgelaufen war. Über seine Mission in Linz hatte Karl nur Ungefähres angedeutet. Von Leuten hatte er erzählt, die ganz neue Möglichkeiten eröffnen würden, mit dem faschistischen System in Österreich abzurechnen. Karl war in seinen Worten vage geblieben, manches hatte sie an die floskelhafte Sprache erinnert, die einzelne Genossen bei Ansprachen in den Gremien gerne gebrauchten. Aber das, was er ihr erzählt hatte, hatte gereicht, um sie wütend werden zu lassen. Wie er sich nur zu so einem Vorhaben hatte hinreißen lassen, hatte sie ihn angefahren. Ob das nicht Verrat an der Bewegung, ja, an den gefallenen Genossen sei! Sie waren in Streit geraten, und Therese hatte schon gefürchtet, die Nachbarn würden etwas vom Inhalt ihrer Auseinandersetzung verstehen. Doch da war Karl einfach mit einer wegwerfenden Handbewegung aufgestanden, es gehe ihm gerade um die Rettung der Bewegung, hatte er geschrien, und war aus dem Haus gestürzt. Von da an hatte sie nichts mehr von ihm gehört, bis die Polizei an ihre Tür geklopft hatte. Sie wusste, er hatte vor, sich mit Leuten zu treffen, die seinem Vorhaben dienlich waren, sie wusste aber nicht genau, um wen es sich handelte. Sie musste versuchen, herauszufinden, was passiert war und wer diese Leute waren. Entschlossen stocherte sie mit dem Schürhaken in den glimmenden Papierfetzen im Ofen herum. Das war sie ihrem Karl und der Sozialdemokratie schuldig!

16.

Steininger saß an seinem Schreibtisch und starrte auf eine sterbende Fliege, die sich mit letzter Kraft über die fettfleckige Schreibunterlage quälte. Er fühlte sich elend. Die ganze Nacht hatte er sich unter der Tuchent hin- und hergewälzt, ohne Schlaf zu finden. Jeden Glockenschlag von der nahen Familienkirche hatte er mitgezählt. Der Mondschein hatte das Marienbild an der Schlafzimmerwand hell erleuchtet, ein billiger Druck, den sie – von wem eigentlich? – zur Hochzeit bekommen hatten. Er hatte auf das blasse, nach oben gewandte Gesicht der Gottesmutter geblickt und immer wieder an die beiden Möglichkeiten gedacht, die Kröswang geschildert hatte. Ermitteln oder den Fall einschlafen lassen – einschlafen lassen, so einfach klang das für Steininger – und das bedeutete für ihn: unübersehbare Probleme riskieren oder die Sache kontrollieren können, sich ordentlich hineinknien, komplizierte Dinge denken müssen oder wieder in den üblichen Dienstbetrieb zurückkehren.

Um drei Uhr in der Früh hatte es ihm endlich gereicht, er war schnaubend aufgefahren und im Nachthemd in die Küche gestampft. Seine schlafende Frau hatte sich brummend im Bett gedreht und Unverständliches gemurmelt. In der Kredenz hatte er noch eine halbe Flasche Kornschnaps und etwas Speck gefunden. Missmutig war er am dunklen Küchentisch gesessen, hatte ein Stück Speck nach dem anderen in den Mund geschoben, immer wieder an der Flasche genippt und versucht, sich klar darüber zu werden, was er wollte. Wobei, was er wollte, war eigentlich ohnehin klar: Er wollte seine Ruhe und keinen Ärger haben, den Fall lieber heute als morgen loswerden. Schon allein die

Tatsache, dass er bei ernstzunehmenden Ermittlungen der Heimwehrspur nachgehen musste, bereitete ihm Bauchweh.

Noch während sich Steininger dies eingestand, wurde klar, dass er, seitdem er mit Kröswang frierend in der Au gesessen war, im Grunde nur darüber nachgedacht hatte, wie es anzustellen wäre, die Schinaglsache zu den Akten legen zu können. Schließlich sollte man dabei nicht das Gesicht verlieren, am Ende hieß es, man verliere bei einem politischen Fall den Kopf. Nichts war ihm eingefallen, die Flasche war im Nu leer gewesen. Ebenso schnell hatte er außerdem den ganzen Speck aufgegessen, was ihm in der Frühe ein Donnerwetter seiner Frau einbrachte. Als sie ihn beim Frühstück einen verfressenen Kerl nannte, musste er daran denken, was ihm blühen würde, wenn die Mizzi erst einmal von seinen angeblichen Eskapaden im „Orient" erfuhr, an die er sich immer noch nicht erinnern konnte. Da war es mit seiner Konzentration endgültig vorbei.

Und nun saß er also an seinem Schreibtisch, stützte das unrasierte Gesicht auf seine Hände und sann nach einem Ausweg. Wie ließ man einen Fall einschlafen? Man bräuchte etwas, das den Eifer der eigenen Leute bremste. Man würde selbst keinen Druck mehr machen, die Ermittlungen zu beschleunigen. Man könnte ein bisschen ablenken, auf die private Spur, den Gattenmord, den Ertl und Weißmann angesprochen hatten. Vielleicht eignete sich auch Schulwart Leibenfrost als Verdächtiger, wenn es der Bezirksinspektor auch für unwahrscheinlich hielt, dass der Einarmige einen Mann, zu dem bislang keine Beziehungen nachgewiesen worden waren, erschossen und im Hof der eigenen Schule abgelegt hatte. Auch hatte weder die Befragung noch die Durchsuchung seiner Wohnung ein greifbares Ergebnis erbracht. Aber immerhin, der Mann war Anarchist und als solcher kein Freund der Sozialdemokraten, vor allem aber hatte er kein Alibi. Das musste reichen, um Leibenfrost als Verdächtigen im Rennen zu halten. Man könnte den Mann zum Verhör laden und ihn vielleicht ein, zwei Nächte in der Zelle schmoren lassen.

Was Therese Schinagl anlangte, glaubte auch Steininger im Grunde genommen nicht daran, dass sie ihren Mann umgebracht hatte oder umbringen hatte lassen. Wozu auch? Ein Eheleben hätte sie mit ihrem Mann, der sich zweifelsohne nur kurz in Österreich aufhalten wollte, ohnedies nicht mehr führen können. Aber es war für seine Zwecke hilfreich, diese Spur ein bisschen größer erscheinen zu lassen, als sie vermutlich war. Man könnte ihr merkwürdiges Verhalten bei der Identifizierung der Leiche, das Steininger auf die Aversion der eingefleischten Roten gegen die Polizei zurückführte, nutzen, um sie in die Nähe eines Verdachts zu rücken. Außerdem, hatte Kröswang denn nicht auch von einem Liebhaber gesprochen? Nun, den könnte man ausfindig machen und ein bisschen ins Gefängnis stecken. Diese Richtung könnte man auch Hofrat Bentz schmackhaft machen. Man könnte dem Polizeidirektor ganz ungeschminkt erzählen, dass der Tote Karl Schinagl war. Dabei müsste man gar nicht Kröswangs Auskünfte erwähnen, es würde genügen, auf die Fingerabdrücke zu verweisen. Bentz würde sich, um Aufsehen zu vermeiden, unter der Hand in Garsten nach dem Verbleib Schinagls erkundigen und dort – dafür, das hatte Kröswang versichert, würde gesorgt werden – würde man ihm, ebenfalls unter der Hand, Steiningers Version bestätigen. Den Rest könnte sich der Polizeidirektor selbst zusammenreimen: dass die Polizei versagt hatte, indem sie Schinagl hatte laufen lassen. Nach der Flucht Bernascheks also ein zweites Fiasko, das man im Sinne des guten Rufs der Polizei zwar nicht mehr verhindern, wohl aber noch vertuschen konnte. Damit wäre wohl auch Bentz nicht abgeneigt, der privaten Spur mehr Interesse entgegenzubringen. Vielleicht könnte man der Schinagl und ihrem Liebhaber sogar etwas andichten. Und irgendwann würde niemand mehr nach der Sache fragen, auch die Presse würde es bald satthaben, über den mysteriösen Toten zu schreiben. In Gedanken klopfte sich Steininger selbst auf die Schulter. Eine hervorragende Lösung war ihm da eingefallen, er war doch ein guter Kriminalist!

Er griff zum Hörer, ließ sich mit dem Vorzimmer des Hofrats verbinden und ersuchte um einen Termin, möglichst rasch, am besten heute noch. Frau Krausberger, die Sekretärin des Polizeidirektors, wollte ihn zunächst abwimmeln, aber Steininger ließ sich nicht beirren. Er deutete an, dass sein aktueller Fall Dimensionen annahm, die das persönliche Eingreifen des Hofrats erforderten, *im Interesse der staatlichen Ordnung,* wie er nicht vergaß zu ergänzen.

Am anderen Ende der Leitung hörte er vernehmbar ein Schlucken, dann ein gepresstes „Moment, bitte“. Der Telefonhörer wurde beiseitegelegt, im Hintergrund war ein kurzes Gespräch zu hören, dann meldete sich Frau Krausberger wieder. „Der Herr Hofrat wird im Laufe des Tages bei Ihnen vorbeischauen, bitte halten Sie sich bereit, Herr Bezirksinspektor.“

Steininger dankte und legte verdutzt auf. Noch nie war der Hofrat ohne dringende Notwendigkeit bei ihnen im Büro erschienen, Befehle ließ er stets über Zechenter übermitteln. Hieß das etwa, dass Bentz bereits ahnte oder gar wusste, welche Dimension der Fall anzunehmen drohte? Umso besser, dies würde die Sache nur erleichtern!

Umgehend berief Steininger eine Besprechung mit seinen Leuten ein, die, nachdem die Messerstecherei im Hafen geklärt worden war, wieder vollzählig am Fall Schinagl arbeiteten.

Steininger stand auf und nahm jene Feldherrenpose ein, die er als Zahlmeister im Krieg eingeübt hatte und die ihm für Besprechungen mit seinen Leuten passend erschien. Er berichtete, dass er Tag und Nacht ermittelt habe und nunmehr davon überzeugt sei, dass es sich bei dem Toten tatsächlich um Schinagl handelte, zudem hätten sich Anhaltspunkte ergeben, die zwar der Geheimhaltung unterlagen, diesen Schluss aber zur Gewissheit werden ließen.

Trotzdem man mit diesem Ergebnis rechnen hatte müssen, war die Gewissheit nun doch für alle ein Schock, wie Steininger befriedigt feststellte. Haslinger brummte ein „Na bumm“, Sedlak atmete hörbar aus, und auch Lampelmaier entfuhr ein „Oje“.

Steininger schloss daraus, dass niemand im Raum daran gelegen sein konnte, sich in so einem Fall die Finger zu verbrennen. Es würde nicht ausbleiben, so referierte er in betont ruhigem Ton und mit weit ausholenden Bewegungen, dass man bei der Heimwehr recherchieren müsste. Dabei könne man sich natürlich nicht nur auf jene Leute konzentrieren, die unmittelbar mit dem verdächtigen Wagen zu tun hatten, sondern man würde bis in die höchsten Spitzen ermitteln müssen, die *allerhöchsten,* wie Steininger mit Nachdruck betonte. Jeder der Anwesenden wisse, was das bedeute, man könne sich sehr viel Ärger einhandeln, aber, stellte er erneut mit Nachdruck fest, eine ordentliche Ermittlung dürfe vor Widerständen keinen Halt machen.

Steininger registrierte befriedigt eine leichte Unruhe unter seinen Leuten. Natürlich dürfe man die andere Seite nicht vergessen, man müsse bei den illegalen Roten suchen, was, wie die Kollegen ja wüssten, in die Arbeiterbezirke führen würde. Bekanntlich ein schwieriges Pflaster – Steininger runzelte die Stirn –, aber daran führe kein Weg vorbei, wenn man die Sache ernst nehmen wolle. Man würde auch da sehr gründlich zu Werke gehen und das Unterste zuoberst kehren, das würde Staub aufwirbeln, sehr viel Staub, aber es helfe alles nichts. Es gebe auch Hinweise, dass man sich wohl auch bei den Hakenkreuzlern umsehen müsse, dabei sei natürlich Vorsicht walten zu lassen. Ein paar davon seien bekannte Persönlichkeiten, da müsse man vorsichtig zu Werke gehen, die meisten wären jedoch rabiate und rachsüchtige Kerle, aber dieses Risiko habe man wohl in Kauf zu nehmen. Es schade ohnedies nichts, in nächster Zeit die Schießübungen ernsthafter anzugehen.

Steininger hörte ein Stöhnen aus einer Ecke, was ihn weiter beflügelte. Angesichts der Personallage würde es wohl keine zusätzlichen Kräfte geben, den Kollegen sei der Etat ja bekannt. Was das bedeute, liege auf der Hand. Da müsse man schon die nächsten Wochen und vielleicht auch Monate auf die Sonntage verzichten, auch die Maifeiertage könne man abschreiben, betonte Steininger mit Seitenblick zu Haslinger, dessen Frau eben ihr drittes Kind entbunden hatte. Da würde es auch nicht ausbleiben, dass die Kollegen im Innendienst – wie zufällig lehnte sich Steininger an Lampelmaiers Schreibtisch, hinter dem sich dieser zu ducken schien – in die Ermittlungen im Außendienst eingeschaltet würden.

„Aber ...", versuchte Haslinger eine Entgegnung zu formulieren, die er nicht zu Ende führte.

„Das geht doch nicht!“, fuhr Lampelmaier auf. „Wegen *einem* Toten so einen Aufwand treiben?“

„Mein lieber Lampelmaier, wenn man die Sache ernst nehmen will, wenn wir den Täter finden wollen, dann muss das so gemacht werden“, entgegnete Steininger ruhig.

Lampelmaier krähte verärgert hinter seinem Schreibtisch hervor: „Man kann doch nicht so einfach jede andere Arbeit liegen lassen. Der Bericht fürs erste Quartal ist fällig und überhaupt ...“

„Und überhaupt“, stieß nun auch Haslinger hervor, der vor Erregung keine Worte zu finden schien, „wegen einem Roten!“

Steininger registrierte zufrieden, wie sich bei allen im Raum Unmut breitgemacht hatte.

„Auch wenn es ein Roter war, muss man ordentlich ermitteln und versuchen, den Fall zu lösen“, begann Steininger. „Das gilt auch für politische Sachen. Wobei, so klar ist das ja noch nicht. Immerhin, es könnte ja auch persönliche Hintergründe haben. Es gibt da so Hinweise ....“ Haslinger und Lampelmaier richteten sich auf.

„Wie meinst du das?“

„Die Ehe der Schinagls soll ja nicht sonderlich gut gewesen sein. Sie hat sich schon eine Weile mit einem andern getröstet.“

„Wie haben Sie denn das alles herausgefunden, Herr Bezirksinspektor?“ Ertl staunte.

„Darüber kann ich jetzt nichts sagen. Ein paar Hinweise müssten euch aber schon aufgefallen sein. Zum Beispiel, dass die Frau vom Schinagl keinen Ehering trägt.“

„Das ist mir auch aufgefallen!“, rief Ertl, was ihm umgehend einen giftigen Blick Steiningers einbrachte.

„Dann stellt euch mal vor: Der Schinagl wird im Februar letzten Jahres festgenommen, im Prozess kriegt er lebenslang, knapp am Henker vorbei. Der Frau Schinagl geht er am Anfang vielleicht noch ein bisserl ab, aber dann denkt sie sich: Such ich mir einen andern, den meinen seh ich eh nicht mehr. Alles in bester Ordnung."

Lampelmaier nickte grinsend.

„Und dann", fuhr Steininger theatralisch fort, „nach über einem Jahr steht der Mann auf einmal vor der Tür. Zuerst trifft die Frau der Schlag, sie denkt sich: ‚Wo kommt denn der auf einmal daher? Was mach ich jetzt?' Sie redet mit ihrem Liebhaber, und plötzlich kommen sie auf die Lösung: einfach umbringen, den Mann. Abgehen tut er keinem, weil er eigentlich im Gefängnis sitzen sollte."

„Woher hat sie die Waffe?", fragte Sedlak.

„Ganz einfach: Letztes Jahr im Februar hat sie im Durcheinander bei den Schießereien eine Pistole mitgehen lassen, die hat sie jetzt aus dem Kastl geholt."

„Und was ist mit dem Auto? Die Frau hat doch keins."

„Vielleicht kann ihr Liebhaber chauffieren. Und außerdem wissen wir noch gar nicht, was es mit dem Auto wirklich auf sich hat."

„Aber das hast doch du aufgebracht mit dem Auto!", rief Haslinger empört.

„Ja, trotzdem, das ist halt eine Spur, mehr nicht", verteidigte sich Steininger. Er nahm sogar einen Gesichtsverlust in Kauf, um von der Heimwehrspur ablenken zu können.

„Wie auch immer. Wir haben jedenfalls die Ehefrau viel zu wenig in Betracht gezogen. Sobald für euch klar war, dass das der Schinagl ist, wart ihr ja gleich auf was Politisches eingestellt. Aber man darf da nicht so voreilig sein."

„Das stimmt schon, Steininger, meistens ist's ja wirklich was Privates", bestätigte Haslinger. Lampelmaier nickte. „Das Politische wird sowieso viel zu wichtig genommen."

„Ausschließen kann man es wirklich nicht", stimmte auch Sedlak zu.

Steininger war erleichtert. „Aber darüber bitte nicht die anderen Spuren vergessen, meine Herren! Ich denke da zum Beispiel an den Schulwart. Da ist noch lange nicht alles ermittelt worden! Mehr Gründlichkeit, meine Herren. Die Weite des Blicks bewahren!"

Strasser verdrehte die Augen, was ihm prompt einen strengen Blick des Bezirksinspektors einbrachte.

„Also gut, dann haben wir ja wieder genug zu tun: Der Lampelmaier recherchiert, was wir über den Schinagl haben. Der Sedlak redet mit den alten Genossen vom Schinagl, die wirklich einsitzen. Vielleicht ergibt sich da was. Und vor allem schaust du dir noch einmal den Leibenfrost an. Der Kerl ist diesmal zum Verhör zu holen. Der soll merken, dass es jetzt ernst wird. Die Frau vom Schinagl wird noch einmal für morgen vorgeladen. Das macht der Strasser mit dem Ertl. Hörts euch auch bei den Nachbarn um."

„Das ist eine rote Gegend", wandte Strasser ein, „die werden nicht viel verraten."

„Aber Schmarrn, tratschen tun alle", widersprach Steininger. „So, und jetzt hab ich einen Hunger. Ich muss was essen, bevor der Hofrat kommt." Er breitete das Sacktuch am Tisch aus, holte die Büchse und die Flasche mit Milchkaffee aus der Tasche und bemerkte zufrieden das neugierige Gesicht Lampelmaiers.

„Na, was gibt's denn heute wieder Gutes? Am End gar wieder einen fetten Speck von der Frau Schwägerin?"

Mit ungläubigem Staunen nahm Steininger ein Stück Käse nebst einer Schnitte Brot aus der Büchse.

„Ja, was ist denn jetzt das?", stammelte er.

„Ein Käs!", Lampelmaier begann meckernd zu lachen. Die anderen beugten sich über den Tisch und grinsten unverhohlen.

„Ja, spinnt denn die? Was soll das?" Die Mizzi! Die konnte was erleben! Er öffnete die Büchse noch einmal, um sicherzugehen, nichts übersehen zu haben. Machte die am Ende ernst mit dem Maßhalten? Oder war ihr was zu Ohren gekommen von seinem angeblichen Erlebnis in der Orientbar? Lustlos biss er in das Brot.

Erst jetzt bemerkte er den Halbkreis grinsender Kollegen um sich. „Ja was ist denn, habts nichts zu tun? Schauts, dass ihr weiterkommts!"

„Das höre ich gerne, mein lieber Steininger. Der Herr Bezirksinspektor hat das Heft fest in der Hand. Das lob ich mir." Unbemerkt von allen war der Polizeidirektor im Büro erschienen. Belustigt betrachtete er den Käse in Steiningers Hand. „Aber Steininger, sind Sie unter die Vegetarier gegangen?"

„Vegetarier? Aber nein, Herr Hofrat, ich ...", stammelte der Bezirksinspektor. Er brach den Satz ab, um nicht erkennen zu lassen, dass er keine Ahnung hatte, was dieses Fremdwort bedeutete. Hektisch verstaute er den Rest des Brotes und den Käse in der Blechbüchse und steckte diese in eine Schreibtischlade. Die anderen verließen das Büro.

Bentz setzte sich an Lampelmaiers Tisch und wischte ein Brotbröserl von der Schreibtischunterlage. „Also, Steininger, was haben Sie mir über diesen Fall zu berichten? Ich hoffe, Gutes, am Nachmittag erwarte ich einen Anruf vom Sicherheitsdirektor."

„So weit ist es schon?“, Steininger fühlte, wie er zu schwitzen begann. „Herr Hofrat, darf ich ganz offen zu Ihnen sprechen?“

„Steht es so schlimm, Steininger?“

„Noch schlimmer, Herr Hofrat.“ Er berichtete zuerst, dass der Mann in der Nacht von Montag auf Dienstag aus nächster Nähe mit einer auch bei der Polizei verwendeten Waffe erschossen und aller Wahrscheinlichkeit nach erst anschließend im Schulhof abgelegt worden sei. Weißmann hatte den Tod auf den Zeitraum zwischen 23 Uhr und ein Uhr in der Nacht eingrenzen können. Direkte Zeugen für die Tat gäbe es nicht, ein Raubmord sei unwahrscheinlich. Ob das von zwei Zeugen gegen Mitternacht wahrgenommene Fahrzeug mit der Tat in Zusammenhang stehe, könne nicht mit Bestimmtheit gesagt werden. Es gebe aufgrund des Regens während der Nacht kaum Spuren. Die wenigen, denen man nachgegangen war, wie der Hinweis auf Brünn oder die Zigarettenpackung, seien im Sande verlaufen. „Das Schlimmste aber, Herr Hofrat“, Steininger hatte sich vorgebeugt und sprach nun leise, „das Schlimmste ist die Identität des Toten.“

Bentz blickte ihn überrascht an.

„Es handelt sich nämlich“, Steininger flüsterte nur mehr und der Hofrat musste sich ebenfalls vorbeugen, um etwas verstehen zu können, „um den Karl Schinagl.“

„*Der* Schinagl? Sie meinen den Anführer der ehemaligen, also verbotenen ...“

Steininger nickte.

Bentz starrte ihn entsetzt an. „Sind Sie verrückt, Steininger? Der ist doch in Gewahrsam!“

„Scheinbar eben nicht, Herr Hofrat. Die Fingerabdrücke stimmen eindeutig überein.“

„Zweifel ausgeschlossen, Steininger?"

„Vermutlich. Die Gefängnisleitung von Garsten behauptet zwar, der Schinagl sitze noch ein, aber es gibt eben ganz klare Hinweise: die Fingerabdrücke, die Ähnlichkeit des Mannes, die übrigens auch von Zeugen bestätigt wird. Möglicherweise wird man Ihnen das Entkommen Schinagls bestätigen, ich glaube, eine eher informell gehaltene Anfrage könnte da hilfreich sein. Die Frau vom Schinagl leugnet zwar noch, in der Leiche ihren Mann zu erkennen, sie scheint aber etwas zu verbergen und wird noch einmal einvernommen."

Bentz war sichtlich schockiert. „Um Gottes willen. Wenn das stimmt, das ist ja ..."

„... das nächste Fiasko für die Polizei", führte Steininger fort, „ein zweiter Fall Bernaschek, wenn nicht noch schlimmer."

Der Hofrat stöhnte auf.

„Und außerdem ..."

„Noch schlimmer, Steininger?" Bentz tupfte sich mit seinem Stecktuch die Schweißperlen von der Stirn.

„Es ist nicht auszuschließen, dass ... darf ich wirklich ganz offen reden?"

„Ich bitte darum", sagte der Hofrat gepresst.

„Es ist nicht auszuschließen, dass der oder die Mörder", Steininger räusperte sich, „einer staatstragenden Gruppierung angehören."

„Um Gottes willen!", rief Bentz, „reden S' bitte nicht weiter, ich will das gar nicht wissen." Er lockerte seine Krawatte und war sichtlich auf dem Sessel zusammengesunken. „Diese Möglichkeit ... ist *wirklich* möglich?"

„Ich fürchte ja, es gibt da Spuren, die man schwer übersehen kann."

„Jetzt haben wir den Pallawatsch. Was sag ich bloß dem Sicherheitsdirektor?"

„Es gibt allerdings auch weitere Spuren, Herr Hofrat, die in andere Richtungen weisen.“

„Ja?!“

„Eine Richtung wär mehr privater Natur. Es gibt Hinweise auf einen Geliebten der Frau Schinagl. Sie war ja auch beim Umsturzversuch im letzten Jahr aktiv, von daher könnte sie eine Waffe haben. Und außerdem ist der Schulwart der Dollfußschule, bei der die Leiche gefunden worden ist, als Täter nicht auszuschließen. Der Mann ist Anarchist und hat für die Tatzeit kein Alibi. Aber wie gesagt, das sind bisher nur Hinweise ...“

Bentz’ Miene hatte sich aufgehellt. Er straffte sich und rückte die Krawatte zurecht. „Steininger, ich sehe schon, Sie haben sich die kriminalistische Objektivität auch in schwerer Zeit bewahrt. Bitte, ich wünsche nicht, dass Sie, nur weil es womöglich weniger unangenehm wäre, nur im privaten Umfeld des Schinagl ermitteln, wenn er es denn wirklich ist, aber ich werde mich da selbst in Garsten erkundigen. Ich wünsche, dass Sie in alle Richtungen ermitteln, Steininger. Wobei natürlich auf der Hand liegt, dass auch manch scheinbar Politischem doch häufig ganz harmlose private Gründe zugrunde liegen. Und auch wenn der Anarchismus gottlob hierzulande keine nennenswerte Rolle spielt, genügt doch oft der Wahn eines Einzelnen. Denken Sie nur an das Schicksal unserer bedauernswerten Kaiserin Elisabeth. Sie verstehen mich, Steininger?“ Bentz starrte ihn ausdruckslos an.

Steininger nickte eifrig. Und ob Steininger verstand! Er sollte die Heimwehr in Ruhe lassen, alles, womit man die eigenen Finger und obendrein jene des Polizeidirektors verbrannte. Er hatte es geschafft, er würde im Privatleben der Therese Schinagl herumstochern, den Schulwart dingfest machen und darauf bauen, dass die Sache irgendwann von selbst einschlief.

Bentz hatte sich erhoben: „Noch was, Steininger: Ich zähle auf Sie, Sie sind der beste Mann der Kriminalabteilung. Und Sie wissen, Vertraulichkeit ist die Maxime, die allem und jedem in diesem Fall zugrunde gelegt werden muss. Wenn Sie etwas benötigen, lassen Sie es mich wissen. Überhaupt wünsche ich persönlich regelmäßig Bericht über den Fortgang der Ermittlungen. Den Kollegen Zechenter informiere ich darüber, dass Sie jede Minute für die Bearbeitung dieses Falles benötigen und sich nicht mit unnötiger Berichterstattung an die Leitung der Kriminalabteilung belasten sollen. Zusätzliches Personal kann ich Ihnen nicht geben. Sie wissen, der erste Mai steht vor der Tür, ein paar Bolschewisten haben den Geist des neuen Österreich noch immer nicht begriffen. Von der Flut an Einbrüchen, die es zu klären gilt, will ich gar nicht sprechen. Man darf natürlich keinen Fall bevorzugt behandeln, ich hoffe, auch da haben wir uns verstanden!“

Erneut nickte Steininger eifrig, er war geradezu glücklich. Damit hatte er gewissermaßen die offizielle Erlaubnis, den Fall hinauszuschleppen, es war ja leider kein Personal da! Zugleich war ihm aber auch etwas mulmig zumute: Im Falle eines Misserfolgs wäre er der Hauptverantwortliche – und nicht Zechenter, der Leiter der Kriminalabteilung. Wenn er sich da nur nicht auf etwas einließ, das ihn Kopf und Kragen kostete!

17.

„Was sagen Sie da?“ Sedlak starrte Schuldirektor Bacher entgeistert an.

„Na ja, er ist nicht mehr da!“ Bacher hob entschuldigend die Arme, was ihm in den Augen Sedlaks eine frappante Ähnlichkeit mit Patachon verlieh, dem kleineren Teil des Komikerduos Pat und Patachon.

Unwillkürlich musste er grinsen, bemühte sich aber, einen amtlichen Ton anzuschlagen. „Was heißt das, nicht mehr da?“

Bacher versank in seinem Bürosessel, seine Mimik verriet eine Mischung aus Angst und Gekränktheit. Keine Courage, dieser Kerl, dachte Sedlak verächtlich. An der Wand hinter dem Direktor hing ein Porträt Schuschniggs. Der Bundeskanzler schien den Direktor mit strafendem Blick anzustarren.

„Ich habe ihn gestern entlassen, entlassen müssen! Für die Dollfußschule ist ein Schulwart, gegen den die Kriminalpolizei ermittelt, untragbar. Sie können sich gar nicht vorstellen, was ich mir hier anhören hab müssen. In einer Tour klingelt das Telefon, die Eltern machen sich Sorgen um die Kinder.“ Fasziniert beobachtete Sedlak Bachers Mienenspiel. Als Patachondouble könnte er Erfolge feiern! „Der Leibenfrost hat dann sofort seine Sachen gepackt und ist verschwunden. An sich hätte er die Wohnung noch gar nicht räumen müssen, ich habe da durchaus“, Bacher hob einen Zeigefinger, „ein Auge zugedrückt. Aber er wollte sofort weg. Seine Frau ist, wie ich eben erst erfahren habe, in der Nacht auf gestern verstorben, möglicherweise hat das seine Abreise beschleunigt.“

„Wie konnten Sie den Mann entlassen, ohne der Ermittlungsbehörde darüber Mitteilung zu machen?“

Bacher holte ein Taschentuch aus der Brusttasche und tupfte sich die Stirn. „Ich wusste doch nicht, dass ...“

„Jetzt hören Sie mir zu! Im Hof Ihrer Schule hat man einen Toten gefunden, womöglich ist er sogar dort ermordet worden! Bei unseren Recherchen mussten wir feststellen, dass jener Mann, der die Leiche gefunden hat, ein amtsbekannter Anarchist ist!"

„Ein Anarchist?" Bachers Augen weiteten sich, er wirkte ehrlich bestürzt. „Ich war der Überzeugung, er ist Sozialdemokrat, also, das heißt, er *war* Sozialdemokrat. Früher."

Sedlak beugte sich vor und verengte die Augen zu schmalen Schlitzen. „Mein lieber Herr Direktor. Die ganze Sache wirft kein gutes Licht auf die Dollfußschule, weniger noch auf deren Leitung. Dass an einer Schule, die diesen Namen trägt, derartige Elemente tätig sein können, kann die höheren Behörden nur wundern."

In Bachers Gesicht erschienen rote Flecken. „Aber, ich wusste doch nicht ...!"

„Ich nehme an, die Dollfußschule wird mit uns in umfassender Weise zusammenarbeiten, um die Aufklärung dieses abscheulichen Verbrechens voranzutreiben."

Bacher stand auf und verneigte sich diensteifrig. „Aber selbstverständlich, ich werde alles in Bewegung setzen, wenn ich auch, also bitte, festhalten möchte, dass ich es für absolut ausgeschlossen halte, dass der Lehrkörper, also einer, das heißt ein Lehrer, in irgendeiner Weise mit dieser Sache zu tun hat. Der Leibenfrost hingegen, da haben Sie ganz recht, ganz abscheulich! Ich möchte aber bitte betonen, dass nur aufgrund der Bevorzugung der Kriegsinvaliden in den ..." Er vermochte den Satz nicht zu beenden, schnappte nach Luft und ließ sich erschöpft wieder in seinen Sessel fallen.

Sedlak machte sich einige Notizen. „Wissen Sie, wo sich Leibenfrost jetzt aufhält? Hat er erwähnt, wo er hinwill? Gibt es Verwandte, die er aufsuchen könnte?“

„Nein, nichts hat er erwähnt. Ob er Verwandte hat, bitte, das vermag ich nicht zu sagen, er war ja ein schweigsamer Mensch, ein Anarchist eben. Aber ich werde gleich die Putzerin herbringen lassen, sie hat sich gut mit dem Leibenfrost verstanden, vielleicht weiß sie etwas. Bitte, es sich derweil bequem zu machen. Ich lass Ihnen ein Schalerl Kaffee bringen.“

Zwei Stunden später verließ Sedlak eilig das Gebäude des Bundesbahnhofs. Heute Morgen noch war Leibenfrost für ihn keine Spur gewesen, sondern nur ein Ablenkungsmanöver Steiningers, dessen Scheu, sich mit Autoritäten anzulegen, er ganz richtig eingeschätzt hatte. Aber seine Ermittlungen der letzten Stunden warfen ein anderes Licht auf die Sache. Der Putzfrau der Dollfußschule, einer wenig mitteilsamen Frau, hatte er unter Mithilfe Bachers, der ihr beständig und, wie Sedlak fand, grundlos mit Entlassung gedroht hatte, immerhin einige Hinweise entlocken können. So war der Schulwart offenbar durch den an sich zu erwartenden Tod seiner Frau doch stärker mitgenommen, als man dem so stoisch wirkenden Mann zutrauen würde. Die Entlassung hingegen schien er nicht nur erwartet, sondern auch ruhig hingenommen zu haben. „Mit einem feisten Grinsen!“, hatte Bacher betont. Tatsächlich habe Leibenfrost bereits kurz nachdem ihn die Nachricht vom Ableben seiner Frau erreicht hatte, seine wenigen Habseligkeiten gepackt und die Schule verlassen. Über die Verwandtschaftsverhältnisse des Mannes hatte die Putzerin zunächst nichts angeben können. Auch sie hatte im Grunde genommen keinen engen Kontakt mit dem Schulwart unterhalten.

Im Laufe der Befragung war ihr aber eingefallen, dass er einmal eine Schwester erwähnt hatte, die im Mühlviertel verheiratet sei und mit ihrem Mann einen Hof betreibe. Schließlich, als Patachon, wie Sedlak den Direktor bei sich nannte, die Putzfrau schon wieder an ihre Arbeit treiben wollte, um die Herren Kriminalbeamten, wie er sagte, nicht über Gebühr aufhalten zu lassen, hatte sie noch einmal den Kopf ins Direktionsbüro gesteckt und Bacher gebeten, sich die Werkstätte im Keller anzusehen. Leibenfrost habe da eine Unordnung hinterlassen, deren Beseitigung eine Weile in Anspruch nehmen werde, weshalb sie die Direktion erst am nächsten Tag werde reinigen können.

Bacher winkte ungeduldig ab, aber Sedlak war hellhörig geworden. Umgehend hatte er sich in den Keller der Schule führen lassen, wo er gleich die von der Putzfrau erwähnte Unordnung bemerkte: ein mit wenig Rücksicht zur Seite gerücktes Regal, von dessen Brettern etliche Glasvitriolen gefallen und zersprungen waren und hinter dessen Rückwand ein kleines, mit einem Eisentürchen verschlossenes Fach in der Mauer zu sehen war. Nach Sedlaks Einschätzung war das Fach erst nachträglich in die Mauer eingefügt worden, die schlechte Verarbeitung der Eisentür sprach überdies dafür, dass kein Fachmann am Werk gewesen war. Sedlak maß das Fach auf dreißig mal dreißig Zentimeter, eine Waffe hätte also problemlos darin Platz gefunden. Er ließ umgehend im Polizeipräsidium anrufen und beauftragte Haslinger, den Keller kriminaltechnisch zu untersuchen. Anschließend ließ er sich von Bachers Sekretärin beim Schulamt anmelden, wo ihm bereits nach einer halben Stunde die Personalakte Leibenfrosts ausgehändigt wurde, von der er umgehend eine Abschrift anfertigen ließ. Diese bestätigte, dass der Schulwart eine Schwester, aber offenbar keine weitere nähere Verwandtschaft besaß und kinderlos war. Leibenfrost war 1917 schwer verwundet worden, hatte sich nach langwierigen Spitalsaufenthalten mit Gelegenheitsarbeiten durchgeschlagen und 1930 den Schulwartsposten bei der nunmehrigen Dollfußschule angetreten. Über seine anarchistische Vergangenheit war dem dünnen Personalakt nichts zu entnehmen, vermutlich hatte er sie dem Amte gegenüber verschwiegen. Während seiner fünfjährigen Tätigkeit im Schuldienst war Leibenfrost in keiner Weise politisch hervorgetreten oder sonst aufgefallen. Dokumentiert war hingegen der nur wenige Monate zurückliegende Versuch Bachers, den Schulwart wegen „Unbotmäßigkeit“ zu entlassen. Da der Direktor aber keine stichhaltigen Gründe vorbringen hatte können, und angesichts der Tatsache, dass Leibenfrost Kriegsinvalider war, waren Bachers Bemühungen vorerst im Sande verlaufen. Sedlak beschloss, nicht sofort ins Büro zu fahren, da er fürchtete, Steininger würde wie häufig zaudern und Entscheidungen treffen, die Sedlak für vollkommen falsch hielt. Im Allgemeinen schien ihm der bisherige Ermittlungsverlauf wieder einmal zu bestätigen, dass der Bezirksinspektor mit der Leitung einer Ermittlungsgruppe vollkommen überfordert war. Kurzerhand beschloss Sedlak, vorerst auf eigene Faust weiterzuermitteln und dem Hinweis auf die Schwester zu folgen, die im Mühlviertel verheiratet sein sollte. Er fuhr, allerdings ohne sich allzu große Hoffnungen zu machen, zum Bundesbahnhof. Tatsächlich konnte sich ein Schalterbeamter daran erinnern, dass am Vortag ein Mann mit Prothese, auf den die Beschreibung Leibenfrosts passte, einen Fahrschein gelöst hatte. Für welches Ziel er diesen ausgestellt hatte, vermochte der

Beamte nicht mehr anzugeben, doch konnte er mit einiger Sicherheit angeben, dass der Mann mit der Prothese die Summerauerbahn benutzen hatte wollen, was dafür sprach, dass Leibenfrost nun tatsächlich bei seiner Schwester anzutreffen war.

In der Straßenbahn auf dem Weg ins Präsidium hatte Sedlak zum ersten Mal das Gefühl, einer Lösung des Falls näherzukommen. Natürlich hätte auch er lieber einen Anarchisten als Täter präsentiert als die Heimwehr. Aber machten nicht Steiningers Zögern und seine offensichtlichen Fehler nur alles schlimmer, als es ohnedies schon war? Einmal mehr war Sedlak überzeugt, dass der Bezirksinspektor die Ermittlungen eher behinderte als vorantrieb. Auch wenn das Motiv noch nicht eindeutig war, würde man Leibenfrost in kürzester Zeit bei seiner Schwester dingfest machen können. Und: Hatten Anarchisten nicht immer ein Motiv, politische Gegner aus dem Weg zu räumen? Im Polizeipräsidium würde er eine Durchsuchung des Hofs von Leibenfrosts Schwester veranlassen. Man konnte also nur mehr warten. Er ließ seinen Blick durch die Straßenbahn schweifen. Um diese Tageszeit waren die meisten in der Arbeit oder standen vor dem Arbeitsamt Schlange.

Plötzlich hielt er inne. Etwas hatte ein kleines, blitzartiges Alarmsignal in seinem Gehirn ausgelöst. Seine Augen suchten die schmalen Wandstreifen zwischen und über den Fenstern des Waggons ab. Unmittelbar neben seinem Platz war eine kleine Karte mit den Bahnverbindungen in Oberösterreich angebracht. Auch die Summerauerbahn war zu sehen. Sie führte bei Summerau an die Landesgrenze zur Tschechoslowakei und wurde von dort nach Budweis weitergeführt. Sedlak wurde heiß. Was, wenn Leibenfrost nicht zu seiner

Schwester gefahren war, sondern in die Tschechoslowakei wollte? Schinagl hatte einen tschechischen Anzug getragen. Was, wenn es eine Verbindung zwischen den beiden gab? Was, wenn Leibenfrost die Wahrheit gesagt hatte und kein Anarchist mehr war, sondern möglicherweise zu den Sozialdemokraten übergelaufen? Was, wenn alles ganz anders war, als sie alle dachten?

18.

Während Sedlak die Spur Leibenfrost verfolgte, verlief auch für die anderen Beamten der Vormittag ungewohnt hektisch. Zechenter steckte einmal den Kopf in das Büro von Steiningers Gruppe, runzelte die Stirn und ging wieder. Fast schien es, als wollten die Kriminalbeamten etwas finden, das die private Spur plausibel erscheinen ließ und sie damit vor weiteren Ermittlungen in politischer Richtung bewahrte. Kröswang hatte Steininger am Telefon in verschlüsselten Worten den Namen des Liebhabers der Therese Schinagl genannt. Das erleichterte die Ermittlungen ungemein, und vor allem Lampelmaier, den offenkundig die Angst vor dem Außendienst anspornte, entfaltete überraschende Aktivität.

Steininger selbst konnte nicht so recht daran glauben, dass die Spur, auf die sich nun alle gestürzt hatten und die er selbst ins Spiel gebracht hatte, mehr als ein Strohhalm war. Ein Strohhalm allerdings, an den sich alle klammerten, um nicht in der Heimwehr herumstochern zu müssen. Ratlos saß er in seinem Sessel, blätterte in einigen Papieren, ohne sich aber recht konzentrieren zu können. Ein Telefonat von Bentz mit dem

Garstener Gefängnisdirektor hatte nun auch von dieser Seite die – allerdings informelle – Bestätigung über das Entkommen Schinagls erbracht. Die rasch durchgeführte Befragung jener Kampfgenossen des Schutzbundführers, die in der Eile greifbar waren, hatte kaum etwas gebracht. Alle gaben an, keinerlei Kontakt mehr mit ihm oder seiner Frau gehabt zu haben. Steininger wusste, dass auf diese Aussagen nicht viel zu geben war, gab sich aber zunächst damit zufrieden.

Lampelmaier hatte rasch die nötigen Informationen zu Schinagl zusammengetragen, bereits vor seiner Verhaftung war ein Akt über den Schutzbundführer angelegt worden. Der Großteil davon war unbrauchbar, wie Steininger beim Durchblättern feststellte: den gesamten Krieg zunächst als einfacher Soldat, am Ende als hochdekorierter Unteroffizier mitgemacht. Dann als Arbeiter bei den städtischen Betrieben untergekommen, rasche Funktionärskarriere bei den Sozialdemokraten. Im Landtag, dem er ab 1925 angehört hatte, war er dadurch aufgefallen, dass er gegen jeden Kompromiss mit den Christlichsozialen, gleichgültig in welcher Frage, aufgetreten war. Für die Parteileitungen in Linz und Wien schien er zu radikal gewesen zu sein, so wurde er mit einem Posten im Schutzbund, dem bewaffneten Arm der Partei, bedacht – offenbar, um ihn ruhigzustellen. Doch Schinagl hatte sich in die neue Aufgabe gestürzt und gemeinsam mit Bernaschek daran gearbeitet, aus dem Schutzbund eine ernstzunehmende Kampforganisation zu machen. Ab den frühen 1930ern machte er sich für eine bewaffnete Auseinandersetzung mit der Heimwehr stark. So verwunderte es nicht, dass er im Februar 1934 zur rechten Hand Bernascheks avanciert war. Schinagls Umfeld aus dieser Zeit war entweder in den Kämpfen getötet worden oder geflohen. In Österreich schien sich, bis auf wenige, denen gerade in Wien der Prozess gemacht wurde, niemand mehr aufzuhalten.

Ratlos legte Steininger die Unterlagen zur Seite. Welche Schlüsse konnte man aus diesem Lebenslauf ziehen? Schinagl, der Unverbesserliche? Der Letzte, der nicht wahrhaben wollte, wie die Zeichen der Zeit standen? Oder doch Schinagl, der gehörnte Ehemann? Über seine Ehe war dem Material, das Lampelmaier zusammengetragen hatte, natürlich nichts zu entnehmen. Der Bezirksinspektor vergrub das Gesicht in den Händen. Er konnte zwar danach trachten, die Ermittlungen abzulenken oder einschlafen zu lassen, aber etwas musste er Bentz und seinen Leuten doch bieten. Etwas, das sie von der Heimwehr ablenkte!

Sedlak stürzte ins Büro, er griff umgehend zum Telefon und gab Anweisung, die Personenbeschreibung Leibenfrosts an die Grenzstationen im Mühlviertel und im benachbarten Niederösterreich zu übermitteln. Anschließend führte er ein paar weitere Telefonate, Steininger, der sich Mühe gab, seine Neugierde zu verbergen, konnte nur verstehen, dass über Züge gesprochen wurde. Kaum aufgelegt, bat Sedlak den über Unterlagen gebeugten Lampelmaier, die Adresse von Leibenfrosts Schwester zu recherchieren. Erst dann legte er Hut und Mantel ab und ließ sich auf seinen Sessel fallen.

„So!“ Sedlak holte aus der Hosentasche eine Tabatiere hervor und zündete sich eine Zigarette an. Alle starrten ihn an. Noch nie hatte er im Büro geraucht.

„Was, so?“, fragte schließlich Steininger. „Und überhaupt: Wieso hat denn der Haslinger in die Schule müssen? Er hat irgendwas von einem Geheimfach erzählt. Kein Mensch kennt sich mehr aus!“

Sedlak berichtete in kurzen Worten von seinen Ermittlungen der vergangenen Stunden. Insbesondere hob er die Existenz des Geheimfachs hervor, ebenso die überstürzte Abreise des Schulwarts.

„Und was soll das jetzt heißen?“, fragte Steininger ungeduldig. Nur widerwillig gönnte er anderen die Rolle desjenigen, der Ermittlungsfortschritte zu verkünden hatte, insbesondere, wenn es sich dabei um Sedlak handelte, bei dem er schon lange Ambitionen vermutete, ihn auszuhebeln.

„Der Leibenfrost ist gestern Nachmittag weggefahren, vermutlich mit dem Zug um 16:22. Irgendwo auf der Summerauerstrecke ist er ausgestiegen. Es könnte sein, dass er zu seiner Schwester ist, aber die Summerauerstrecke endet an der Grenze zur Tschechoslowakei. Es ist also auch möglich, dass er jenes Ziel hat, von dem aus Schinagl nach Österreich ist. Ob er seine Schwester besucht, wissen wir bald. Ich habe auch den Grenzstationen Anweisung geben lassen, auf den Leibenfrost zu achten. Zudem werde ich in Kürze mit dem Schaffner des betreffenden Zuges sprechen können und die Personenbeschreibung des Leibenfrost ist auch an die Vorsteher sämtlicher Stationen auf der Strecke gegangen. Ein Mann mit Prothese muss doch auffallen!“

„Ja, aber wo soll die Verbindung zwischen Schinagl und Leibenfrost sein? Dass der Schulwart Anarchist war oder vielleicht auch noch ist und daher kein Anhänger der Sozialdemokraten, dürfte als Motiv nicht ausreichen. Und in dem Geheimfach kann die Tatwaffe gelegen sein, vielleicht waren's aber auch nur ein paar ungustiöse Bilder.“ Er schielte, anzüglich grinsend, zu Lampelmaier hinüber, aber der folgte dem Gespräch nicht, sondern war in Unterlagen vertieft.

Sedlak konnte seinen Ärger über Steininger nicht verbergen. „Nur weil du jetzt keinen Zusammenhang siehst, heißt das nicht, dass keiner da ist. Manchmal ist ein bisschen Inspiration bei der Ermittlung gefragt. Wir können nicht ausschließen, dass der Leibenfrost von den Anarchisten zu den Sozialdemokraten übergelaufen ist. Vielleicht war der Schinagl gar nicht zufällig an der Schule. Vielleicht wollten sich die beiden dort treffen. Wir müssen die Lebensläufe der beiden vergleichen, vielleicht kommen wir auf Übereinstimmungen. Und vor allem müssen wir den Leibenfrost in die Mangel nehmen, wenn wir ihn haben."

Steininger brummte unwillig, nickte aber. Wortlos reichte er Sedlak die Unterlagen zu Schinagl.

„Du, Steininger, ich glaub, wir haben ihn." Lampelmaier hatte sich grinsend in seinem Sessel aufgerichtet.

Steininger bemerkte, wie lebendig sein Gegenüber nun war, die Ermittlungsarbeit schien ihm gutzutun. „Wen? Den Leibenfrost?"

„Aber Blödsinn! Was interessiert mich euer Schulwart!"

Steininger blickte ihn fragend an.

„Nur langsam, immer der Reihe nach." Lampelmaier kostete Steiningers Ungeduld aus, putzte umständlich seine Brille, feuchtete Daumen und Zeigefinger an und blätterte in einer Mappe. „Dieser Heinrich Ocmanek, der Liebhaber von der Schinagl. Der ist Jahrgang 1898, stammt aus Ansfelden und ist Kellner von Beruf. Gelernt hat er eigentlich Wagner, 1916 ist er eingerückt, zum Train ist er gekommen, an die Russlandfront. Da ist er dann zum Chauffeur ausgebildet worden."

„Da schau her!" Steininger war auf einmal hellwach und begann, sich Notizen zu machen. „Chauffieren hat er gelernt, der Herr Liebhaber, und wenn er beim Militär war, kann er auch schießen."

„Aber der war doch nur beim Train", entgegnete Lampelmaier.

„Na und, glaubst vielleicht, die waren nicht an der Front?", rief Steininger erregt. Er musste an den Kameradschaftsabend im Volksgartensaal denken. „Und, habts noch mehr rausgefunden über den Ocmanek?"

„Und ob! Das Beste kommt ja erst!", verkündete Lampelmaier fröhlich. „Der Bursch war kurz in russischer Gefangenschaft, ist aber 1919 heimgekommen. Das heißt, heim ist er gar nicht mehr, sondern in Linz hängengeblieben. Da scheint er es dann nirgends recht ausgehalten zu haben, jedenfalls dürfte er damals auf Kellner umgesattelt haben. Zumindest geht das aus der Anzeige hervor."

„Welche Anzeige?"

„Genau genommen sind es zwei: die erste Anzeige aus dem Jahre 1923, weil er da angeblich im Volksgarten eine Frau, also, du weißt schon. Und die zweite Anzeige vor zwei Jahren, weil er bei einer illegalen kommunistischen Versammlung war. Da hat's eine Razzia gegeben, und den Ocmanek haben s' mitgenommen. Aber viel ist nicht herausgekommen, bei beiden Anzeigen."

„Das heißt, der Kerl ist Kommunist?"

„Ob er Kommunist ist, kann man schwer sagen, er war jedenfalls bei der ...", Lampelmaier hielt die Mappe stärker ins Licht, „... Versammlung werktätiger Kellner gegen das kapitalistische Trinkgeld." Er schüttelte den Kopf. „Sachen gibt's! Jetzt wollen s' kein Trinkgeld mehr, na, mir soll's recht sein."

„Ein Bolschewist poussiert mit der Frau von einem Sozi, chauffieren hat er gelernt, schießen kann er auch."

„Das Wichtigste hätt ich beinah vergessen." Lampelmaier blätterte hektisch in der Mappe. „Seit Februar 1933 arbeitet der Ocmanek im Café Zentral!" Er blickte Steininger erwartungsvoll an.

„Café Zentral? Ja und?"

„Ja, Steininger, weißt denn nicht mehr? Der Kaffeesieder vom Zentral! Der hat doch so einen Wagen, den dein Zeuge gesehen hat. So einen Steyr-40-Lastwagen! Ich hab den Ertl gleich hingeschickt. Der hat sich das angeschaut im Café Zentral, ganz unauffällig. Du, das ist ein geschickter Bursche, der Ertl, den müsste man ..."

„Was hat er sich dort angeschaut?" Steininger wurde ungeduldig.

„Der Schlüssel vom Wagen hängt hinter der Budl. Der Kaffeesieder hat den gar nicht immer bei sich."

Steininger und Lampelmaier grinsten sich an. Sollte der Fall doch früher als erwartet ein gütliches Ende finden? Steininger beschloss, Ocmanek persönlich zur Vernehmung zu holen.

Der Kellner würde nicht davonlaufen. Er wusste ja nichts vom Verdacht, den die Polizei nun gegen ihn hegte. Bis nach dem Mittagessen würde die Sache also warten können.

19.

Strasser und Ertl klopften nun bereits zum dritten Mal vergeblich an die Wohnungstür von Therese Schinagl. Das Stiegenhaus war menschenleer und ruhig. Ziemlich ungewöhnlich für diese Zeit, fand Strasser, eigentlich müssten jetzt viele von der Schicht zurück sein, man müsste das Klappern von Tellern und das Schreien von Kindern hören. Vermutlich standen alle hinter ihren Wohnungstüren und versuchten zu erspähen, was die beiden Kriminalbeamten von Therese Schinagl wollten. Diese hätte längst daheim sein sollen. Von den Nachbarn hatten sie erfahren, dass sie üblicherweise gegen Mittag heimkam; nun war es bereits 13 Uhr und noch immer war Frau Schinagl nicht da. Ob sie bei ihrem Geliebten war? Aus einer Wohnung war Gelächter zu hören.

„Wir stehen da wie die letzten Deppen", ärgerte sich Strasser. Kurz entschlossen marschierte er zur Parterrewohnung und riss den Hausmeister aus seinem Mittagsschlaf, um die Tür aufschließen zu lassen. Ertl fühlte sich etwas unwohl dabei, eine fremde Wohnung zu betreten, ohne dazu aufgefordert worden zu sein. Was würden sie sagen, wenn plötzlich Frau Schinagl im Stiegenhaus auftauchte und sie zur Rede stellte?

Die kleine Wohnung war ärmlich eingerichtet, machte aber einen sauberen Eindruck. Ertl bemerkte neben der abgestandenen Luft und dem Geruch nach kalt gewordenem Essen etwas anderes, das er zunächst nicht zuordnen konnte.

In dem Moment, als Ertl einfiel, dass ihn dieser Geruch an Gas erinnerte, schrie auch schon der Hausmeister „Um Himmels willen!", und er hörte, wie ein Fenster aufgerissen wurde. In der Küche standen Strasser und der Hausmeister, beide Taschentücher vor den Nasen. Durch das offene Fenster strömte kühle Luft. Vor dem Herd stand ein Sessel, und darauf saß Frau Schinagl. Ihr Kopf lag auf dem Gasherd, die Augen, weit aufgerissen, starrten auf einen imaginären Punkt in der Ferne. Er registrierte Kleinigkeiten: die weiße Farbe des Küchensessels, die an den Beinen fast vollständig abgeblättert war, die Wollsocken der Frau, eine rote, abgearbeitete Hand auf dem Herd, die ihm schon bei seiner ersten Begegnung mit ihr aufgefallen war. Irritiert bemerkte er auch, dass ein paar Dielenbretter aus dem Fußboden gerissen waren.

„Ertl, schlaf nicht, was ist denn mit dir?“ Erst jetzt bemerkte Ertl, dass Strasser schon die ganze Zeit auf ihn einredete. „Du musst den Steininger anrufen, im Nebenhaus ist ein Lokal, der Hausmeister hat gesagt, die haben ein Telefon. Sag ihm, dass es wahrscheinlich Selbstmord war. Komm, tummel dich!“

„Aber warum haben wir draußen das Gas nicht gerochen? Wir stehen eine Stunde vor der Tür und sie stirbt derweil.“ Strasser deutete auf die Küchentür.

„Den Türspalt hat sie mit einem Waschfetzen abgedichtet, und ins Schlüsselloch hat sie auch ein Stückerl Stoff gesteckt. Darum! Los, geh jetzt, ich schau mich in der Wohnung um.“

Mechanisch machte sich Ertl auf den Weg. Durch seinen Kopf geisterte unentwegt der Gedanke, dass Frau Schinagl noch zu retten gewesen wäre, dass sie vielleicht im Todeskampf noch die Stimmen der Beamten, ihr Klopfen gehört hatte. Langsam stieg er eine Stufe um die andere hinunter. Er wusste, dass er sich beeilen sollte, bewegte sich aber wie in Trance. Im Stiegenhaus bemerkte er den Hausmeister, der an einem weit geöffneten Fenster stand. Mit einer Hand hielt er einen Fenstergriff umklammert und stammelte mit starrem Blick etwas von „Gas“ und „Isonzofront“.

Im Lokal, das ausschließlich von Arbeitern frequentiert wurde, die von der Schicht heimgekommen waren, verstummten die Gespräche, als der Kriminalbeamte eintrat. Auch das bemerkte Ertl kaum, er ließ sich die Sprechzelle neben den Toiletten zeigen und rief Steininger an. Er staunte über sich selbst, wie ruhig er dem

Bezirksinspektor vom Leichenfund berichtete. Sogar die herausgerissenen Dielen erwähnte er. Steininger schnappte hörbar nach Luft, war aber rasch wieder gefasst. Er erkundigte sich nach einzelnen Details, insbesondere, ob auch Fremdverschulden vorliegen könne, und versprach, Unterstützung zu schicken. Er selbst, ergänzte er, werde nicht kommen, er hole jetzt, und diese Bemerkung konnte Ertl nicht recht zuordnen, „den gamsigen Kellner“.

20.

Heinrich Ocmanek steuerte mit elegantem Schwung ein Tablett mit Tassen, Wassergläsern und Mehlspeisen durch das Café Zentral in der Linzer Landstraße. Manche sagten, seine Bewegungen seien derart elegant und tänzerisch, dass es ein Hohn wäre, ihn als Kellner zu bezeichnen. Tatsächlich erschien es ihm selbst so, als müsse man tänzerische Fähigkeiten besitzen, um an Nachmittagen wie diesem, an denen das Lokal gut besucht war, seiner Tätigkeit nachgehen zu können. Ocmanek war Ende 30, mittelgroß, schlank, hatte dunkle, durchdringende Augen und eine etwas hohe, schmeichelnde Stimme. Er war das, was man eine gepflegte Erscheinung nannte. Von einer Dame war er vor Jahren mit Willi Forst verglichen worden; seither hatte er jeden Film des Schauspielers mehrfach gesehen und versuchte, die Art, wie Forst sich bewegte, seine Gestik und Mimik nachzuahmen. Heinrich Ocmanek gefiel den Damen, und er war sich dessen bewusst.

Auch an diesem Nachmittag waren sie wieder alle da, die Damen der besseren Linzer Gesellschaft: die

Frau Bauunternehmer, die Frau Doktor, die Frau Professor, sogar der Frau des Polizeidirektors servierte er die Melange. Und nicht nur das: Dass die Damen regelmäßig und in großer Zahl das Café Zentral frequentierten, lag gewiss nicht am Lokal selbst. Es war ein Café wie jedes andere, der Mokka schmeckte dort ebenso wie anderswo, die Mehlspeisen waren trocken und teuer. Die Salonkapelle war zwar gut, aber auch die „Goldene Kanone“ bot Musik. Sie kamen auch nicht wegen der Kellnerin, der Cilli Maisberger, die jedes zweite Tablett fallen ließ und auch nach Monaten noch nicht die Vorlieben der Stammkundschaft kannte. Nein, die Damen kamen einzig und allein wegen ihm, dem feschen Heini, wie er allgemein genannt wurde. Der Kaffeesieder wusste, wie wichtig und dabei zuverlässig Ocmanek war, und gewährte ihm viele Freiheiten, die ihm wiederum erlaubten, täglich im Gasthaus Klosterhof zu tarockieren.

Heinrich Ocmanek kannte die Damen der Gesellschaft, er kannte sie gut. Jedermann wusste, dass er sich fürsorglich um seine weiblichen Gäste kümmerte und dass sich dies nicht nur auf Kaffee und Mehlspeisen bezog. Sein Dienstplan erlaubte ihm, den verheirateten Damen der Gesellschaft gelegentlich auch vormittags näherzukommen, was sein Schaden nicht war.

„Darf ich der Frau Hofrat noch eine Melange bringen?“

„Ja, ausnahmsweise trink ich noch eine, aber mit drei Stück Zucker, gell?“

„Sie sind ja eine ganz eine Süße, wenn ich so sagen darf, Frau Hofrat.“

Frau Bentz kicherte. „Ich bitt Sie, Herr Heini.“

„Für die Frau Doktor noch eine Cremeschnitte?“

„Einen Gusto hätt ich schon, Herr Heini, aber meine Taille. Mein Mann meint schon, ich geh auseinander."

„Aber bitte, Frau Doktor, ein bisserl eine Weiblichkeit ist doch der letzte Schrei."

„Sie sind mir aber einer, Herr Heini!"

Alles war wie sonst, mit der Ausnahme, dass diesmal auch zwei Männer, die er nie zuvor gesehen hatte, im Lokal waren. Am Ecktisch neben der Toilette saß ein kleiner Dicker mit Schnauzbart, der ohne Unterlass Buchteln aß, seinen Kaffee auf geradezu widerwärtige Weise schlürfte und ihn dabei über den Rand des „Illustrierten Blatts" hinweg anstarrte. Ein paar Tische weiter saß ein langer, kräftiger Kerl, der ein Poschacher Bier nach dem anderen trank und, wie Ocmanek fand, dümmlich abwechselnd ihn und den kleinen Dicken anstarrte. Ocmanek kam gerade mit einem Tablett leerer Tassen am Dicken vorbei, da erhob sich dieser schwerfällig vom krachenden Thonetsessel. Er wischte sich die Finger an der Hose ab, fingerte eine Kokarde aus der Tasche und hielt sie Ocmanek unter die Nase.

„Heinrich Ocmanek? Mein Name ist Steininger, Kriminalbezirksinspektor. Kommen S' mit."

Ocmanek registrierte, wie sich der Lange hinter ihm aufgebaut hatte, wohl um ihm den Weg zum Ausgang zu versperren.

„Ich hab mir eh gedacht, dass Sie kommen werden. Zahlen müssen S' aber schon noch: sieben Buchteln, drei Mokka und fünf kleine Bier von dem Herrn da. Cilli, jetzt musst du allein bedienen."

Steininger und Haslinger zahlten, und alle drei verließen an den staunenden Damen vorbei das Lokal. Der Bezirksinspektor deutete vor der Hofrätin eine Verbeugung an, diese schien ihn aber nicht zu erkennen.

21.

„Warum haben Sie vorher im Café gemeint, dass Sie schon auf uns gewartet haben?“, begann Steininger die Befragung Ocmaneks. Er fühlte ein Rumoren in seinem Magen. Das musste an dem Käse liegen! Der Anruf Ertls hatte ihn von einem ausgiebigen Mittagessen abgehalten, und die paar trockenen Buchteln machten einen erwachsenen Mann auch nicht satt.

„Die Resi, also die Frau Schinagl, hat mir gesagt, Sie glauben, der Mann, den sie gefunden haben bei der Diesterwegschule ...“

„Dollfußschule“, korrigierte Steininger barsch.

Ocmanek lächelte ein Willi-Forst-Lächeln. „... bei der Dollfußschule, dass das der Schinagl ist.“

„Und warum sollten wir deshalb auf Sie kommen?“

„Es ist ja kein großes Geheimnis, dass ich mit der Resi bekannt bin.“

Steininger bemerkte, dass Ocmanek in der Gegenwartsform von Therese Schinagl sprach. Eine Gefühlsregung war nicht zu erkennen. Er beschloss, sich zunächst auf den Mord an Karl Schinagl zu konzentrieren. Vor ihm lag der Zettel mit den Stichworten, die er sich bei Lampelmaiers Vortrag notiert hatte. „Wann haben Sie denn die Schinagl das letzte Mal gesehen?“

„Gestern war das, am späteren Nachmittag hab ich sie besucht.“

„Wie gut kennen Sie die Frau Schinagl?“

„Herr Kommissär, Sie wissen doch eh, dass ich mit der Resi was gehabt hab.“

„Gehabt? Was heißt das?“

„Dass ich jetzt nichts mehr hab mit ihr. Schauen Sie, man muss sich auch anderweitig umschauen. Über alles Weitere schweige ich", Ocmanek lehnte sich zurück, schlug die Beine übereinander und lächelte.

Steininger wurde zusehends ungeduldiger. Wenn das mit dem Magen so weiterging, war zumindest ein Schnaps nötig. Und der Tonfall von dem Kerl, einfach widerlich, wie ein Schauspieler! Rudis Berufswunsch fiel ihm wieder ein. Er bemühte sich, ruhig zu bleiben.

„Was man so hört, sind Sie auch bei anderen Damen recht beliebt."

„Mein Gott, was soll ich sagen, Herr Inspektor?", Ocmanek holte eine Tabatiere hervor, ein billiges Silberimitat, und zündete sich eine Zigarette an. „Das ewig Weibliche zieht mich halt an, und das wiederum zieht die Damen an. Sie haben eh gesehen, was los war im Zentral."

Steininger schnaubte. Er wollte sich nicht zu sehr in dieses Thema vertiefen, aber ihm waren im Café sehr wohl die Blicke aufgefallen, die zwischen dem Kellner und der Frau des Hofrats Bentz gewechselt wurden.

„Wo waren Sie letzte Woche in der Nacht von Montag auf Dienstag?"

„Montag auf Dienstag? Warten S', da muss ich nachdenken." Ocmanek legte die Stirn in Falten und starrte an die Decke. „Ach ja, jetzt ist's mir eingefallen." Er blickte Steininger lächelnd an. „Ich hab bis um sechs am Abend gearbeitet, dann bin ich noch ins Kino gegangen. Nach dem Film bin ich heimgegangen und gleich ins Bett."

„In welchem Kino waren S'?"

„Im Zentral-Kino. ‚Hundert Tage' habe ich mir angeschaut, den Napoleonfilm. Ein Meisterwerk, Herr Inspektor!"

„Gibt's da Zeugen?"

„Zeugen? Fürs Kino? Vielleicht erinnert sich die Billeteuse noch an mich, ein süßes Mädel. Ach, ich hab's vergessen, ich hab ja sogar noch das Billet." Er holte die Eintrittskarte aus einer Hosentasche und reichte sie Steininger, der sie kurz anblickte und zur Seite legte.

„Wann sind Sie ins Bett gegangen?"

„So gegen elf muss das gewesen sein."

„Allein?"

„Da muss ich wieder nachdenken." Erneut ein gedankenverlorener Blick an die Decke. Steininger runzelte die Stirn.

„Sie werden doch wohl wissen, ob in Ihrem Bett noch wer gelegen ist."

„Ja, doch, jetzt kann ich mich erinnern. Ich war ausnahmsweise allein, Herr Inspektor", Ocmanek setzte ein, wie Steininger fand, vulgäres Grinsen auf.

„Sie haben also kein Alibi?"

„Ein Alibi? Wieso denn, glauben Sie vielleicht, ich hab den Schinagl umgebracht? Und überhaupt, ist das jetzt wirklich der Schinagl? Der sitzt doch!" In Ocmaneks Gesicht war erstmals so etwas wie Unsicherheit erkennbar.

Steininger lehnte sich zurück und holte eine „Donau" hervor. „Schauen Sie, Ocmanek, stellen Sie sich einfach einmal vor, der Schinagl wär nicht im Gefängnis."

„Aber das ist doch Unsinn, die ..." Eine schallende Ohrfeige unterbrach den Kellner.

Steininger hatte beschlossen, dem allzu sicher wirkenden Kellner stärker zuzusetzen. Er zwinkerte Ocmanek, dem eine Haarsträhne in die Stirn gefallen war, zu. „Wie gesagt, stellen wir uns einfach einmal vor, der Schinagl ist nicht mehr im Gefängnis. Stellen wir uns auch vor, dass er dann als braver Mann als Erstes zu seiner Frau will. Und wie er da heimkommt, erwischt er sie mit dem größten Gigolo von Linz. Da wird er natürlich fuchsteufelswild, ein Wort ergibt das andere und auf einmal liegt er da, der Schinagl, mit einem Loch im Kopf. Und den toten Schinagl, den packst in einen Sack und transportierst ihn mit einem Wagen zur Dollfußschule. Na ja, und dann vergehen die Stunden und die Tage. Die arme Witwe wird nervös, am End kommt die Polizei doch drauf. Und du wirst auch nervös. Weil du dir nämlich nicht sicher bist, ob die liebe Resi nicht doch plaudert. Die hat nämlich schon gehört, dass sich der Herr Geliebte auch gerne mal woanders umschaut. Und dann bist bei der Schinagl in der Küch, sie schimpft, sie droht, und auf einmal ist der Gasherd aufgedreht und die ehemalige Geliebte wird gezwungen, das Gas einzuatmen. Na, wie hört sich die Gschicht für dich an, *Heini*?"

Ocmanek war nun vollends verunsichert. Die Willi-Forst-Pose war längst dahin, auf seiner Stirn standen Schweißperlen. „Herr Inspektor, was sagen S' denn da? Die Resi tot? Aber ich hab das gar nicht gewusst, ich hab sie ja gern gehabt, die Resi, auch wenn wir nichts mehr gehabt haben."

„Wo warst heut zwischen elf und ein Uhr mittags?"

„Im Café, wo soll ich denn sonst gewesen sein? Da können S' die Cilli fragen, die war die ganze Zeit da, die kann jede Minute bezeugen, ich war nicht einmal auf dem Klo während der Zeit. Und, ja, die Frau Hofrat Bentz, die war auch die ganze Zeit da, die kann das auch bezeugen. Ich bitt Sie inständig, Herr Inspektor, fragen S' die Frau Hofrat, die kann Ihnen das beschwören!" Ocmanek begann zu flehen, er schien, wie Steininger zufrieden registrierte, nun endgültig den Ernst der Lage begriffen zu haben.

„Das wird sich klären lassen“, brummte Steininger unwirsch. „Aber was ist jetzt mit der Nacht von Montag auf Dienstag? Red, oder ich hau dir das Kreuz ab!“

„Ich hab’s Ihnen doch schon gesagt, ich war daheim, ich war nicht bei der Resi in der Nacht. Ich war lang nicht mehr über Nacht bei ihr, das ist schon länger her, wir sind ja gar nicht mehr ... Und außerdem, ich hab ja gar keine Pistole, und einen Wagen hab ich auch nicht, woher soll ich denn ...“

„Erstens“, brüllte Steininger, „kannst du chauffieren, du warst im Krieg Fahrer, zweitens hat die Schinagl im letzten Jahr genug Gelegenheiten gehabt, dass sie eine Pistole abzweigt, und drittens“, Steininger schlug mit der Faust auf den Tisch, „wissen wir, dass du ein Kommunist bist, und die mögen ja die Sozis noch weniger als der Teufel das Weihwasser!“

„Aber das stimmt doch nicht!“ Ocmaneks Stimme schlug ins Falsett um.

„Was stimmt nicht, erklär mir das!“, schrie Steininger und schlug Ocmanek neuerlich.

„Bei den Kommunisten war ich überhaupt nie richtig, ich war nur einmal bei einer Kellnerversammlung, da hat so einer geredet, der wollte das Trinkgeld abschaffen, aber mehr war da nie! Das müssen S’ mir glauben! Mit einer Pistole könnt ich nicht umgehen, und außerdem, woher hätt ich denn ein Auto nehmen sollen?“

„Von deinem Chef. Bei der Schule ist zur fraglichen Zeit der gleiche Pritschenwagen gesehen worden, wie er deinem Chef gehört. Und dass da jeder, der will, den Schlüssel nehmen kann, ist auch klar.“

Ocmanek starrte Steininger ungläubig an und schüttelte den Kopf. „Herr Inspektor, das stimmt alles nicht, ich hab den Schinagl nie gesehen, das müssen Sie mir glauben.“

„Also für mich passt das alles recht gut zusammen. Dass du den Mann umgebracht hast, ist klar, das mit der Frau klären wir noch, aber wundern würd's mich, wenn es anders gewesen wär. Und dann, mein Lieber, dann werden aber ein paar Damen im Café schön weinen um ihren feschen *Herrn Heini*." Steininger grinste.

„Aber", stotterte Ocmanek. Er war am Ende seiner Kräfte.

„Was ist? Red aus!" Steininger erhob drohend die Hand.

Ocmanek atmete tief ein. „Ich war die Nacht gar nicht allein. Ich war aber auch nicht bei der Resi."

„Wo warst dann?"

„Daheim. Aber es war jemand mit."

„Jetzt lüg nicht so dumm! Ich sag dir, meine Geduld hat gleich ein Ende, und dann redet der Haslinger weiter mit dir, der ist nicht so nett wie ich!"

„Ich war wirklich nicht allein, aber ich kann nicht sagen, wer's war."

Zwei krachende Ohrfeigen waren die Folge. Ocmanek schwankte auf seinem Sessel, aus der Nase begann Blut zu laufen.

„Herr Inspektor, ich kann wirklich nicht sagen, wer die Dame war!", beharrte er. „Da können Sie zuhauen, so viel Sie wollen!"

„Warum sagst nicht, wer das Flitscherl war?", brüllte Steininger.

„Ich kann nicht, es geht wirklich nicht. Ein Flitscherl ist sie jedenfalls nicht. Das ist eine wirkliche Dame."

Steininger ließ den Kellner abführen. Sein Magen revoltierte, er brauchte unbedingt etwas zu essen. Sollte der Ocmanek ruhig eine Weile in der Zelle schmoren. Auf die gröbere Gangart sprang er offensichtlich an, man würde ihn also weiter unter Druck setzen, ihm die richtigen Zellengenossen verschaffen und immer wieder zum Verhör holen.

22.

Nach der dritten Knacker war Steininger wohler. Er räkelte sich in seinem Sessel und brannte sich eine „Donau“ an. Die „Wachauer Weinstube“ war an diesem Spätnachmittag noch nahezu leer. Nur an einem Ecktisch lugte ein betrunkener Walzbruder hinter einem leeren Glas hervor. Die Kellnerin kam schlurfend und stellte Steininger ein doppeltes Stamperl Obstler auf den Tisch, auf dem sich zwei Fliegen an einem Stück Wursthaut zu schaffen machten.

Steininger war, trotzdem der Magen nun gefüllt war, nicht zufrieden mit dem Verlauf des Verhörs. Zwar hatte er das richtige Mittel gefunden, um den aufgeblasenen Gigolo in die Schranken zu weisen, aber mit etwas mehr Glück hätte er Bentz heute noch den Täter für zumindest einen der beiden Toten liefern können. Die Sache mit der Therese Schinagl war heikel, gewiss. Es war vollkommen unklar, ob sie überhaupt ermordet worden war, im Grunde genommen sprach nichts gegen Selbstmord: Die Tür war nicht aufgebrochen worden, es gab keinerlei Anzeichen eines Kampfes in der Wohnung. Und am schwersten wog die Unmöglichkeit, die Frau zu zwingen, das Gas einzuatmen. Man hätte sie eigenhändig am Gasherd festhalten müssen – Therese Schinagl war nicht gefesselt gewesen –, ohne dem Gas selbst zum Opfer zu fallen. Andererseits aber gab es keinen Abschiedsbrief und, ein merkwürdiges Detail, das Strasser bemerkt hatte, das Fenster in der Küche war nur angelehnt gewesen, weshalb der Todeskampf wohl länger gedauert hatte als bei vergleichbaren Fällen. Unklar war auch, was die herausgerissenen Dielenbretter zu bedeuten hatten. Vermutlich war der Zwischenraum unter den Dielen als Versteck genutzt worden. Die Schinagl hatte also etwas beiseitegeschafft und sich dann umgebracht. Oder hatte jemand die Witwe getötet und anschließend etwas aus dem Versteck, das dem Mörder bekannt gewesen sein musste – die Wohnung selbst schien nicht durchsucht worden zu sein –, geholt?

Völlig auszuschließen war Mord nicht. Was aber konnte unter den Dielenbrettern gelegen haben? Belastendes Material? Falls ja, belastend in welcher Hinsicht? Oder womöglich die Mordwaffe?

Steininger deutete der Kellnerin, die gähnend in einem Modejournal blätterte, ihm noch ein Stamperl zu bringen, woraufhin sie ihm kurzerhand die ganze Flasche auf den Tisch stellte. Es war zum Haareraufen! Was hatte er verbrochen, dass ihn der Herrgott mit so einem komplizierten Fall strafte? Und dann noch mit zwei Toten? Wobei es einen davon eigentlich gar nicht gab. Steininger hatte noch nie mit zwei Morden auf einmal zu tun gehabt. Vielleicht sollte er sich zunächst weiterhin auf Karl Schinagl konzentrieren? Hier stand es tatsächlich nicht schlecht, eigentlich konnte er sich selbst gratulieren. Schließlich hatte er frühzeitig die Heimwehrspur als Irrweg erkannt und die Kräfte der Kriminalpolizei auf die Ocmanekspur gelenkt. Leibenfrost war auch nicht von der Liste zu streichen, auch wenn ihm das, was Sedlak bisher zutage gefördert hatte, noch zu wenig war.

Dass allerdings Ocmanek nun doch ein mögliches Alibi ins Spiel gebracht hatte, war der Sache nicht dienlich. Direkt unbehaglich wurde es Steininger, wenn er daran dachte, dass der schmierige Kellner mit der Schauspielerpose möglicherweise mit der Frau des Polizeidirektors poussierte! Sollte er Ocmanek in die Mangel nehmen, um den Namen der Frau herauszufinden? Was aber, wenn es sich tatsächlich um die Frau von Bentz handelte? Steininger lockerte seinen Kragen, er fühlte sich allmählich wieder unbehaglich.

„Ein Junge darf nicht lange überlegen! Ein Junge muss ein Lausejunge sein!" Der Walzbruder hatte zu singen begonnen.

„Ruhig bist!", rief Steininger, was den Betrunkenen noch zu animieren schien.

„Ein Junge muss ein Lausejunge sein!" Plötzlich fiel sein Kopf auf die Tischplatte, er war eingeschlafen.

Steininger kannte das Lied, er hatte es in einem Film gehört, den er vor ein paar Jahren mit der Mizzi im Zentral-Kino gesehen hatte.

Was blieb ihm anderes übrig? Er musste das Risiko eingehen, eine unappetitliche Sache ans Tageslicht zu bringen. Vielleicht hätte eine Verstrickung des Kellners mit der Frau Hofrat aber auch den Vorteil, dass sie vehement abstreiten würde, mit dem Ocmanek eine Nacht verbracht zu haben. Dann wäre dessen Alibi gestorben und man konnte ihm problemlos die Schinaglsache anhängen. Noch dazu wäre auch Bentz daran gelegen, den Kerl hinter Gittern zu wissen.

Wie hieß bloß der Schauspieler, der dieses Lied gesungen hatte? Die Melodie des Schlagers hatte sich in Steiningers Hirn festgesetzt. Er konnte sich nur mehr daran erinnern, dass ihn der Sänger an Ocmanek erinnerte. Auch so ein schmieriger Kerl. Er weckte den Walzbruder und zahlte ihm ein Viertel Veltliner, um den Namen zu erfahren: Willi Forst!

23.

Am nächsten Morgen war klar, mit wem Ocmanek die Nacht, in der der Mord an Karl Schinagl geschehen war, verbracht hatte. Haslinger, den in seiner Jugend nur ein Unfall mit einem Fuhrwerk davon abgehalten hatte, die elterliche Fleischhauerei zu übernehmen, hatte Ocmanek im Laufe der Nacht noch zweimal zum Verhör bringen lassen. In der Frühe war der Kellner sichtlich mitgenommen, die Nase gebrochen und ein Auge verquollen. Aber Steininger war zufrieden. Ocmanek hatte einen Namen genannt – und es war nicht jener der Frau Bentz! Bei der betreffenden Dame handelte es sich allerdings um die Schwiegertochter des letzten Regimentskommandeurs der Hessen im Weltkrieg, sie zählte somit auch zu den besseren Kreisen von Linz. Steininger beschloss, die Frau alleine zu befragen, und ließ sich noch am Vormittag zu ihrer Villa bringen, da er vermuten konnte, sie um diese Zeit alleine anzutreffen. Die Frau weigerte sich zunächst, ihn zu empfangen, und ließ ihn durch ein adrettes Stubenmädchen bitten, am nächsten Tag wiederzukommen, dann werde ihr Mann anzutreffen sein. Steininger ließ sich aber nicht abwimmeln, schrieb den Namen des Kellners auf ein Stück Papier und ließ es der Dame des Hauses überbringen.

Fünf Minuten später saß er der stattlichen Mittfünfzigerin im Salon gegenüber. An den Wänden erinnerte alles an den verstorbenen Schwiegervater. Steininger bemerkte neben einem Porträt des Offiziers, Schlachtengemälden und Säbeln auch eine Standarte des Hessenregiments, was seine Laune etwas verdüsterte. Im Laufe des einstündigen Gesprächs, das bei dünnem Tee und trockenen Keksen geführt wurde, hatte ihn Frau von Ontl zunächst angefleht, Diskretion zu wahren. Ihr Mann könne sich einen derartigen Skandal nicht leisten, noch dazu, wo es sich um einen Kellner handelte! Steininger versuchte, die nervös in ihrer Tasse rührende Frau zu beruhigen, und versprach ihr, ihren Namen aus der Sache herauszuhalten. Sie bestätigte schließlich, den betreffenden Teil der Nacht mit Ocmanek verbracht zu haben. Gegen 23 Uhr habe sie ihn in seine Wohnung begleitet, ihr Mann, ebenfalls Offizier, sei bei einem Waffenbruderschaftstreffen in München gewesen. Um nicht ertappt zu werden, habe sie die Wohnung des Kellners bereits um drei Uhr in der Früh wieder verlassen.

Auch eine von Ertl befragte Nachbarin Ocmaneks bestätigte im Wesentlichen diese Angaben: Wie häufig sei der Kellner nach der Arbeit nicht allein heimgekommen, sondern eine *alte Flitschen,* wenn auch scheinbar *eine Bessere,* habe ihn begleitet. In der Folge sei es zu unbeschreiblichen Szenen gekommen. Das Schlafzimmer Ocmaneks grenze an jenes der Nachbarin, was ihr regelmäßig den Schlaf raube. Ertl hatte sich die Schilderung von Details, mit denen die Nachbarin offenkundig nicht zu geizen gewillt war, verbeten.

Damit sprach nun alles für eine Entlassung Ocmaneks aus dem Zellentrakt der Linzer Polizeidirektion. Auch ohne die entlastende Aussage der Frau von Ontl wäre die Täterschaft des Kellners keineswegs eindeutig erwiesen gewesen, das war Steininger bewusst. Die Durchsuchung der kleinen Wohnung von Ocmanek hatte keinerlei Anhaltspunkte ergeben. Zudem hatte Sedlak einen Zeitplan aufgestellt und die Wegzeiten zwischen dem Café Zentral und dem Fundort der Leiche bei der Dollfußschule rekonstruiert. Den Tatort konnte er nicht mit einbeziehen, da dieser nach wie vor unbekannt war. In der Wohnung der Schinagls hatten sich jedenfalls keine Blutspuren gefunden. Steininger hatte das Vorgehen Sedlaks zunächst als neumodischen Firlefanz und Zeitverschwendung abgetan. Sedlak aber machte deutlich, dass es Ocmanek zwar in der angegebenen Zeit möglich gewesen wäre, nach seinem Kinobesuch, der tatsächlich von der Billeteuse bestätigt werden konnte, an einen möglicherweise auch in der Nähe gelegenen Tatort zu gelangen, dort Schinagl zu erschießen, die Leiche in einen Sack zu packen und dann an der Dollfußschule abzulegen. Zugleich aber hätte dies derart rasch und reibungslos funktionieren müssen, dass es die These von der Täterschaft Ocmaneks zumindest nicht nahelegte.

Noch dürftiger waren die Verdachtsmomente im Falle des Todes von Therese Schinagl. Auch wenn es Steininger nicht für unmöglich hielt, dass der Kellner seine ehemalige Geliebte ermordet hatte, waren die Indizien äußerst spärlich. Für die betreffende Zeit hatte Ocmanek ein Alibi, denn sein Dienst im Café Zentral hatte um 11 Uhr begonnen und zahlreiche Personen konnten seine Anwesenheit für den fraglichen Zeitraum bezeugen. Aber auch abgesehen davon hatte sich mit der Entlastung Ocmaneks für den Mord an Karl Schinagl ein allfälliges Motiv für den Mord an dessen Witwe in Luft aufgelöst. Darüber hinaus war nach wie vor nicht klar, ob es sich beim Tod der Therese Schinagl überhaupt um Mord oder doch um Selbstmord gehandelt hatte. Die kriminaltechnische Untersuchung hatte ebenso wenig Bemerkenswertes zutage gefördert wie die Untersuchung der Leiche durch Dr. Weißmann. Die mühsam verlaufene Befragung der Nachbarn hatte keine neuen Erkenntnisse ergeben, abgesehen davon, dass sie übereinstimmend angaben, den Kellner schon seit etwa drei Monaten nicht mehr im Haus gesehen zu haben. In der Wohnung der Schinagls schien es seitdem keine Besuche mehr gegeben zu haben, nur eine Nachbarin wollte sich daran erinnern, dass wenige Stunden vor deren Tode zwei junge Burschen die Wohnung der Schinagl betreten hatten. Aber weder konnte sie angeben, ob beziehungsweise wann die beiden die Wohnung wieder verlassen hatten, noch eine Beschreibung der beiden liefern. Da die Burschen von niemand anderem gesehen worden waren, was für ein Haus mit derart vielen Parteien unwahrscheinlich war, maß Steininger diesem Hinweis keine große Bedeutung bei. Ein arbeitsloser Bursche, der sich offenbar mit der Polizei einen Scherz erlauben wollte, hatte außerdem bei der Sicherheitswache eine Gasmaske abgegeben, die er in der Nähe des Hauses, in dem die Schinagl gewohnt hatte, gefunden haben wollte. Doch die Zeit drängte, und dem Inspektor schien es sinnvoll, sich auf den Tod Karl Schinagls zu konzentrieren, bei dem auf jeden Fall Mord vorlag.

Obwohl Ocmanek allem Anschein nach unschuldig war, zögerte Steininger zunächst, den Kellner nun auch offiziell als Hauptverdächtigen zu entlasten, denn das bedeutete, sich der Heimwehrspur zuwenden zu müssen. Ihm graute! Wenn man wenigstens den Leibenfrost in der Hand hätte! Aber der Gendarmerie war es bislang nicht gelungen, den Mann ausfindig zu machen. Die Schwester des Schulwarts hatte glaubhaft machen können, mit ihrem Bruder nur sporadischen Kontakt zu haben, ein Zustand, den sie nicht zu ändern wünschte. Der Stationsvorstand von Freistadt wollte sich erinnern, aus dem fraglichen Zug einen Mann aussteigen gesehen zu haben, auf den die Beschreibung Leibenfrosts passte. Der Schulwart war also weder unmittelbar an der Grenze noch bei seiner Schwester ausgestiegen.

Lustlos holte Steininger den Rest der Knacker, die von seiner Vormittagsjause übrig geblieben war, aus der Schublade. Er wertete den Umstand, dass ihm die Mizzi wieder etwas Vernünftiges in die Jausendose gepackt hatte, als Signal, dass sich daheim wieder alles zum Guten wandte. Am Vorabend war Steininger zwar pünktlich zum Essen, dafür aber außerordentlich grantig nach Hause gekommen. Die Entwicklung des Falles setzte seinen Nerven erkennbar zu, was seine Frau aber nicht dazu bewog, seine Schnapsfahne zu goutieren. Als dann auch noch Rudi wieder von seinem Wunsch, Schauspieler zu werden, zu sprechen begonnen hatte, war ein Wort rasch dem anderen gefolgt. Nach einer lautstarken Auseinandersetzung waren Steininger und seine Frau schweigend zu Bett gegangen. Ein unbeholfenes Streicheln über Marias Unterarm, als diese ihm in der Früh den Kaffee einschenkte, schien zunächst wenig zur Entspannung beizutragen. Der Inhalt seiner Jausendose gab Steininger nun Hoffnung.

Lampelmaier setzte sich zu ihm und holte den Schnupftabak hervor. „Heute schmeckt's dir nicht, gell?"

„Ganz und gar nicht. Da soll einem nicht der Appetit vergehen."

„Dabei gäb's heute zumindest wieder eine Knacker." Lampelmaier holte ein Sacktuch hervor und putzte sich umständlich die Nase.

„Magst ein Stückerl haben?"

„Aber geh, wirklich? Das ist aber fein von dir!" Schmatzend vertilgte Lampelmaier den Rest der Wurst.

„Du, ich glaub, den Ocmanek müssen wir auslassen. Da findet sich nichts mehr."

„Da hast wahrscheinlich recht, leider."

„Warum denn leider, Herr Bezirksinspektor?" Ertl war von den beiden unbemerkt ins Zimmer getreten und blickte Steininger groß an.

„Na ja", Steininger bemerkte, wie er zu schwitzen begann, „das wär doch famos, wenn wir den Mörder so schnell eingefangen hätten."

„Nicht, dass am End noch mehr Häfenbrüder erschossen werden!" Lampelmaiers meckerndes Lachen erstarb jäh, als er Steiningers bösen Blick bemerkte.

„Da gibt's gar nichts zu lachen, Lampelmaier, weißt eh, was jetzt auf uns zukommt. Jetzt werden wir bei der Heimwehr herumsuchen müssen."

Lampelmaier nickte betrübt.

„Das heißt, der Mörder ist doch bei der Heimwehr?", fragte Ertl.

Steininger schüttelte den Kopf. „Du musst noch viel lernen, Ertl. Auch wenn's vielleicht so ausschaut, als ob der Ocmanek nicht der Mörder ist, heißt es nicht, dass er es nicht doch war. Und wenn nicht er, dann vielleicht ein anderer Liebhaber von der Schinagl."

„Aber die scheint doch keinen Liebhaber mehr gehabt zu haben."

„Mein Gott, Ertl, nur weil die Nachbarn nichts sagen, heißt das gar nichts! Das sind dort alles Rote und gegen die Polizei halten die zusammen wie Pech und Schwefel." Steininger merkte, wie ihn der junge Kollege zu ärgern begann. Mittlerweile waren auch Strasser und Sedlak hereingekommen.

„Aber müsste man nicht zumindest eruieren, was es mit dem Auto der Heimwehr auf sich hat?"

„Da hat er schon recht, der Ertl", bestätigte Strasser. Auch Sedlak nickte.

„Im Grunde stimmt das", stimmte nun auch Lampelmaier zu. „Nicht, dass es heißt, die Kriminalpolizei fürchtet sich vor der Heimwehr."

Grimmig blickte Steininger hinter seinem Schreibtisch hervor. Er kam wohl nicht mehr umhin, zumindest pro forma die Heimwehrspur zu beachten. „Was? So ein Schmarrn! Natürlich sind wir objektiv. Ganz objektiv sind wir! Da gibt's nichts. Jetzt auf der Stelle ruf ich dort an! Immerhin sind wir wer. Dass ihr mir ja nicht glaubt, dass ich mich fürchte vor der Heimwehr! Und überhaupt sind die auch nicht mehr das, was sie gewesen sind. Wobei sie natürlich schon noch ..." Steininger ließ den Satz unvollendet, er merkte, dass er sich auf gefährliches Terrain begab. Unter dem erwartungsvollen Blick seiner Kollegen ließ er sich mit der Stadtkommandantur der Heimwehr verbinden. „Ganz offiziell machen wir das jetzt, dass mir ja keiner was nachsagen kann. Nicht, dass es heißt, ich schieß mich auf die Heimwehr ein, Gott bewahre. Da muss man Objektivität bewahren."

24.

Josef Steininger rutschte unruhig auf dem Thonetsessel hin und her und fingerte zum wiederholten Male an seiner Krawatte. Der verdammte Anzug! Diese Mizzi! Als sie erfahren hatte, wen er an diesem Tag befragen würde, hatte sie ihm den guten Anzug mit dem weißen Hemd herausgelegt. Zu einem Vizebürgermeister kommt man nicht alle Tage, hatte sie gemeint, noch dazu zu so einem hohen Tier von der Heimwehr. Am Vorabend hatte sie sogar den Waschzuber mit heißem Wasser gefüllt und ihn obendrein gezwungen, die Haare zu waschen – dabei war weder Mittwoch noch Samstag!

Zunächst hatte es ihm widerstrebt, den Anzug anzuziehen. Er hatte ihn vor drei Jahren beim Begräbnis vom Poldi-Onkel das letzte Mal getragen. In der Zwischenzeit war Steininger nicht schlanker geworden. Es war eine rechte Mühe gewesen, sich an diesem Morgen in die frisch gebügelte Hose zu zwängen. Vor allem aber der Hemdkragen hatte sich bedrohlich eng um die Fettwülste an Steiningers Hals gelegt, weshalb ihm nun auch das wiederholte Zupfen an der Krawatte keine Erleichterung verschaffte. Und dann noch diese schwarzen Lackschuhe! Mit größer werdendem Gewicht schienen auch die Füße gewachsen zu sein. Seine Frau hatte aber auf diesen Schuhen bestanden, zum guten Anzug könne man einfach nicht die braunen Halbschuhe tragen. In Gedanken hatte er seine Frau verflucht, als er mit knarrendem Schuhwerk das Vorzimmer des Vizebürgermeisters und Linzer Heimwehrführers Otto Danner betreten hatte. Nun aber, da er einzelne Männer in eleganten, gut sitzenden Anzügen vorbeieilen sah, war er doch froh, dass er sich hatte überreden lassen.

Er griff in die Hosentasche, um das Sacktuch hervorzuholen. Wie stets, wenn er nervös war, schwitzte er. Dabei fiel der Zettel mit den Fragen, die er Danner stellen wollte, auf den Boden. Als er sich bücken wollte, forderte ihn die Sekretärin mit forscher Stimme auf, sofort in Danners Büro zu kommen, der Vizebürgermeister könne nur wenig Zeit erübrigen. Steininger fuhr in die Höhe, ohne den Zettel aufgehoben zu haben, und eilte zur geöffneten Polstertür. Der Mann hinter dem Schreibtisch war etwa gleich alt wie Steininger, hatte sich aber körperlich offenbar besser gehalten. Steininger wusste nicht recht, was er tun sollte, und blieb neben der Tür stehen.

„Setzen Sie sich doch, Herr Inspektor." Danner blickte von seinem Schreibtisch auf und deutete auf einen Sessel, der bedenklich krachte, als Steininger sich setzte. Er bemerkte, dass ihm erneut der Schweiß ausbrach, wagte es aber nicht, sich in Gegenwart des Vizebürgermeisters über die Stirn zu wischen.

„Was haben S' denn mit dem Sacktuch vor? Schwenken Sie gar schon die weiße Fahne?", grinste Danner, der den Federhalter zur Seite gelegt und sich vorgebeugt hatte.

Steininger lachte bemüht, er hatte das Taschentuch in der Hand vergessen gehabt. Gott sei Dank hatte ihm die Mizzi in der Früh ein frisches eingesteckt!

„Herr Inspektor, ich habe gehört, Sie wollen mich in einer Angelegenheit, die die Heimwehr betrifft, sprechen. Worum geht es? Angeblich ja um einen Mord. Ich weiß zwar nicht, wie die Heimwehr auch nur am Rande mit einem Mord in Verbindung gebracht werden kann, aber Sie werden mir das wohl gleich auseinandersetzen. Also, wie können wir der Polizei behilflich sein? Sie wissen, Heimwehr und Polizei sind immer Schulter an Schulter marschiert. Untrennbar und treu!"

„Selbstverständlich, Herr Vizebürgermeister, immer treu, Schulter an Schulter", stotterte Steininger, während er vergeblich versuchte, sich an die Fragen zu erinnern, die er notiert hatte. „Also es geht um nichts Großes, das heißt, schon, weil er ja größer ist, der Wagen. Also der Wagen, den sie ..."

„Kommen Sie zum Punkt, lieber Herr Inspektor! Wer zögert, nützt dem Feind, sage ich immer. Und damit sind nicht immer die Roten oder die Nazibuben gemeint. Die haben ja allesamt gezeigt, wozu sie fähig sind. Ich sage immer, wer ein Bahngleis zerstört, kann nicht staatstragend wirken. Möchten Sie eigentlich was trinken? Ihnen ist ja ganz heiß, Sie schwitzen ja!"

„Verbindlichsten Dank, Herr Vizebürgermeister, aber ich möchte Ihre Zeit nicht zu lange in Anspruch ..."

„Also eines sage ich Ihnen in aller Offenheit, Herr Inspektor. Die Heimwehr ist und bleibt das Rückgrat des Staates. Und sie hat zugleich ein waches Auge darauf, dass Staatsfeinde nicht halbherzig angefasst werden. Gerade vor einem guten Jahr sind Bundesheer, Polizei und Heimwehr Schulter an Schulter in unverrückbarer Treue zueinander gegen die rote Brut marschiert. Und was muss ich jetzt erfahren? Da hören S'!" Danner nahm einen Zettel von einem Stapel auf seinem Schreibtisch. Zugleich füllte er ein Glas aus einer Wasserkaraffe und nötigte Steininger, zu trinken. „Da hat mir erst unlängst ein Kamerad aus Steyr geschrieben! Gegen den Schutzbund ist er in vorderster Front gestanden, schreibt er, seit Jahren in unverrückbarer Treue zu Starhemberg, im Juli dann der Nazipartie die Brust geboten, und was ist jetzt? Als Schlosser bei der Eisenbahn hat er sich beworben, und wer hat die Stelle gekriegt? Ein verkappter Roter! Eines sage ich Ihnen, Herr Inspektor", Danner hob drohend den Zeigefinger, Steininger nickte eifrig, „ein Staat, der seine wackersten Kämpfer in einer derart schändlichen Weise behandelt, der darf sich nicht wundern, wenn er Mühe hat, seine Reihen zu füllen. Sie verstehen, Inspektor?"

„Selbstverständlich, Herr Vizebürgermeister", stotterte Steininger, der gar nichts verstand und sich nun – Vizebürgermeister hin oder her – mit dem Sacktuch über die Stirn wischte. Wenn er bloß wüsste, wie er den Redefluss Danners unterbrechen konnte, ohne unhöflich zu werden!

„Na bitte, ich brauche also keine Namen zu nennen, auch wenn allgemein bekannt ist, dass eine gewisse vaterländische Massenbewegung“, Danner zwinkerte seinem Gegenüber zu, „nur wenig Masse in die Waagschale werfen kann.“ Er lachte laut auf über das, wie ihm schien, gelungene Wortspiel, Steininger nötigte sich zu einem Grinsen. Die Witze über die staatstragende Vaterländische Front, die zwar immer wieder auf beeindruckende Mitgliederzahlen verwies, zugleich aber in der Bevölkerung höchst unbeliebt war, waren ihm hinlänglich bekannt.

„Herr Vizebürgermeister, wenn ich Sie jetzt ... das heißt, meine Notizen sind leider weg, aber ich glaube ...“

„Unsinn!“ Danner stoppte Steiningers Stammeln mit einer Handbewegung. „Mein lieber Kamerad, ich darf doch Kamerad sagen, ein Mann braucht kein Papier, ein Mann braucht eine stählerne Faust, sage ich immer.“ Danner ließ seine Faust krachend auf den Schreibtisch fallen, wobei er die Wasserkaraffe umstieß, deren Inhalt sich über Steiningers Hose ergoss, was der Vizebürgermeister aber ignorierte. „Wir waren schon viel zu lange dem Papier hörig. Ich will keine Namen nennen, aber manche staatstragenden Persönlichkeiten kennen nur ihre Gesetzbücher, wägen ab, schieben die Paragraphen hin und her, wo es doch darum geht, zu handeln! Keine Bürokratenseelen sind gefragt, sondern der soldatische Geist. Sie haben doch wohl auch gedient, nicht? Was machen Sie da eigentlich?“ Danner schien erst jetzt, da Steininger mit dem Sacktuch an seiner Hose herumtupfte, freilich ohne viel damit auszurichten, das Malheur zu bemerken.

„Herr Vizebürgermeister, ich möchte jetzt bitte doch eine Frage stellen. Nämlich das Heimwehrauto, also der Steyr 40, der sich im Besitz der Linzer Heimwehr befindet ..."

„Selbstverständlich kauft die Heimwehr unter sparsamstem Einsatz aller Mittel nur Erzeugnisse des heimischen Volksfleißes!", polterte Danner.

Steininger, der die fruchtlosen Bemühungen, seine Hose trockenzulegen, mittlerweile aufgegeben hatte, begann zu resignieren und hoffte nur mehr darauf, alsbald wieder gehen zu dürfen. Dass es so mühsam sein konnte, eine Frage zu stellen! Aber vermutlich war Danner weitgehend im Bilde über die beiden Toten, die Heimwehr hatte natürlich auch bei der Polizei ihre Leute sitzen. Mit seinen Monologen wollte er Steininger wohl nur ermüden, ihn von seinen Fragen ablenken, um die Heimwehr nicht weiter in Verdacht zu bringen. Das hieß möglicherweise, dass sie in den Mord verwickelt war. Oder vielleicht, räsonierte Steininger, den der Redefluss seines Gegenübers in eine schläfrige Stimmung versetzt hatte, war nicht die Heimwehr, sondern nur ihr Auto in den Mord verwickelt, vielleicht sollte man einfach das Auto verhaften. Damit wäre doch allen Seiten gedient! Danner machte seine Sache wirklich gut, fand der Inspektor, eigentlich hätte er jetzt mit einem barschen Wort den Redeschwall des Mannes versiegen lassen müssen, um ihn dann mit gerissenen Fragen in die Ecke zu treiben, doch, da war Steininger sich gegenüber ehrlich, er traute sich nicht, gegen Danner das Wort zu erheben. Daher saß er immer noch hier, hörte den Sonntagsreden des Vizebürgermeisters, der alle Zeit der Welt zu haben schien, mit scheinbar interessierter Miene zu und gab die Hoffnung auf, etwas über den Wagen der Heimwehr zu erfahren.

„... also, natürlich können wir kein englisches oder französisches Fabrikat fahren, natürlich auch kein deutsches, ja, und ich habe damals sogar dagegen die Stimme erhoben, als manche Kameraden meinten, ein Fiat müsse es sein, mit dem der Glanz der Linzer Heimwehr in die Lande getragen wird! Obwohl natürlich die Heimwehr in ewiger Treue zu den italienischen Kameraden steht. Jetzt müssen wir aber“, Danner blickte auf die Uhr und wechselte abrupt den Tonfall, „allmählich zum Schluss kommen, so gerne ich auch mit Ihnen plaudere, lieber Herr Inspektor. Draußen warten schon die nächsten Herren, jeder will was, jeder hat Wünsche, die er am liebsten selber vortragen möchte, da hilft alles nichts. Die ganze Welt redet von Rationalisierung, aber wenn jemand ein städtisches Grundstück zu billigem Zins pachten möchte, hält er es immer noch für besser, persönlich vorzusprechen, Sie kennen das ja sicher. Also auf Wiedersehen, alles Gute für die Ermittlungen, ich hoffe, ich war behilflich!“

Steininger hatte sich erhoben und trottete aus dem Büro, während die Sekretärin schon drei ältere Männer in den Raum schob, die indigniert auf den nassen Fleck auf der Hose des Inspektors blickten. Steininger fühlte sich sehr müde, als er den Vorraum verließ. Mit schlurfenden Schritten ging er zum Stiegenhaus, wo ihn eine bekannte Stimme laut begrüßte.

„Ja, Herr Steininger, grüß Gott, was machen Sie denn beim Kameraden Danner?“ Der Grafeneder! Der hatte ihm noch gefehlt.

„War's gar so schlimm?“, grinste der Nachbar, der Steiningers Malheur bemerkt hatte.

„Nein, nein, alles in Ordnung. Was machen Sie denn eigentlich da?“, versuchte Steininger abzulenken.

„Ich hab was zu besprechen mit dem Kameraden Danner, es geht um unser Auto, das heißt, das Auto von der Linzer Heimwehr natürlich. Ich bin ja für den Fuhrpark zuständig."

„Was, Sie sind für das Auto von der Heimwehr zuständig?" Steininger starrte Grafeneder entgeistert an. Da quälte er sich ewig mit dem Danner, dabei saß der richtige Mann praktisch vor der eigenen Nase!

„Ja, für das Auto und die Motorräder. Ich bin für die Einteilung der Fahrten, das Fahrtenbuch und so Sachen zuständig. Jetzt muss ich aber, ich bin schon spät, besuchen S' mich halt einmal daheim!"

„Ja, ja", stotterte Steininger dem davoneilenden Nachbarn hinterher. Da hatte er tagelang Ängste ausgestanden, einen halben Vormittag damit vergeudet, sich sinnlose Monologe anzuhören, und dabei wäre die Auskunft, um derentwillen er sich überhaupt in diesen Anzug hatte zwängen lassen, ganz einfach bei seinem Nachbarn Grafeneder zu holen gewesen.

25.

Steininger erwachte davon, dass jemand an seinen Beinen zerrte. Er war außerstande, etwas zu sagen, in seinem Mund war ein großes, pelziges Knäuel, das jeden Laut unmöglich machte. Nur allmählich gelang es jenen, die an ihm zerrten – es mussten zwei sein, eine stärkere und eine schwächere Person, wie Steininger mehr unbewusst als bewusst registrierte –, seinen Körper über eine kühle, glatte Oberfläche zu bewegen. Steininger versuchte, sich zu wehren, aber er konnte sich kaum bewegen. Erst allmählich erwachten seine Sinne, auch wenn er seine Augen noch immer nicht öffnen konnte. Er hörte eine Klospülung ganz in der Nähe, ein säuerlicher Geruch umgab ihn. Eine der beiden Personen stieß einen Fluch aus, eine Tür wurde zugeschlagen, dann schallendes Gelächter. Nun hörte er eine Frauenstimme, dann plötzlich wurde sein Körper ruckartig fortbewegt. Als Steininger über eine Schwelle gezogen wurde und sein Kopf hart aufschlug, gelang es ihm, einen Laut von sich zu geben. Das pelzige Knäuel in seinem Mund entpuppte sich als seine Zunge, etwas floss sein Kinn hinunter, allmählich nahm er dumpfe Schläge im Kopf wahr, die immer dröhnender wurden. Wieder versuchte er, die Augen zu öffnen.

Vor ihm stand sein Nachbar Grafeneder, grinsend, die Hände in die Hüften gestemmt. Daneben sein Sohn Rudi, er wischte sich mit dem Handrücken über die Stirn, seine Wangen waren gerötet. Und auch die Mizzi sah er, sie stürmte eben mit hochrotem Gesicht und einem Kübel in der Hand aus der Küche. Offenbar war er daheim. Er lag im kleinen Vorraum am Boden, seine Kleidung war zerrissen. Das Hemd war übersät mit klebrigen Flecken, die den säuerlichen Geruch auszuströmen schienen, den Steininger zuvor wahrgenommen hatte. Da wird die Mizzi aber schön schimpfen, wenn ich mit einem dreckigen Hemd heimkomme! War er überfallen worden? Hatte man ihn bei seinen Ermittlungen niedergeschlagen? Mit unbeholfenen Bewegungen versuchte er, über die Flecken zu wischen, doch eine schneidende Stimme unterbrach ihn.

„Wirst das lassen, du Saubartel, du grauslicher!“ Ein kalter, nasser Reibfetzen fuhr über sein Gesicht.

Steininger schnappte nach Luft, er wusste nicht, ob er gewaschen oder geschlagen wurde. War das tatsächlich seine Frau, die so zu ihm redete? Vor dem Buben und dem Nachbarn?

„Ja mei, schauen S', Frau Nachbarin, der Herr Gemahl verträgt halt nicht so viel. Dabei hat er gar nicht so schlimm ausgeschaut, wie er in der Nacht raus ist aus unserer Wohnung. Dass er schon so, Pardon, angesoffen war, dass er gar nicht mehr die paar Schritte zu Ihnen heim schafft, hätt ich mir natürlich nie gedacht."

„Ich mach Ihnen ja gar keinen Vorwurf, Herr Grafeneder, es ist halt ein Kreuz, wenn einer nicht weiß, wann er genug hat! Und du, Rudi, schau, dass du in die Schule kommst! Und wehe, du erzählst das herum!"

„Ja, ich muss auch schauen, dass ich ins Amt komm, Frau Steininger. Wir beim Zoll können ja nicht so, wie wir wollen, gell, auch wenn wir mal ein bisserl weniger Schlaf erwischt haben. Soll ich Ihnen meine Frau schicken, die hilft Ihnen, dass Sie Ihren Mann wieder hinkriegen?"

Steininger stöhnte. Die Grafenederin! Ihn waschen!

„Nein, nein, das schaff ich schon. Vergelt's Gott, Herr Grafeneder, dass Sie ihn reingezogen haben. Den Trumm Mann hätten der Rudi und ich nicht so schnell in die Wohnung bekommen. Ich bitt Sie auch, im Haus muss das nicht ein jeder wissen, in welchem Zustand mein Mann war."

„Aber Frau Nachbarin, auf mich ist doch Verlass!" Grafeneder beugte sich, immer noch grinsend, über Steiningers Gesicht. „Ich an deiner Stell wär heilfroh, dass du gleich vis-à-vis wohnst, wer weiß, was am End noch alles passiert wär. Übrigens, Pepi, schön, dass du jetzt auch in unsere Bewegung gefunden hast! Ich lass gleich eintragen, dass du dich jetzt unter unsere Fahnen scharst! Über einen Mann der Sicherheit freuen wir uns immer! Na, dann lass dich gut pflegen, dass du morgen zum Kameradschaftsabend wieder auf der Höhe bist, gell, Pepi?" Grafeneder klopfte ihm kräftig auf die Schulter, verabschiedete sich von Maria Steininger und ging.

Erneut stöhnte Steininger. Warum duzte ihn der Grafeneder? Was sollte das mit dem Kameradschaftsabend bedeuten? Er versuchte sich aufzurichten.

„Du bleibst, wo du bist! Dass du mir mit dem versauten Gewand nicht in die gute Stube gehst! Ich muss schnell die Wirtschaft im Stiegenhaus aufwischen, eine Schand ist das. Ein Beamter als Mann und dann so was!"

Steininger setzte sich auf und lehnte sich ächzend an die Wand. Allmählich kam ihm in den Sinn, wie der gestrige Abend verlaufen sein musste. Nach dem Abendessen war er zu Grafeneder hinübergegangen, um mit ihm über den Wagen der Linzer Heimwehr zu reden. Ganz leger, so hatte er sich das vorgenommen. Nur ja den Anschein einer offiziellen Befragung vermeiden und sich alle Möglichkeiten offenhalten, hatte er sich vorgenommen. So hatte er in Hausschlapfen und mit einer Flasche Zwetschgenschnaps bei den Nachbarn geläutet. Der staunenden Frau Grafeneder, die ihm die Tür öffnete, erzählte er, Missverständnisse ausräumen und gute Nachbarschaft besiegeln zu wollen. Herr Grafeneder hatte ebenso erstaunt geblickt, als er, hinter dem Linzer Volksblatt hervorlugend, Steininger gesehen hatte. Das Erstaunen war aber sofort ehrlich empfundener Freude gewichen, als der unerwartete Gast die Schnapsflasche auf den Tisch gestellt hatte. Frau Grafeneder war umgehend um Bier in die nahe gelegene Wirtschaft geschickt worden, und rasch waren drei Gläser auf dem Küchentisch gestanden. Zunächst hatte auch Frau Grafeneder, freudestrahlend über den hohen Besuch, an einem Stamperl genippt, und man hatte über Alltäglichkeiten gesprochen: über das Wetter, den Hitler und die Pension. Kurz darauf hatte sich Frau Grafeneder mit einer Strickerei zurückgezogen und war irgendwann ins Bett gegangen.

An sehr viel mehr konnte sich Steininger nicht mehr erinnern. Auf einmal war die Flasche Schnaps leer gewesen, aber Grafeneder hatte einen ungarischen Marillenschnaps kredenzt. „Natürlich konfisziert, für was ist man denn beim Zoll“, hatte er augenzwinkernd verraten. Grafeneder hatte ihm auch eine seiner Zigaretten angeboten. Steininger konnte sich erinnern, dabei an den Schinaglmord gedacht zu haben, der Grund dafür wollte ihm aber nicht mehr einfallen. Der verdammte Marillenschnaps! Nur der war schuld an dem ganzen Malheur. Steininger konnte sich auch erinnern, einmal auf der Toilette am Gang gewesen zu sein. Er war sich sicher, dabei die Türe nicht geschlossen zu haben. Recht zielsicher war er dabei vermutlich nicht mehr gewesen, denn er hatte sich aufs Singen eines Schlagers konzentriert. „Ein Junge muss ein Lausejunge sein!“ Schon wieder dieser verdammte Willi Forst!

„Geh, Mizzi!“, rief Steininger mit krächzender Stimme auf den Gang. „Ich glaub, am Häusel schaut’s auch ein bisserl aus!“ Er hörte, wie sie die Türe öffnete und erneut einen Fluch ausstieß, den er noch nie von ihr gehört hatte. Im Grunde genommen war das ungerecht von der Mizzi. Er hatte das doch nur für die Ermittlungen im Fall Schinagl auf sich genommen. Liebenau fiel ihm plötzlich ein. Er hatte mit Grafeneder über die Mühlviertler Gemeinde gesprochen, aber warum? Stammte Grafeneder von dort? Zu dumm, dass er sich kaum an das Gespräch mit Grafeneder erinnerte, nur so viel hatte er behalten: Der Nachbar hatte wichtige Informationen über den Fall preisgegeben.

Nachdem seine Frau mit steigender Wut die Toilette, den Gang und schließlich ihren Mann gereinigt hatte, legte sie frische Kleidung bereit und kochte einen Titze-Kaffee. Steininger wurde dadurch so weit wiederhergestellt, dass er ernsthaft versuchen konnte, die Ereignisse des Vorabends zu rekonstruieren. Nachdenklich brockte er ein trockenes Semmerl in die Kaffeesuppe, während sich seine Frau an seiner schmutzigen Hose zu schaffen machte.

„Kennst du eigentlich die Orientbar?“, fragte sie plötzlich.

„Die Orientbar? Wie kommst denn da drauf?“ Steininger wurde es wieder ungemütlich, und er versuchte, einen harmlosen Blick aufzusetzen.

„Warst schon dort oder nicht?“, beharrte sie.

„Dienstlich, glaub ich, vor einiger Zeit. Ein ziemlich verkommenes Etablissement“, brummte er. „Warum fragst denn?“

„Ich hab gehört, dass nach dem Regimentsabend ein paar von den Herren noch dort gewesen sein sollen. Die Wallnerin hat erzählt, dass der Vogelhuberin ihr Mann dabei war, mit ein paar anderen. Recht fidel soll’s dort zugegangen sein.“ Sie blickte kurz von ihrer Arbeit auf und fixierte ihren Mann.

„Ja, das kann schon sein, dass da ein paar in ihrem Rausch noch hin sind. Ich weiß jedenfalls nichts“, bemühte er sich, möglichst nahe an der Wahrheit zu bleiben.

„Eins sag ich dir, wenn du auch dort warst, dann ...“ Sie hatte die Hose auf ihren Schoß sinken lassen, blickte ihn kurz an und begann dann umso vehementer, an einem hartnäckigen Fleck im Schritt der Hose zu reiben.

„Jössas, schon so spät, es ist ja höchste Eisenbahn, ich muss ins Büro! Ich dank dir auch schön, Mizzi, mir geniert das ja eh selber, aber ich war dienstlich beim Grafeneder.“

Sie blickte ihn, wie Steininger schien, misstrauisch an, sagte aber nichts.

„Was gibt's denn heut zum Essen?", versuchte er, dem Morgen eine versöhnliche Wendung zu geben.

„Kannst du schon wieder an Essen denken?" Sie war ehrlich erstaunt.

„Ja, freilich, vom Essen ist mir ja nicht schlecht geworden. Außerdem vertreibt's Essen das Kopfweh."

„Erdäpfelnudeln gibt's und Rahmsuppe."

„Ist denn heut schon wieder Dienstag?"

„Nein, aber Strafe muss sein!" Sie schien immer noch ernsthaft böse zu sein. „Warum warst denn überhaupt beim Grafeneder drüben? Den magst du ja gar nicht."

„Dienstlich war das eben. Wegen dem Toten bei der Dollfußschule."

„Hat der Grafeneder was damit zu tun?" Erstaunt ließ sie erneut die Hose sinken.

„Kann ich nicht sagen", brummte er ärgerlich, „Dienstgeheimnis."

„Die Sauferei ein Dienstgeheimnis", murmelte sie hörbar.

Steininger schnaubte, stand auf und zog sich keuchend die Halbschuhe an. „Jetzt muss ich wirklich ins Büro."

„Pepi? Schau, ich hab da was gefunden in der Hose!" Sie hielt ihm ein zerknittertes Packerl Zigaretten mit der Aufschrift ‚Heimat' hin.

„Du rauchst ja ‚Donau'. Sind die vom Grafeneder? Oder gar aus der Orientbar?"

„Geh, Mizzi", brummte er ehrlich entrüstet. „Vom Grafeneder werden s' sein." Er drehte das Packerl ratlos hin und her, legte es schließlich in eine Lade der Küchenkredenz, in der Zündhölzer, Fäden und Schuhbänder aufbewahrt wurden, und ging, ohne seine Frau weiter zu beachten.

Am Weg ins Büro kaufte sich Steininger in einer Stehwirtschaft ein Seiterl Bier und ein paar Heringe, um die schlimmsten Kopfschmerzen zu bekämpfen. Allmählich wurde ihm wieder klarer, was er am Vorabend bei Grafeneder herausgefunden hatte. Die ‚Heimat'-Zigaretten gehörten tatsächlich dem Nachbarn, er hatte Steininger freigiebig immer wieder eine davon angeboten. Als Heimwehrler erhalte man diese zu einem günstigen Preis, direkt aus der Fabrik, hatte Grafeneder erzählt. Manche würden sogar unter der Hand einen schwunghaften Handel damit treiben. So rauche mittlerweile halb Linz ‚Heimat'-Zigaretten, ohne diese je in einer Trafik gekauft zu haben. Steininger blickte sich in der gut besuchten Stehwirtschaft um. Tatsächlich hatten einzelne Gäste, die er nicht dem Heimwehrlager zuordnen würde, ‚Heimat'-Packerl vor sich liegen. Er konnte sich erinnern, die Zigaretten gelobt zu haben. Gar nicht schlecht seien sie, hatte er gemeint und sich immer wieder aus Grafeneders Vorrat bedient. Ob er dann nicht auch billig einkaufen wolle, hatte ihn der Nachbar gefragt. Steininger hatte zunächst gedacht, dass ihm Grafeneder unter der Hand Zigaretten verkaufen wolle, und noch überlegt, ob sich das mit der Würde eines Kriminalbeamten vertrug. Aber der Nachbar fragte ihn, ob er nicht auch zur Heimwehr wolle. Lauter nette Kameraden, hatte er gemeint, die Kameradschaftsabende würden stets recht fröhlich verlaufen, und der Starhemberg schaue schon auf seine Leute. Daher also vorhin die Bemerkung Grafeneders!

Aber was war dann geschehen? Steininger konnte sich beim besten Willen nicht mehr erinnern. Er zahlte, verließ die Stehwirtschaft und trottete Richtung Büro. Er hatte es nicht sehr eilig, er ahnte, dass seine Kopfschmerzen im Büro wieder zunehmen würden. Hatte ihm Grafeneder nicht einen Zettel über den Tisch geschoben? Oder war das das Fahrtenbuch des Steyr-Wagens? Tatsächlich, er hatte im Fahrtenbuch geblättert, bis er auf die Einträge der letzten Tage gestoßen war. Liebenau! Der Wagen war am Samstag vor dem Mord in Liebenau gewesen, eine Werbefahrt hatte man geplant gehabt. In einem Wirtshaus war es schließlich zu einer Rauferei mit ein paar Knechten gekommen. Als sich die Linzer Heimwehrler nicht mehr zu erwehren gewusst hatten, hatten sie versucht, mit dem Wagen Reißaus zu nehmen. Die Knechte waren daraufhin mit ein paar Stangen und Mistgabeln auch auf den Wagen losgegangen, wobei dieser Schaden genommen hatte. Bis nach Linz, so Grafeneder, war man noch gekommen, aber seither stehe der Wagen in einer Werkstatt und sei immer noch fahruntüchtig. Tatsächlich konnte sich Steininger erinnern, für die Tage seit Samstag keinen Eintrag im Fahrtenbuch gesehen zu haben. Und warum sollte man die Einträge im Buch fälschen? Grafeneder hatte ihm aber später noch einen Zettel hingeschoben, auf den er, Steininger, etwas geschrieben hatte. Was war das gewesen? Oder bildete er sich das nur ein?

Jedenfalls konnte man die Angaben aus dem Fahrtenbuch bei der Werkstatt überprüfen. Das würde allerdings bedeuten, dass die Heimwehr Schinagl nicht umgebracht hatte. Zumindest war die Leiche nicht mit dem Heimwehrwagen zur Schule transportiert worden. Oder war die Zeugenaussage der jungen Burschen, auf die Steininger so viel gegeben hatte, doch falsch? Dann wäre man wieder am Anfang angelangt! Dann hätte man weiterhin nichts in der Hand außer mittlerweile zwei Toten, von denen einer gar nicht in Linz hätte sein dürfen. Nein, Steininger wusste zwar, dass er nicht der beste Kriminalist war, aber er hatte genug Erfahrung, um die Aussagen von Gustl und seinen Freunden für glaubwürdig zu halten. Außerdem, warum sollten sie die Unwahrheit sagen?

Nichtsdestotrotz hatten alle Fäden, an denen Steininger bisher gezogen hatte, eher die Verwirrung gesteigert als Licht in die Sache gebracht. Er würde noch heute Gustl auf den Zahn fühlen! Die Zeit lief ihm nun endgültig davon, morgen musste Bentz bei Revertera rapportieren. Steininger wurde erneut übel, als er die Polizeidirektion im Rathaus betrat.

26.

Im Büro angelangt, entfaltete Steininger trotz seiner mittlerweile wieder rasenden Kopfschmerzen hektische Aktivität. Allmählich hatte er einen Großteil der Informationen von Grafeneder rekonstruieren können, darunter auch den Namen der Werkstatt, die den Heimwehrwagen reparierte. Ertl wurde losgeschickt, um die Angaben zu überprüfen.

Da Steininger nun nicht ausschließen konnte, dass, obwohl Ocmanek als Täter nicht mehr in Frage kam, die Leiche doch mit dem Wagen des Café Zentral transportiert worden war, ließ er Strasser noch einmal das Alibi des Cafetiers überprüfen. Zudem ließ er ihn nach den Gästen am Osterwochenende sowie nach Stammgästen im Allgemeinen befragen. Schließlich war nicht auszuschließen, dass einer der Gäste in einem unbemerkten Moment den Schlüssel genommen, Schinagl ermordet und die Leiche mit dem Steyr 40 zur Schule transportiert hatte.

Haslinger und Sedlak fragten noch einmal bei den Linzer Autowerkstätten nach, ob in den letzten Tagen ein Steyr-Wagen der fraglichen Bauart lackiert worden war.

Gerade, als Steininger sein Sacktuch in kaltes Wasser getaucht hatte, um damit seinen Kopf zu kühlen, wurde vom Büro des Polizeidirektors antelefoniert. Steininger wurde für 15 Uhr zu Bentz zitiert, um Bericht zu erstatten. Erschöpft und verzweifelt sank er zurück auf seinen Sessel.

Ertls Recherche ergab, dass der Wagen der Heimwehr tatsächlich seit Samstag in der Werkstatt war. Es sei, so hatte der Besitzer erklärt, ein Wunder gewesen, dass die schwer betrunkenen Heimwehrleute noch mit dem Auto von Liebenau nach Linz gekommen waren. Immerhin habe der Wagen bei der Auseinandersetzung mit den Knechten einiges abbekommen. Als er jedenfalls in der Werkstatt untersucht worden war, hätten sich größere Schäden des Fahrgestells gezeigt, und auch der Motor habe einer Reparatur bedurft. Da noch nicht alle Ersatzteile eingetroffen seien, stehe der Wagen nach wie vor in der Werkstatt, es sei unmöglich, dass das Auto seit Samstag in Betrieb genommen worden sei. Damit hatte sich also die Heimwehrspur erledigt, zumindest allem Anschein nach.

Haslinger und Sedlaks Recherchen hatten nichts ergeben. In den letzten Tagen war kein einziger Wagen der fraglichen Marke oder vergleichbarer Bauart in Linz oder Umgebung lackiert worden.

Strassers Überprüfung des Kaffeesieders führte zu einem ähnlichen Resultat: Der Mann war tatsächlich als eifriger Tarockierer im Gasthaus Klosterhof bekannt. Auch für den fraglichen Tag konnte er drei Tarockpartner und einen Kellner namhaft machen, die einhellig bezeugten, dass er am betreffenden Abend im Lokal gewesen war, leidlich schlecht gespielt und folglich drei Schilling und achtzig Groschen verloren hatte. Der Kummer darüber war mit etlichen Halben Bier ertränkt worden. Einer seiner Kameraden hatte den Cafetier nach Hause begleitet, wo er von seiner Frau in Empfang genommen und umgehend ins Bett gesteckt worden war, in dem er friedlich bis zum nächsten Morgen geschlummert hatte.

Strasser hatte zudem mit den Angaben des Kaffeesieders eine Liste der Stammgäste erstellt. Über die Gäste des fraglichen Abends vermochte er natürlich keine Angaben zu machen. Aber da Ocmanek immer noch nicht entlassen war, wurde er kurzerhand noch einmal vernommen. Der Kellner rechnete mit dem Schlimmsten, als ihn Haslinger aus der Zelle holte, und staunte nicht schlecht, als ihn dieser, durchaus höflich, nach den Gästen des Wochenendes befragte und schließlich nach Hause schickte. Die gesamte Ermittlungsgruppe arbeitete diese Liste, bestehend aus annähernd dreißig Namen, ab. Der Großteil der Stammgäste des Cafés schien aus Damen mittleren Alters zu bestehen, Ocmanek genoss also in der Tat einen entsprechenden Ruf. Dass der überwiegende Teil von ihnen der besseren Linzer Gesellschaft zuzuordnen war, machte diese Spur für Steininger nicht gerade vielversprechend. Nichtsdestotrotz ließ er seine Männer daran arbeiten, schon allein, um von seiner eigenen Ratlosigkeit abzulenken. Zunächst wurde unter Lampelmaiers Anleitung in den Evidenzen nach Informationen über diese Personen gesucht, und schließlich wurden die Namen unter den Beamten aufgeteilt, sodass für jeden die Alibis von etwa fünf Personen zu überprüfen waren.

Steininger selbst machte sich auf den Weg zu Gustl.

27.

Der Autopalast in der Scharitzerstraße machte seinem Namen wenig Ehre. Mit einem Palast verbanden ihn nur die solide Bauweise und eine dunkle Horch-Limousine, die über den Hof geschoben wurde. Im Übrigen hatte das Gebäude bessere Tage gesehen, von der Fassade blätterte der Putz ab, der Hof war von zahlreichen mit Wasser gefüllten Schlaglöchern übersät, auf denen ein Ölfilm schwamm. Der Inspektor erkundigte sich nach dem Lehrbuben Gustl und fand ihn in der Werkstatt beim Putzen eines roten Steyr VII, der offenbar eben repariert worden war. Zwei Mechaniker lehnten an einer Drehbank, rauchten und schienen auf die nahe Mittagspause zu warten.

„Servus, Gustl, erinnerst dich noch an mich?"

Der Angesprochene musterte den Kriminalbeamten und war sichtlich wenig erfreut, ihn zu sehen. „Schon, Sie sind der Vater vom Rudi."

Steininger holte eine Packung „Donau" hervor und bot Gustl eine an.

„He!", rief einer der Mechaniker. „Wo gibt's denn das, dass die Lehrbuben in der Werkstatt rauchen!"

Gustl nahm rasch eine Zigarette aus der Packung und steckte sie in die Brusttasche seines Overalls.

„Wie lang lernst denn schon da?"

„Bald drei Jahr! Dann bin ich ausgelernt und muss keine Autos mehr putzen, sondern darf selbst welche herrichten. Der Chef hat schon gesagt, dass er mich behält."

„Da hast allerdings Glück, Gustl, in der heutigen Zeit." Steininger holte ein Notizbuch hervor und las etwas nach.

„Ich halt dich nicht lang auf, Gustl. Es geht um Folgendes. Unlängst haben wir über den Toten bei der Dollfußschule geredet. Du hast mir erzählt, dass du und der Ferdl zur fraglichen Zeit am Südbahnhofgelände wart."

Gustl nickte.

„Du hast weiter erzählt, dass du knapp vor Mitternacht einen Wagen gehört hast, stimmt das?"

Gustl nickte erneut.

„Und weiter, was war noch?"

„Das hab ich Ihnen eh schon erzählt, Herr Inspektor. Da waren zwei Männer im Wagen, die sind dann ausgestiegen und haben von der Ladefläche einen großen Sack heruntergehoben. Den haben s' dann im Schulhof abgelegt."

Steininger registrierte befriedigt, dass ihn Gustl nicht mehr als Komiker bezeichnete. Wenn man die Burschen alleine erwischte, waren sie doch umgängliche Zeitgenossen!

„Einen Schuss hast nicht gehört?"

„Nein, da war kein Schuss, sicher nicht, Herr Inspektor."

„Und was war dann?"

„Dann? Nichts war. Die zwei Männer sind wieder eingestiegen und weggefahren."

„Du hast angegeben, dass das ein Wagen der Marke Steyr war."

„Genau, ein Steyr 40 war das."

„Bist du dir sicher, Gustl?"

„Ganz sicher, Herr Inspektor. Ich kann die Wagen ja nach dem Gehör bestimmen, soll ich Ihnen das noch einmal zeigen?"

„Zeig's mir noch einmal!"

In Gustls Rücken fuhr eben eine Limousine der Marke Wanderer in den Hof der Werkstatt ein, am Volant ein Herr, dessen Äußeres so gar nicht zu dem verlotterten „Auto-Palast" zu passen schien. Steininger bemerkte verwundert, dass die Werkstatt offenbar auf hochwertige Modelle spezialisiert war.

„Ein Wanderer W 22 ist das. Da gibt's nicht viele in der Gegend."

Steininger ließ sich das vom verwunderten Fahrer des Wagens bestätigen.

„Na schön, das hat gestimmt. Kannst du dich noch an die Farbe von dem Wagen bei der Dollfußschule erinnern?"

„Was genau das für eine Farbe war, kann ich nicht mehr sagen, aber hell auf jeden Fall."

„Und was hast dann gemacht?"

„Was meinen S' mit dann?" Gustl wurde rot.

„Nach Mitternacht. Was hast dann gemacht?"

„Na ja, ich bin heimgegangen", stotterte Gustl.

„Red keinen Blödsinn, jetzt lügst."

Gustl drehte sich nach den beiden Mechanikern um, die aber in ein Gespräch vertieft waren. „Bei der Festhalle hinter so einem Bretterstapel waren auf einmal zwei, also ein Mann und eine Katz. Sie haben da, Sie wissen schon ..."

„Und da hast zugeschaut?"

Gustl nickte, das Gesicht war mittlerweile bis zu den Ohren dunkelrot angelaufen.

„Du weißt aber schon, dass das nicht in Ordnung ist? Das ist sittliche Gefährdung."

Rasch senkte Gustl den Blick, ihm war die Sache offenbar peinlich.

„Und wie lange hat das gedauert?"

„Nicht lang, Herr Inspektor, ich schwör S' Ihnen! Gegen eins sind der Ferdl und ich heim, wir haben ja am nächsten Tag früh aufstehen müssen!"

„Gibt's da Zeugen?"

„Ja, glauben S' vielleicht, dass ich oder der Ferdl ...?" Gustl starrte Steininger entsetzt an.

„Überprüfen muss ich alles und jeden!"

„Na ja, den Ferdl können S' fragen. Und meine Mutter halt."

„Hat die nicht geschlafen um die Zeit?"

„Ja, aber wir haben nur ein Zimmer, mehr können wir uns nicht leisten. Der Vater ist im Krieg gefallen. Sie hat einen leichten Schlaf, das hat s' sicher gemerkt, wie ich heim bin."

„Und wo warst diesen Montag am Vormittag?"

„Warum denn, was ist denn da schon wieder passiert?"

„Das geht dich nichts an, sag mir einfach, wo du da warst."

„Da in der Werkstatt war ich, da können S' jeden fragen!"

„Na gut, ist recht, Gustl. Wie heißt denn der Ferdl mit Nachnamen?"

„Wiesbauer Ferdinand heißt er."

„Und wo finde ich den?"

„Wohnen tut er eigentlich in der Füchselstraße, die Nummer weiß ich nicht, aber gleich neben dem Kino. Aber jetzt ist er eh beim Freiwilligen Arbeitsdienst. Wo genau er da momentan ist, weiß ich auch nicht."

Steininger bedankte sich und steckte Gustl noch eine „Donau" zu. „Eine letzte Frage ist mir jetzt noch eingefallen. Warum seid ihr eigentlich nicht zu dem Sack im Schulhof gegangen? Ihr seids ja sonst so neugierig!“

Nach kurzem Zögern grinste Gustl Steininger an. „Ja wissen S’ eh, Herr Inspektor. Der Haberer und die Katz, die waren grad so richtig beschäftigt miteinander, das war wichtiger. Und wie die fertig waren, haben wir’s einfach vergessen gehabt.“

Steininger nickte lachend und ging. Herrgott, wenn doch der Rudi nur ein bisschen so sein könnte!

28.

Am frühen Nachmittag saß Steininger alleine im Büro, die anderen waren noch damit beschäftigt, die Gäste des Café Zentral zu befragen. Vor ihm lag ein leeres Blatt Papier, in der Hand hielt er einen Bleistift. Er wollte sich auf den Rapport bei Bentz vorbereiten, war aber ratlos, wie er ihm seine Erfolglosigkeit, viel mehr aber noch seine Ratlosigkeit beibringen sollte. Nach dem Besuch bei Gustl hatte er noch dessen Mutter befragt, die in der Franckfabrik arbeitete und eben Mittagspause machte. Sie bestätigte im Wesentlichen die Angaben ihres Sohnes, indem sie angab, der Gustl sei über Nacht nie auswärts. Sie habe in der fraglichen Nacht zwar bereits geschlafen, versicherte aber, einmal kurz wach geworden zu sein und bemerkt zu haben, dass Gustl nebenan im Bett lag. Auch für den Sterbezeitpunkt von Therese Schinagl hatte er ein Alibi. Die Mechaniker hatten allesamt bestätigt, dass Gustl den ganzen Montag in der Werkstatt gewesen war und diese nur einmal, als er für die Gesellen eine Jause geholt hatte, verlassen hatte.

Damit waren die Aussagen der jungen Burschen im Wesentlichen bestätigt, auch wenn es Steininger lieber gewesen wäre, auch noch Ferdl befragt zu haben, der sich aber derzeit in einem Lager des Freiwilligen Arbeitsdienstes befand und so rasch nicht erreicht werden konnte.

Der Bezirksinspektor zermarterte sich das Hirn. Was hatte er übersehen? Was konnte er aus dem Hut zaubern, um seinen Kopf zu retten? In sein Seufzen hinein klingelte das Telefon. Der Postenvorstand der Gendarmerie in Freistadt meldete, dass er den Leibenfrost aufgegriffen hatte. Steiningers Züge hellten sich auf, wenn er auch Mühe hatte, den Gendarmen zu verstehen, Freistadt schien am anderen Ende der Welt zu liegen. Nach einer geraumen Weile, in der das Zusammensetzen der Satzfetzen, die aus dem Hörer drangen, Steiningers Fantasie alles abverlangte, konnte er sich zusammenreimen, dass eine Streife den Schulwart in einer Scheune unweit der Grenze festgenommen hatte. Leibenfrost hatte angegeben, nunmehr, da ihn an Linz nichts mehr binde, in eine Kommune eintreten zu wollen, die gemeinschaftlich einen Hof in der Nähe von Kaplitz bewirtschafte. Da er vermute, nicht so einfach in die Tschechoslowakei einreisen zu können, wolle er versuchen, über die grüne Grenze zu kommen. Auf dem Hof, so entnahm Steininger dem Bericht des Gendarmen, herrschte offensichtlich nicht nur die Vielweiberei, sondern, was den Mann noch mehr zu entrüsten schien, sogar die Gütergemeinschaft. Tatsächlich hatte sich in Leibenfrosts Rucksack ein an ihn adressierter Brief mit einer genauen Wegbeschreibung zum Hof gefunden sowie die Aufforderung, alle bürgerlichen Zwänge hinter sich zu lassen und zur „Keimzelle einer neuen Welt“

zu stoßen. Hinweise auf Verbindungen zu politischen Organisationen oder zu Schinagl fanden sich in seinen Sachen nicht. Steininger gab Anweisung, den Mann in Gewahrsam zu belassen. Auch wenn der Bezirksinspektor den Schulwart für eine merkwürdige Gestalt hielt, musste er sich doch eingestehen, über keinen einzigen Hinweis auf die Täterschaft des Schulwarts zu verfügen.

Versonnen starrte Steininger auf das leere Blatt Papier vor sich. Während des Telefonats hatte er ein paar Striche darauf gemalt. Nun schienen sie die Form eines Galgens anzunehmen. Der Zettel, den ihm Grafeneder letzte Nacht über den Küchentisch geschoben und auf den Steininger etwas geschrieben hatte, fiel ihm wieder ein. Beim besten Willen konnte er sich nicht erinnern, was darauf gestanden hatte. Was, wenn sich da entscheidende Informationen über den Fall verbargen? Er blickte auf die Uhr. Bis zum Rapport bei Bentz dauerte es noch eine Stunde, Strasser, Sedlak und die anderen würden nicht so rasch wieder im Büro sein. Alles besser, als hier herumzusitzen, dachte Steininger, nahm seinen Hut und machte sich auf den Weg zur Zollverwaltung.

29.

„Aber, wenn ich's Ihnen doch schon erklärt hab! Den Zettel, den Sie mir letzte Nacht gegeben haben und auf den ich was geschrieben hab. Sie müssen sich doch erinnern!"

Grafeneder saß an einem alten Schreibtisch, auf dem nichts außer einer, wie Steininger bemerkte, verführerisch duftenden Salami lag, und blickte seinen

Nachbarn ratlos an. „Einen Zettel? Du meinst das Fahrtenbuch?“

„Himmelherrgott, ist das denn so schwer zu begreifen? Ein Zettel! Ein einzelner Zettel! Und überhaupt, den haben Sie mir viel später gegeben als das Fahrtenbuch! Und ich hab was draufgeschrieben!“

„Du, Pepi, wir sind per Du!“ Grafeneder grinste. „Jetzt fällt’s mir ein. Meinst du vielleicht den Antrag auf Aufnahme?“

„Aufnahme?“ Jetzt war es an Steininger, ratlos zu blicken.

„Aufnahme in die Heimwehr. Den hast ausgefüllt und unterschrieben.“

„Wie bitte?“ Steininger begann zu schwitzen.

„Ja, freilich, ich hab dir gestern allerhand erzählt von der Heimwehr, und du warst so begeistert, dass du gleich beitreten wolltest. Das hat mich natürlich schon gefreut. Ich hätte eigentlich dem Kameraden Danner vorhin schon den Antrag mitnehmen wollen, aber ich hab’s glatt vergessen.“

„Das heißt, Sie haben ...“

„Du hast, Pepi, du.“ Grafeneder zwinkerte ihm zu.

„Du hast den Antrag da?“

Grafeneder griff in die Innentasche seines Sakkos und holte einen zusammengefalteten Zettel hervor. Steininger versuchte, danach zu greifen, aber Grafeneder ließ ihn rasch wieder in der Tasche verschwinden.

„Aber, aber, willst am Ende gar nicht mehr bei der Heimwehr sein? Aber denk halt einmal nach, die ganzen billigen Zigaretten, die dir so gut schmecken! Und die Kameradschaftsabende!“ Er beugte sich vor, zwinkerte Steininger erneut zu und ergänzte mit flüsternder Stimme. „Wir gehen auch hie und da in die Orientbar, Pepi, brauchst dich gar nicht genieren!“

Wusste denn die ganze Welt von seinem Ausflug in das übel beleumundete Etablissement? Grafeneder erriet die Gedanken des Inspektors.

„Mir hast so manches erzählt, Pepi. Glaub mir, ich seh dich jetzt mit ganz anderen Augen! Grad umso mehr würd's mich freuen, wenn du zu unserer Bewegung stoßen würdest."

Ein bärtiger Mann mit Kapitänsmütze riss, ohne anzuklopfen, die Tür auf und legte, ohne Steininger zu beachten, einen Zettel und zwei Flaschen mit einer klaren Flüssigkeit – Schnaps, wie Steininger sogleich schlussfolgerte – auf den Schreibtisch. Grafeneder holte aus einer Lade einen Stempel hervor und ließ ihn auf das Papier niedersausen. Eine der Flaschen steckte er in seine Aktentasche.

„Magst einen Schnaps, Pepi? Schaust aus, als könntest einen vertragen."

„Geben Sie mir den Antrag", knurrte Steininger.

„Aber Pepi, sei doch nicht so ungemütlich! Und überhaupt, so einfach geht das nicht!" Grafeneder hatte mittlerweile aus einer weiteren Lade zwei Schnapsgläser und einen weißen Fetzen hervorgeholt, mit dem er die Gläser reinigte. Er schenkte Schnaps ein und schob Steininger ein Glas zu. „Weißt, Pepi, so ist es nicht, dass ich nicht auch unter Druck stehe. Die Heimwehr ist nicht mehr ganz so glanzvoll wie noch vor ein, zwei Jahren. Der Schuschnigg und seine Bagage, die glauben, sie brauchen uns nicht mehr. Die glauben, dass die Roten erledigt sind." Er setzte das Glas an und trank es in einem Zug leer. „Ah, einen Zwetschgernen hat er diesmal gebracht, der Ungar. Ist mir lieber wie der Marillenschnaps. Schmeckt aber trotzdem anders als der eigentliche Slibowitz. Na, jedenfalls ist das ein Schmarrn. Die Roten sind noch lang nicht erledigt. Aus der Tschechei schicken s' Geld und Leute über die Grenze. Letztes Jahr im Februar, das war nur eine halbe Gschicht. Ein Teil von denen ist ja schon ganz kommunistisch geworden! Der Hitler, der macht's richtig. Gleich alles in die Lager stecken. Wer sich wehrt, wird ausgeschaltet. Dort gibt es keine Erholungslager wie Wöllersdorf. Nein, denen sollen die Spintisierereien ausgetrieben werden. Du, Pepi, in Deutschland haben die Methoden, da kann man nur staunen. Da drüben ist eine Ruhe, aber bei uns? Glaubst du vielleicht, jetzt, wo der Bernaschek weg ist, dass bei uns eine Ruhe herrscht? Der Schinagl sitzt ja noch bequem im Gefängnis und kann tun und lassen, was er will! Der dirigiert doch die ganzen Untergrundaktionen aus seiner Zelle heraus, bei der laxen Haltung bei uns darf einen das gar nicht wundern! Wenn's nach mir geht, gehört der ruckzuck an die Wand gestellt. Ohne Verfahren, nix!" Grafeneder hatte sich in Rage geredet und schenkte sich erneut ein Glas ein.

Steininger hatte im Verlauf des Monologs seines Nachbarn an seinem Schnaps genippt und schenkte sich nun selbst ein zweites Glas ein. „Vielleicht hat sich das eh erledigt", rutschte es ihm heraus. Grafeneder blickte den Inspektor verwirrt an, griff die Bemerkung aber nicht auf.

„Jedenfalls", fuhr er fort, „wird er schon sehen, der Schuschnigg, wie weit er damit kommt. Ich sag's dir, der einzige Weg, dass wir unser armes Österreich erhalten, ist, dass wir's hier genauso machen wie der Hitler draußen."

Als Steininger das Büro Grafeneders nach einer Stunde verließ, fühlte er sich nicht nur leicht beschwipst, sondern war auch endgültig davon überzeugt, dass die Heimwehr nichts mit dem Tod Schinagls zu tun hatte. Wenn Grafeneder aus der mittleren Charge der Linzer

Heimwehr, der keinen Kameradschaftsabend ausließ, keine Ahnung vom Ableben Schinagls hatte, dann war die Heimwehr wohl kaum involviert. Das würde allerdings auch bedeuten, dass auch Vizebürgermeister Danner keine Ahnung hatte, wer der Tote von der Dollfußschule war. Dies mochte Steininger aber nicht glauben. Das Verhalten des Vizebürgermeisters bei der Befragung sprach dagegen. Damit ergaben sich für Steininger drei Möglichkeiten: Entweder war Grafeneder von Danner nicht informiert worden, oder sein Nachbar war dümmer, als Steininger dachte, oder er hatte etwas zu verbergen. Steininger hatte keine Zeit, darüber nachzudenken, er kam auch so zu spät zum Rapport bei Bentz.

30.

Maria Steininger war überrascht. „Bist du so früh schon da, Pepi? Hat's was gegeben im Büro?"

„Ah, Schmarrn!" Steininger zog die Filzpatschen an, setzte sich an den Küchentisch und sah seiner Frau zu, die mit Töpfen und Pfannen hantierte.

„Wo ist denn der Rudi?"

„Der ist noch auf der Gassen, soll ich ihm schreien?"

„Nein, lass ihn ruhig, den Buben."

„Ist wirklich nichts, Pepi? Du bist heut schon ein bisserl komisch. Ist dir noch schlecht?"

„Nein, nichts ist."

„Das Essen ist gleich fertig. Gibt doch ein Gulasch heute. Das Fleisch hat halt mehr Flachsen als sonst. Dafür hat's mir der Fleischhauer billiger gegeben."

„Ist schon recht, Mizzi, nur keine Umständ."

„Jetzt glaub ich aber wirklich, du bist krank. Magst dich niederlegen?"

„Mizzi, bitte, es passt alles, es ist halt nur ein bisserl viel momentan."

Maria Steininger war beunruhigt. So hatte sie ihren Mann noch nie gesehen. Sie hatte sich eigentlich vorgenommen, dem Josef noch einmal ins Gewissen zu reden. Eine Szene wie die am Morgen wollte sie nicht noch einmal erleben. Als ausgewachsener Mann, Beamter und Familienvater musste er endlich lernen, Maß zu halten. Aber als sie ihn nun sah, wie er zusammengesunken am Küchentisch saß, kam er ihr zum ersten Mal alt vor.

„Ich hab heute im Geschäft die Vogelhuberin getroffen, weißt schon, ihr Mann war auch bei den Zweierschützen im Krieg. Die hat mir dann die ganze Sache mit der Orientbar erzählt. Ein paar haben ihren Mann und noch zwei, dich nämlich und noch den einen, der jetzt in Wien ist, den Kröswang, dorthin geschleppt."

„Mizzi, ich ..."

„Ihr Mann hat ihr auch erzählt, dass du im Lokal gleich eingeschlafen bist, obwohl sich eine von den Weibern gleich auf dich draufgsetzt hat."

„Weißt, Mizzi, ich kann mich gar nicht mehr ..."

„Dass du dort warst, hab ich gleich gewusst. Beim Blödsinnmachen bist ja immer dabei! Ich hab mir gedacht, dass du da mit einer was gemacht hast. Dabei schläfst du dort ein!"

„Das tut mir leid, ich war so besoffen und erinnern kann ich mich auch nicht mehr." Er schnaufte laut.

Maria Steininger hatte den ganzen Tag die Strafpredigt vorbereitet, die sie ihrem Mann halten wollte. Absichtlich hatte sie beim Fleischhauer nach Fleisch mit Flachsen verlangt, um den Pepi dort zu strafen, wo es ihm am meisten wehtat. Als er nun aber bedrückt dasaß und mit dem Zeigefinger gedankenverloren die Rillen am Küchentisch nachfuhr, verspürte sie plötzlich

Mitleid mit dem Mann. „Dich drückt der Fall mit der Leiche bei der Schule, oder? Magst mir nicht erzählen, was los ist?"

„Du weißt ja, das darf ich nicht."

Sie blickten einander schweigend an.

„Ich helf dir beim Aufdecken." Das erste Mal, seit die beiden verheiratet waren, beteiligte sich Steininger an der Hausarbeit.

Verwundert starrte seine Frau ihn an, öffnete dann das Fenster und befahl Rudi, nach oben zu kommen. „Nimm auch ein Bier mit für den Vater! Lass aufschreiben!"

Bei Tisch schwiegen alle. Ohne zu murren, aß Steininger das Gulasch. An anderen Tagen hätte er sich über das Fleisch geärgert. Das Bier rührte er kaum an. Rudi hing seinen Gedanken nach. In der Schule hatte es geheißen, in Linz werde bald ein Film gedreht, möglicherweise habe man Bedarf an Komparsen. Er witterte darin die Chance, frühzeitig die Schule verlassen und seinen Traum verwirklichen zu können. Am Nachmittag hatte er schon bei der Mutter vorgefühlt. Maria Steininger machte sich indes abwechselnd über Rudi und seine Träume und ihren bedrückten Mann Sorgen.

Der Inspektor hingegen war noch damit beschäftigt, den Rapport bei Bentz zu verdauen. Eine halbe Stunde zu spät war er gekommen, der Hofrat war verärgert gewesen. Richtig böse war er aber geworden, als er Steiningers Schnapsfahne gerochen hatte. Bentz' Laune war jedoch nicht nur durch den alkoholisierten Beamten, sondern mehr noch durch ein äußerst unangenehmes Telefonat mit Revertera getrübt gewesen. Der Sicherheitsdirektor hatte, nachdem Bentz mehr vage Überlegungen als konkrete Ergebnisse zum Fall berichtet hatte, mitgeteilt, dass es auch andere, konsequentere Kräfte gebe, die die Geschicke der Linzer Polizei leiten könnten. Bentz hatte ihm versichert, dass die Kriminalpolizei Tag und Nacht an dem Fall arbeite. Die besten Beamten seien in ausreichender Zahl zur Verfügung gestellt. Als sich dann aber der verzagte Steininger zu spät, mit Fahne und noch dazu mit der Mitteilung, alle Spuren hätten sich in Luft aufgelöst, gemeldet hatte, war das selbst für den auf Contenance bedachten Bentz zu viel gewesen. Zum ersten Mal hatte er Steininger angebrüllt, selbst die Sekretärin hatte sich nicht erinnern können, den Polizeipräsidenten jemals derart laut gehört zu haben. Nach einer Stunde war Steininger mit einer klaren Vorgabe entlassen worden: Bereits am nächsten Tag hatte Bentz zu einer persönlichen Aussprache mit Revertera zu erscheinen. Falls bis dahin kein Täter dingfest gemacht sei, werde wohl Bentz nicht mehr Polizeidirektor sein. Er würde aber noch dafür sorgen, dass beim nächsten Beamtenabbau Steiningers Name ganz oben auf der Liste stehe. Als dann auch noch Zechenter, der Leiter der Kriminalpolizei, Steininger zu sich zitiert und angewiesen hatte, den Polizeipräsidenten nicht weiter zu verärgern, hatte sich Steininger so erschöpft gefühlt wie schon lange nicht mehr.

Verzweifelt war der Inspektor heimgetrottet. Es schien ihm sinnlos, noch länger im Büro zu bleiben. Wie sollte er so rasch einen Täter ausfindig machen? Den Tod der Therese Schinagl hatte er mittlerweile als Selbstmord verbucht, wenn auch beileibe nicht alle Indizien für diese Version sprachen. Das angelehnte Küchenfenster fügte sich nur schlecht in die Selbstmordversion, und die Zeugin, die kurz vor dem Tod der Frau zwei Burschen in die Wohnung hatte gehen sehen, war eigentlich recht glaubwürdig erschienen. Seine Leute ermittelten zwar noch fieberhaft und überprüften die Gäste des Café Zentral, aber was sollte dabei schon herauskommen? Ocmanek würde man die Sache auch nicht mehr anhängen können, auch wenn dies die für alle anderen Beteiligten beste Lösung wäre. Mit einem Seufzer legte Steininger die Gabel auf den Teller. Was sollte aus ihnen werden? Für die Pension war er noch zu jung, aber heutzutage war es aussichtslos, woanders eine Arbeit zu finden. Wovon sollten sie leben? Man würde sich gewaltig einschränken müssen. Der Rudi müsste wirklich von der Schule abgehen, und man müsste eine Stellung für ihn finden. Vielleicht doch beim Militär, da wäre er wenigstens versorgt.

„Du, Papa."

„Rudi, jetzt nicht", zischte seine Mutter.

„Das muss aber sein, Mama. Ich möchte nämlich jetzt wirklich mit der Schule aufhören."

Maria Steininger verdrehte die Augen. Das Gespür hatte der Bub von seinem Vater geerbt.

„Meinst wirklich?", brummte Josef Steininger nach kurzer Pause. „Wär vielleicht gar nicht so schlecht."

Maria Steininger sah ihren Mann überrascht an und legte die Gabel zur Seite.

Rudi strahlte. „Hast endlich ein Einsehen, Vater? Hast leicht schon gehört von dem Film, den sie in Linz drehen?"

„Was für ein Film?"

„Wo sie Komparsen brauchen, da könnt ich vielleicht arbeiten. Und dann krieg ich bald auch eine kleine Rolle."

„Was redest denn da daher?" Steininger begann zu schwitzen, nahm einen ordentlichen Schluck vom Bier und funkelte den Buben bedrohlich an. „Eine Stellung suchst dir, oder zum Militär kannst gehen. Wird Zeit, dass ein Esser weniger im Haus ist."

Frau Steininger begann zu schluchzen und verbarg das Gesicht in den Händen. Rudi starrte seinen Vater entsetzt an. So hatte der noch nie mit ihm gesprochen.

Es läutete, Frau Steininger tupfte sich mit der Schürze die Augen trocken und öffnete. Man hörte leise Stimmen.

„Josef, der Herr Ertl vom Büro ist da!"

Schnaufend und ohne seinen Sohn eines Blickes zu würdigen, stand der Inspektor auf und ging ins Vorzimmer.

„Da sind Sie, Herr Steininger. Wir waren im Büro ganz verwundert, weil Sie nicht mehr da gewesen sind. Der Herr Lampelmaier hat auch nicht gewusst, wo Sie sind."

„Jetzt habts mich ja gefunden", brummte Steininger und zündete sich trotz des geltenden Verbotes eine Zigarette an. „Was gibt's denn?"

Ertl gab ihm ein paar Zettel. „Das sind die Protokolle über die Befragungen der Gäste vom Café Zentral. Wir haben gedacht, es ist dringend, deshalb bin ich da."

„Und, was ist herausgekommen?"

„Nicht viel, es waren am Wochenende die üblichen Leute im Zentral, vornehmlich Damen. In der Tatnacht waren s' alle im Bett beim Mann, sagen s'. Die Überprüfung der Alibis war ein bisserl schwierig, weil die Damen gemeint haben, es wär unsittlich, wenn man ihren Gemahl fragt, ob sie eh in der Nacht im Bett waren. Außerdem ist's wegen dem Skandal, wenn man die Polizei im Haus hat."

„Das heißt, nichts ist rausgekommen."

„Mehr oder weniger. Einer von den Herren, die zu den Stammgästen zählen, war im Krieg Fahrer, der kann also mit Lastwagen chauffieren. Aber für die fragliche Zeit hat er ein Alibi. Er arbeitet nämlich bei der

Industriellen Bezirkskommission und war auf Besichtigungsreise in Deutschland draußen. Die Hotels und Arbeitsämter, wo er sich aufgehalten hat in der fraglichen Zeit, haben das fernmündlich bestätigt."

„Und habts sonst noch was?"

„Nein, gar nichts." Obwohl er keine guten Nachrichten brachte, glühte Ertls Gesicht vor Diensteifer. „Ich hab mir gedacht, ich bringe Ihnen die Protokolle, dann können Sie selbst nachlesen, ob Ihnen etwas auffällt, was wir übersehen haben. Und ein Herr Kröswang von der Staatspolizei in Wien hat angerufen. Ich hab notiert, was er gesagt hat, und Ihnen die Notiz auch mitgebracht." Ertl hielt Steininger noch einen Zettel hin.

„Geht's um den Fall?"

„Nein. Er bittet um Auskunft wegen irgendwelcher sozialistischer Umtriebe in Linz. Ich weiß auch nicht, warum er sich da an Sie wendet." Steininger war enttäuscht. Kurz war bei der Nennung des Namens Kröswang Hoffnung aufgekeimt. Immerhin hatte ihm der alte Freund in diesem Fall schon einmal geholfen, aber wenn er selbst trotz intensivster Recherche seit Tagen auf der Stelle trat, wäre es wohl vermessen, neuerlich auf Hilfe aus Wien zu hoffen. Achtlos legte er den Zettel zu den anderen, er hatte keine Lust, sich jetzt über sozialistische Umtriebe Gedanken zu machen, auch wenn es sein Freund Kröswang war, der ihn um diesen Gefallen bat. Das hatte Zeit bis später, aber vermutlich würde dann bereits sein Nachfolger die Anfrage aus Wien bearbeiten. Steininger bedankte sich bei Ertl und verabschiedete sich.

„Wie geht's denn jetzt weiter, Herr Steininger?", fragte dieser, in der Tür stehend.

„Morgen wird sich alles klären, Ertl", entgegnete der Bezirksinspektor.

Ertl strahlte und ging eilends die Stiege hinunter. Für den wird's auch besser werden, wenn er einen anderen Chef bekommt, dachte Steininger, als er die Tür schloss. Er nahm die Zettel, setzte sich an den Küchentisch und schaute seiner Frau beim Abwasch zu. Rudi hatte, wohl um die Eltern zu beruhigen, ein Heft aus seiner Tasche geholt und übte mathematische Aufgaben.

„Geh, Rudi, geh einmal ins Schlafzimmer."

„Warum denn?"

„Frag nicht, ich hab mit der Mutter was zu besprechen."

Maulend ging Rudi ins Schlafzimmer, jedoch ohne sein Heft mitzunehmen.

„Was ist denn, Pepi?" Frau Steininger hatte sich an der Abwasch umgedreht und blickte ihren Mann verwundert an. „Hast dir was zuschulden kommen lassen?"

Steininger bemühte sich, seine Wut nicht zu zeigen. Das war das Erste, woran seine Frau dachte! Sich ja nichts zuschulden kommen lassen! Manchmal dachte er, sie hatte nicht ihn, sondern seinen Pensionsanspruch geheiratet.

„Nein, das heißt ja, also jetzt dreh mir halt das Wort im Mund nicht um! Die Sache ist die ... Jetzt hock dich halt her! Da kann man doch kein vernünftiges Gespräch führen!"

„Nicht so laut, der Bub!"

„Über kurz oder lang wird er es sowieso erfahren." Frau Steininger begann zu weinen.

„Jetzt flenn halt nicht gleich!" Steininger versuchte, sie zu beruhigen, und tätschelte ungeschickt die Hand seiner Frau. „Wird schon nicht so schlimm werden."

„Ja, was ist denn jetzt eigentlich, Pepi?"

„Ich war heute beim Bentz und hab ihm Bericht erstatten müssen wegen dem Mord bei der Dollfußschule.

Mittlerweile sind es ja sogar zwei Tote. Die Frau von dem ist am Montag tot aufgefunden worden. Die Sache ist die, dass der erste Tote, also der Mann, eine bekannte Persönlichkeit war."

Maria Steininger blickte ihren Mann fragend an.

„Ich kann dir nicht sagen, wer's ist, noch nicht jedenfalls. Also, das war eine bekannte Persönlichkeit, und der Bentz will natürlich, dass die Sache umgehend aufgeklärt wird. Falls nicht, wird er als Polizeidirektor abgelöst. Mir hat er Frist bis heute gegeben, weil er da dem Sicherheitsdirektor Auskunft geben hat müssen."

„Und du hast ihn nicht gefunden", schlussfolgerte seine Frau.

„Ich? Was heißt ich? Wir, es sind ja noch mehr beteiligt. Aber ja, wir haben ihn nicht gefunden, den Mörder. Es hat ein paar Spuren gegeben, die haben wir alle verfolgt, bis in die höchsten Kreise haben wir ermittelt."

„Deswegen warst beim Danner!"

„Ja, aber das darf niemand wissen, hörst? Die Spuren haben allesamt nichts ergeben. Einen Verdächtigen haben wir gehabt, aber der hat halt partout nicht gepasst." Steininger begann, seiner Frau nach und nach alles von dem Fall zu erzählen, schließlich lüftete er sogar die Identität des Toten bei der Dollfußschule. Er war sich bewusst darüber, dass er damit einen schweren Verstoß beging, aber er musste sich jemandem mitteilen. Vom Fund der Leiche bei der Schule erzählte er ihr, dem Anzug aus Brünn und dem Packerl ‚Heimat', das neben der Leiche gefunden worden war. Von den Beobachtungen, die Gustl und Ferdl gemacht hatten, vom Kellner Ocmanek, den Rumpfhubers, dem vermeintlichen Schuss und von dem Heimwehrauto, das die Burschen gehört hatten, das aber in der fraglichen Nacht gar nicht bei der Schule stehen hatte können.

Frau Steininger hörte aufmerksam zu. Als ihr Mann geendet hatte, schwiegen beide eine Weile.

„Und was sagt der Bentz?“, fragte sie schließlich.

Steininger räusperte sich und zündete sich eine „Donau“ an. Schon der zweite Regelverstoß an diesem Abend, den aber seine Frau gar nicht zu bemerken schien!

„Der meint, dass ich dann bald nicht mehr bei der Polizei bin. Es ist wirklich eine ungute Gschicht.“

„Ungut? Das nennst ungut?“, fuhr seine Frau auf. „Das ist eine Katastrophe! Was sollen wir denn dann machen? Ich brauch jetzt auch eine Zigarette.“

„Wie bitte?“, Steininger starrte seine Frau an. „Du rauchst? Wie gibt's denn das?“

„Hie und da halt. Glaubst, ich darf mir gar nichts gönnen?“ Sie holte das Päckchen ‚Heimat‘ aus der Küchenlade und zündete sich ebenfalls eine an.

„Aber du sagst doch immer, dass das ungesund ist.“

„Das ist es ja auch, aber wenn man alle heiligen Zeiten einmal eine raucht ... Und wann soll ich sonst rauchen, bitteschön, wenn nicht dann, wann ich erfahre, dass wir bald auf der Straße stehen.“

Steininger hatte seine Frau noch nie rauchen sehen. Dass sie jetzt mit einer Heimwehrzigarette am Küchentisch saß, steigerte seine Ratlosigkeit nur noch mehr.

„Wie geht's jetzt weiter?“

„Ich weiß nicht, der Bentz hat mir einen letzten Aufschub bis morgen gegeben, da muss er noch einmal persönlich zum Revertera. Bis dahin soll ich ihm den Mörder liefern. Aber ich hab gar keinen Anhaltspunkt.“

„Und was hat der Ertl vorhin wollen?“

„Der hat mir die Protokolle von Befragungen gebracht, die aber alle nichts eingebracht haben.“ Steininger befeuchtete mit der Zunge Daumen und Zeigefinger und blätterte durch die Zettel. „Haben alle ein Alibi, die Damen und Herren. Aber ich hab mir eh nichts erwartet. Das wär schon ein Wunder gewesen. Ah ja, und da die Anfrage vom Kröswang Heinrich. Sozialistische Umtriebe. In den größeren Städten sollen sich jugendliche Cliquen gebildet haben“, las er vor, „die eine Vereinigung der radikalen Elemente der ehemaligen Sozialdemokratie mit jenen der Bolschewisten betreiben. Sie bekämpfen nicht nur die staatliche Ordnung, sondern auch die Nationalsozialisten und Elemente in den eigenen Reihen – also geschraubt schreibt er schon, der Heini –, die entweder auf die Regierung zugehen oder sich mit den Nationalsozialisten gegen dieselbe verbünden wollen. Sie schrecken dabei auch vor gewalttätigen Aktionen nicht zurück.“ Er legte den Zettel weg. „Ein paar Bürscherl sollen wir jetzt auch noch aufspüren. Ich hab wirklich andere Sorgen. Sollen die sich doch die Köpfe einschlagen, mir soll's recht sein.“

„Pepi, wie redest denn!“

Beide rauchten schweigend ihre Zigaretten zu Ende. Frau Steininger holte aus der Küchenkredenz eine Flasche Obstler und füllte zwei Gläser.

Ihr Mann schnaufte, schon wieder Schnaps, er sollte wohl aus dem Saufen gar nicht mehr herauskommen. Aber er nahm das Glas trotzdem und leerte es in einem Zug. „Was soll ich denn machen, Mizzi?“

„Jetzt sind wir schon so lange verheiratet, aber das hast mich noch nie gefragt.“

„So notwendig wie jetzt war's halt auch noch nie.“

„Meinst, dass er dich wirklich hinausschmeißt, der Bentz? So einfach geht das doch nicht, du bist doch Beamter!“

„Ja, was weiß ich. Wenn ich ihm nichts liefere. Er ist ja selber dran, wenn wir nichts finden. Außerdem würd's einigen schon gut gefallen, wenn ich nicht mehr da bin. Und überhaupt, Beamter. Das heißt ja heutzutage gar nichts mehr. Hast eh gesehen, was die mit den Beamten alles anfangen: Bezüge kürzen, Mehrarbeit und hinausgeschmissen haben die auch schon genug!" Er dachte an Sedlak, den er in Verdacht hatte, seinen Posten übernehmen zu wollen.

„Was soll ich denn jetzt nur machen?"

„Da findet sich schon was. Vielleicht als Hausdetektiv bei Kraus und Schober."

Entsetzt starrte Steininger seine Frau an. War das ihr Ernst? Als Kaufhausdetektiv, noch dazu am Franz-Josephs-Platz, in unmittelbarer Nähe der Polizeidirektion?

Rudi kam in die Küche, holte sein Heft und bemerkte die Zigarettenpackung vor seiner Mutter. „Du rauchst, Mama?"

Maria Steininger wurde rot. „Eigentlich nicht. Nur jetzt, ausnahmsweise, dabei bleibt's auch. Und die Raucherei in der Wohnung hört sich überhaupt wieder auf."

Belustigt nahm Rudi die Packung in die Hand. „Borgst mir eine, Mama? Die sind nämlich gut!"

„Wie redest denn du mit deiner Mutter?!", fuhr ihn sein Vater an. Wenn schon alles durcheinanderging, war doch das mindeste, dass der Bub den Respekt vor den Eltern bewahrte. Zumindest dafür würde er noch sorgen! „Und was heißt, die sind gut? Hast du die leicht auch schon einmal geraucht?"

Nun war es Rudi, der rot wurde. „Nicht oft."

Steininger starrte seinen Sohn an.

31.

„Schau ihn dir an, den Gockel. Strahlen tut er wie ein Christkindl“, flüsterte Strasser.

„Die dümmsten Bauern haben halt immer die größten Erdäpfel“, murmelte Haslinger.

„Was meinst jetzt damit? Glaubst, dass er nicht selbst die Mörder gefangen hat?“

„Der Steininger? Das müsst schon komisch zugehen, wenn der die auf einmal ganz allein gefunden hätt. Vor ein paar Tagen war er noch das nackerte Elend und heut haut er auf den Tisch.“

„Und der Bentz dazu. Und wer hat die ganze Arbeit gehabt? Unsereins. Und wer kassiert? Der Steininger.“

„Pssst! Ich hör nix!“, zischte Lampelmaier den beiden hinter ihm Stehenden zu.

„... so freue ich mich also, dass die Ermittlungsgruppe und allen voran Bezirksinspektor Steininger diesen schändlichen Mord in kürzester Zeit aufgeklärt und damit wieder einmal einen Krebsschaden in unserem Volk beseitigt haben.“ Hofrat Viktor Bentz war in seinem Element.

In seinem geräumigen Büro waren die Kriminalbeamten der Linzer Polizeidirektion versammelt. In der ersten Reihe, neben Zechenter, der immer noch keine Ahnung hatte, worum es bei dem Fall tatsächlich ging, stand Steininger in seinem guten Anzug, den ihm seine Frau extra ausgebürstet hatte. Seine Lackschuhe knarrten, und nervös blickte er immer wieder auf die Reporter der lokalen Blätter „Tagblatt“, „Linzer Volksblatt“ und „Tages-Post“, die eifrig Bentz’ Worte mitstenographierten.

„Gerade die rasche und planmäßige Ausforschung der Täter straft wieder einmal all jene Lügen, die in der Polizei nur Bürokratenseelen vermuten. Ganz im Gegenteil! Die Linzer Polizei ist, und ich darf das den Herren von der Presse besonders ans Herz legen", er nickte den Reportern lächelnd zu, „ein schlagkräftiges Instrument, wenn es darum geht, die unsauberen Elemente in unserer Mitte zu finden und dingfest zu machen. Ganz besonders danken möchte ich nochmals dem Leiter der Ermittlungsgruppe, Bezirksinspektor Josef Steininger." Er winkte dem strahlenden Steininger, zu sich nach vorne zu kommen. „Bezirksinspektor Steininger hat durch seine Umsicht für die rasche Aufklärung des schrecklichen Verbrechens an Josef Horak gesorgt. Ihm gebührt nicht nur von meiner Seite Dank, sondern auch von allen rechtschaffenen Bürgern dieser Stadt. In diesem Sinne darf ich Ihnen, lieber Steininger, hiermit mitteilen, dass Sie zum nächsten Ersten zum Kriminaloberinspektor II. Klasse avancieren!" Schwacher Applaus setzte ein, Steiningers schweißnasse Rechte drückte Bentz' Hand, die Reporter machten Fotos.

„Oberinspektor wird er. Und wir?", flüsterte Strasser, zu Haslinger gebeugt.

„Wir müssen's Maul halten."

„Seids stad!", zischte Lampelmaier. „Angeblich lädt uns der Bentz noch zum Essen ein."

„Dank möchte ich auch der Ermittlungsgruppe des Kollegen Steininger aussprechen. Sie haben durch Ihre systematische Ermittlungsarbeit wesentlich dazu beigetragen, dass es in unserer Mitte zwei Schädlinge weniger gibt. Ich darf Ihnen mitteilen, dass Sie im nächsten Linzer Polizeibericht namentlich erwähnt werden!"

Zechenter und Steininger klatschten eifrig, während sich Strasser und Haslinger ratlos ansahen.

„Im Polizeibericht? Das ist doch ..."

„Und jetzt darf ich die Herren von der Presse zu einem Rundgang durch die Räume der Kriminalpolizei bitten. Machen Sie sich mit den modernen Fahndungsmethoden unserer Polizei vertraut. Anschließend darf ich Sie zu einer kleinen Stärkung einladen, die unsere liebe Frau Krausberger vorbereitet hat."

32.

„Jetzt musst mir aber schon noch erzählen, wie du den Horakmörder so schnell hast fangen können, Steininger. Ich hab ja unlängst noch den Eindruck gehabt, dass du in dem Fall nicht recht weitergewusst hast. Ich hab ja nicht einmal erfahren, wer der Tote überhaupt ist. Weiß der Himmel, warum der Hofrat Bentz selbst den Fall hat überwachen wollen." Zechenter trank von seinem Bier. Bentz hatte den Kriminalbeamten, die am Fall mitgearbeitet hatten, einen Imbiss im Gasthaus Klosterhof spendiert.

„Ja weißt, es ist halt alles recht schnell gegangen." Steininger schob sich ein großes Stück Surbraten in den Mund und erzählte schmatzend weiter: „Dass der Tote ein gewisser Josef Horak von der Bundesbahn ist, hat sich auch wirklich erst spät herausgestellt. Wir haben ja kaum Spuren gehabt, einen Zeugen, der den Mord bei der Dollfußschule gesehen hätte, hat's auch nicht gegeben. Seine Frau hat ihn bei der Identifizierung nicht erkannt, weil ihm das Gesicht weggeschossen worden ist."

„Das ist ja quasi eine Verkettung von Umständen, was?" Zechenter unterdrückte ein Rülpsen und begann, mit einem Zahnstocher Speisereste zwischen den Zähnen hervorzuholen. „Und wie habts dann die Mörder gefangen?"

Steininger vertilgte den Rest des Surbratens und bestellte bei der vorbeieilenden Kellnerin noch ein paar Hascheeknödel und ein Bier. „Heut schmeckt's mir wieder, Zechenter, ich sag's dir, die letzten Tage hab ich keinen Bissen hinuntergebracht."

„Ja, das glaub ich. Wenn man gar so an einem Fall kiefelt. Jetzt erzähl weiter!"

„Ich will das gar nicht so ausbreiten. Das meiste war Routine. Das Kreuz war halt, dass sich die Spuren, die ich gefunden hab, der Reihe nach alle in Luft aufgelöst haben. Zuerst hab ich geglaubt, dass es ein Eifersuchtsdrama war. Die Frau vom Horak hat nämlich ein Gspusi mit einem Kellner gehabt. Zuerst hat's so ausgeschaut, als ob dieser Kellner, übrigens, eine Visage hat der wie ein Varietétänzer, also, als ob der kein Alibi hat. Dann hat er aber doch noch eines hergezaubert, an dem nicht zu rütteln war." Die Kellnerin brachte die Knödel, die von Steininger im Nu verschlungen wurden. Auf dem guten Anzug leuchteten Fettflecken, auf seiner Stirn glänzten Schweißperlen.

„So ist's recht, Steininger, wenn du wieder bei Appetit bist. Aber ich hab mir gedacht, dass es ein Raubmord war?"

Steininger schob den leeren Teller weg, lehnte sich zurück und stieß auf. „Das war es letztlich ja auch. Aber ich hab mir gedacht, der Kellner ist so ein ausgefuchster Hallodri, der nimmt das Geld weg, damit es ausschaut als wie ein Raubmord. Drum hab ich zuerst auf einen Eifersuchtsmord spekuliert."

„Raffiniert!"

„Ich glaub, heut gönn ich mir ausnahmsweise eine Nachspeis und ein Stamperl Schnaps. Wo doch der Hofrat zahlt!" Er bestellte einen Obstler und Buchteln und fuhr sich mit dem Sacktuch über die Stirn. „Und dann“, fuhr er fort, „war da auch noch ein Hinweis auf einen Wagen, mit dem die Täter angeblich gefahren sind. Da hab ich auch eine Weile gebraucht, bis ich alle einschlägigen Fahrzeuge überprüft hab.“

„Hörst das?“, flüsterte Strasser Haslinger zu. „Jetzt redet er wieder, wie wenn er alles allein gemacht hätt.“

„Pass auf“, grinste Haslinger, „der dreht noch alles so hin, dass seine planmäßige und systematische Ermittlungsarbeit, wie der Bentz gesagt hat, zum Erfolg geführt hat.“ Beide lachten, was ihnen giftige Blicke von Steininger eintrug.

„Gestern habe ich dann systematisch noch einmal alles zusammengetragen, was ich in dem Fall gesammelt habe. Alle Zeugenaussagen, alle Berichte. Und dann bin ich draufgekommen, dass meine Leute einen Fehler gemacht haben.“

„Ja, das gibt's“, pflichtete Zechenter bei. „Du, aber das find ich kameradschaftlich von dir, dass du dem Hofrat nicht mitgeteilt hast, dass deine Leute da was falsch gemacht haben.“

Haslinger und Strasser schnauften hörbar, Sedlak verdrehte die Augen. Nur Lampelmaier aß glücklich seine zweite Portion Blutwurst.

„Immerhin haben wir als Junge auch Fehler gemacht, gell, Steininger?“

Steininger nickte und ließ eine ganze Buchtel im Mund verschwinden.

„Und welcher Fehler war das?“ Steininger würgte die Mehlspeise hinunter.

„Zwei Zeugen sind nicht oder besser gesagt nur schlecht überprüft worden. Weißt, die Burschen haben so vertrauenswürdig gewirkt, dass die Alibis von den beiden nur nachlässig überprüft worden sind. Die haben auch die falsche Spur mit dem Wagen gelegt. Mir waren die an sich eh gleich suspekt. Von Anfang an! Dabei waren sie die Raubmörder. Wegen ein paar Schilling haben s' den Horak umgebracht."

„Also das ist schon eine erstaunliche Verrohung heutzutage. Ich sag's dir, Josef, das ist alles wegen dem Krieg."

„Da hast recht. Die waren allesamt nicht im Krieg!"

Zechenter blickte ihn etwas irritiert an. „Na, Hauptsache, du hast das mit der falschen Spur gleich erkannt, am Ende würden die heut noch frei herumlaufen."

„Ja, das ist schon eine Tragik. Aber stell dir vor, die beiden haben überhaupt nicht damit gerechnet, dass ich sie verhaften könnt. Den einen haben wir aus seiner Autowerkstatt geholt, wo er als Lehrbub arbeitet, den anderen haben wir in einem Arbeitsdienstlager gefunden. Obwohl einer von den beiden eine scharfe Waffe gehabt hat, war er so verdattert, dass ich ihn überrumpeln hab können."

„Woher haben denn die Burschen überhaupt die Pistole gehabt?"

„Letztes Jahr im Februar, bei den Schießereien, haben s' die Waffe gefunden auf der Straße, samt drei Magazinen. Weiß der Teufel, wie viel da noch im Umlauf ist."

„Na, jedenfalls gratulier ich dir zum Oberinspektor. Es hätte keinen Besseren treffen können."

33.

Daheim wurde Steininger von seiner freudestrahlenden Frau erwartet.

„Ist es jetzt wirklich wahr, Pepi, bist Oberinspektor?"

„Jawohl, meine liebe Mizzi, du bist ab jetzt Oberinspektorsgattin II. Klasse. Und eine Vorrückung heißt das auch. Wir haben bald mehr Geld."

„Ich gratulier dir recht herzlich, Pepi. Das hast dir wirklich verdient. Magst einen Kaffee? Ich hab einen Bohnenkaffee gekauft, zur Feier des Tages. Die Frau Grafeneder war auch schon da, sie gratuliert dir auch. Einen Gugelhupf hat's gebracht, mit Zibeben! Und von ihrem Mann soll ich dir den Zettel da geben." Sie hielt ihm den Antrag auf Aufnahme in die Heimwehr hin. „Er meint, wenn du partout nicht willst, soll's recht sein. Kannst es dir ja noch überlegen."

„Gott sei Dank. Das wär was gewesen. Ich bei der Heimwehr!"

„Aber jetzt leg doch den Anzug ab, Pepi, mein Gott, die vielen Flecken, und ein Knopf ist auch wieder weg. Seids ihr essen gewesen? Im Klosterhof? Ach so, der Hofrat hat bezahlt."

Eine halbe Stunde später war die Wohnung vom kräftigen Geruch des Bohnenkaffees erfüllt. Steininger hatte den Anzug abgelegt und saß am Küchentisch, vor sich eine Tasse und ein großes Stück Germgugelhupf. Er hatte Lust, sich eine „Donau" anzuzünden, wollte aber den häuslichen Frieden nicht stören.

„Wo ist denn der Bub?"

„Beim Höller ist er. Miteinander lernen tun s'."

Zweifelnd blickte Steininger seine Frau an.

„Nein, wirklich, ich glaub, die Geschichte hat ihn ordentlich geschreckt! Der treibt sich jetzt nicht mehr auf der Straße herum."

„Na hoffentlich schlägt er sich dann auch die andern Flausen aus dem Kopf."

Die beiden rührten gedankenverloren in ihren Tassen.

„Wenn ich mir denk, wie verzweifelt du vorgestern noch gewesen bist, Pepi. Aber dass sich das dann so auflöst. Und dass das die zwei Burschen waren, mit denen der Rudi herumgezogen ist. Gar nicht vorstellen möcht ich mir, in was für eine Geschichte der Bub da fast geschlittert wär. Andererseits wieder hat er ja doch auch einen Hinweis gegeben, dass du die zwei hast fangen können."

„Aber was, er hat halt die ‚Heimat'-Zigaretten liegen sehen und gesagt, dass der Gustl die auch raucht. Den Rest hab schon ich gemacht."

„Freilich hast du das gemacht. Aber ein Glück war es schon, dass du den Kröswang Heini dann am Abend noch erwischt hast am Telefon. Hat der wirklich in der Wohnung einen eigenen Telefonanschluss? Der muss aber wirklich ein ganz ein Wichtiger sein!"

„Was heißt denn Glück? Das ist eine ganz systematische und planmäßige Ermittlungsarbeit, wie wir das halt bei der Kriminalpolizei machen."

„Ich wollt ja nicht sagen, dass das alles ein Glück war", beschwichtigte seine Frau. „Ich wär ja gar nicht draufgekommen. Mir ist halt nur aufgefallen, dass das komisch ist, wenn so einer wie der Gustl, nach dem, was ich von dem weiß, die Heimwehrzigaretten raucht. Und dass ihr die bei der Schule gefunden habt. Und dass der Gustl was von einem Auto erzählt hat, das aber gar nicht dort sein kann. Und vom Rudi weiß ich, dass der Gustl manchmal ganz komische Sachen erzählt, dass sich bald ordentlich was ändern wird in Österreich und so. Das ist mir halt eigenartig vorgekommen, aber draufgekommen auf die Mörder bist natürlich nur du." Nur keine Schreierei heute, dachte Maria Steininger, die sich bemühte, ihre Worte nicht ironisch klingen zu lassen. Hauptsache, er war Oberinspektor! „Was hat denn eigentlich genau der Kröswang gesagt? In der ganzen Hetzerei hast mir das gar nicht erzählt."

„Eigentlich darf ich dir das gar nicht sagen, Mizzi. Noch dazu, wo niemand wissen darf, dass es den Horak, der jetzt in der Zeitung als der Tote steht, gar nicht gibt. Und geraubt worden ist in Wahrheit auch nichts. Das ist dem Bentz eingefallen, hätte ich ihm gar nicht zugetraut. Und du, Mizzi, dass du dich nicht vertratschst, gell? Offiziell sitzt der Schinagl im Gefängnis, bis ihn irgendwann niemand mehr kennt. Du weißt von gar nichts und erzählst nichts. Wenn das aufkommt, dass da wieder ein Schutzbündler ausgekommen und dann gleich erschossen worden ist, dann können wir allesamt einpacken."

„Aber das weiß ich doch, Pepi." Frau Steininger gab sich gekränkt. „Also, was war jetzt mit dem Kröswang?"

„Der Kröswang Heini hat halt im Grunde genommen dasselbe gesagt, wie auf dem Zettel gestanden ist. Dass es auch in Linz ein paar Burschen geben soll, Lehrlinge und junge Arbeiter, die so eine Einheitsfront machen wollen, oder wie die das nennen. Was weiß ich von dem politischen Zeug? Jedenfalls also von den Sozialisten mit den Kommunisten gegen die Vaterländische Front, die Heimwehr und die Nazis. Außerdem hat er erzählt, dass die so radikal sind, dass die sogar auf die eigenen Leute losgehen, also auf Sozis, die nicht mit den Bolschewisten zusammengehen wollen, sondern lieber mit den Nazis oder mit der Regierung. Und dann hat er mir erzählt, dass der Schinagl einer war, der mit den Nazis zusammengehen wollte und deshalb wieder nach Österreich gekommen ist. Der hat die Nazis mit den Sozis im Untergrund zusammenbringen wollen."

„Warum hat er dir das denn nicht vorher schon erzählt mit dem Schinagl, ihr habt euch doch unlängst getroffen?"

„So etwas Ähnliches hat er mir eh erzählt, aber ich hab's vergessen in dem Wirbel. Und eigentlich ist es eh auch in dem Akt gestanden, den er mir gegeben hat. Aber den hab ich", Steininger wurde rot, „nicht gelesen."

Seine Frau blickte ihn verblüfft an.

„Der Heini war auch ein wenig ... überrascht. Mein Gott, muss man einen jeden Schmierzettel lesen? Vor lauter Lesen kommt man ja gar nicht mehr zum Arbeiten! Wird eh viel zu viel geschrieben heutzutage!"

Besänftigend legte Frau Steininger ihre Hand auf die ihres Mannes.

„Dann hab ich halt eins und eins zusammengezählt. Das heißt, der Kröswang Heini hat mir ein bisserl geholfen. Aber nur ein bisserl!"

Frau Steininger nickte.

„Er hat nämlich eine Evidenz angelegt von Burschen, die möglicherweise dieser Bewegung angehören und deren Namen bisher in Erfahrung gebracht worden sind. Da ist dann auch der Name vom Gustl dabei gewesen."

„Ist er da erst jetzt draufgekommen?"

„Warum?"

„Den Gustl hast ja schon vor ein paar Tagen überprüft."

„Überprüft?"

„So stell ich mir das halt vor. Wenn man einen Zeugen hat, der eine so wichtige Angabe macht, dass man ihr tagelang nachgeht, dass man den dann auch überprüft. Oder wird das nicht so gemacht?"

Wieder wurde Steininger rot. „Grundsätzlich schon, da aber ..." Er starrte seine Frau hilflos an.

„Macht ja nichts, Pepi, Hauptsache, du hast die Burschen ausfindig gemacht."

„Genau, auch wenn's dem Heini nicht recht war, weil ihm die Burschen ganz gut passen, weil sich da die Roten gegenseitig die Schädel einhauen, hat er gesagt. Aber ich kann doch keinen Mörder herumlaufen lassen. Ich hab ja ein Gewissen als Polizist!"

„Haben die dann gleich gestanden?"

„Nicht direkt, einen Beweis hab ich ja nicht gehabt. Es war mehr so ein Schuss ins Blaue. Der Ferdl war so überrascht, wie der Strasser und der Haslinger auf einmal im Arbeitsdienstlager aufgetaucht sind, dass er sich gleich in Widersprüche verstrickt hat. Beim Gustl hat's ein bisserl länger gedauert. Das ist ein ausgekochter Bursche. Aber dem hab ich gezeigt, wo der Bartel den Most holt. Ich hab ihm klipp und klar gesagt, dass er sowieso ins Gefängnis geht, entweder wegen dem Mord, oder ich häng ihm eine Unzuchtsache an. Als Mörder hast du es gemütlicher im Häfen. Und wenn er nicht spurt, hab ich ihm gesagt, kann seine Mutter in der Franckfabrik einpacken. Die kann dann betteln gehen. Da ist er auf einmal weich geworden, der Bursch!" Resolut biss Steininger in das dritte Stück Gugelhupf.

„Darf man denn so mit den Leuten reden?"

„Wie denn sonst? Sonst finden wir ja gar keinen Mörder mehr! So läuft's halt bei der Kriminalpolizei! Jedenfalls haben die zwei natürlich gehört, dass der Schinagl im Land ist und was er mit den Nazis unternehmen will. Da haben sie ihm über einen Kontaktmann, hinter dem wir noch her sind, mitteilen lassen, dass sie ihn unterstützen und sich mit ihm treffen wollen. Sie könnten ihn mit ein paar Leuten zusammenbringen, die ihm helfen könnten. Und dann haben sie sich in der Nacht beim Südbahnhofgelände mit ihm getroffen. Der Gustl hat ihn erschossen, und dann haben sie ihn zur Schule gebracht. Das heißt, die Rumpfhuberischen haben schon recht gehabt, die haben nämlich einen Schuss gehört. Dann haben s' noch ein paar Zigarettenstummel hingelegt zur Leiche, damit's ausschaut, als wär das ein Heimwehrler gewesen. Also quasi politisch, aber von der anderen Seite. Dazu noch der Hinweis mit dem Wagen. Das Auto ist ja bekannt in Linz. Ja, und dass ausgerechnet das Café Zentral, in dem der ehemalige Liebhaber von der Frau arbeitet, auch so einen Wagen hat, das haben s' nicht gewusst, das ist ein blöder Zufall."

„Und haben die zwei die Frau auch umgebracht?"

„Nein, das heißt, das wissen wir nicht. Ich hab mit dem Bentz ausgemacht, dass wir die Sache auf sich beruhen lassen. Ausschauen tut's wie ein Selbstmord, Spuren gibt's eigentlich nicht. Außerdem hab ich auch nur zwei Händ. Allerdings, wieso sich die auf einmal umbringt, das ist schon merkwürdig. Und einen Hinweis auf zwei Burschen, die sie kurz vor ihrem Tod besucht haben, gibt's auch. In der Werkstatt war der Gustl an dem Tag eigentlich nur einmal kurz weg, wie er eine Jause geholt hat. Wenn sich die Gesellen da ein bisserl vertan haben und sich der Gustl beeilt hat, wär es vielleicht schon möglich. Aber bitte, wer ist denn so ausgekocht? Dann die Gasmaske, die in der Nähe gefunden worden ist. Aber das wär ja abenteuerlich: Jemand drückt der Frau den Kopf auf den Gasherd und hat selbst eine Gasmaske auf und verschwindet wieder durchs Fenster. Wir sind ja nicht im Wilden Westen! Außerdem hat sie doch eh längst ein Gspusi gehabt. Da bringt man sich doch nicht um, nur weil der Mann nicht mehr ist! Na ja, also denkbar ist es grundsätzlich schon, dass das kein Selbstmord war."

„Sie hat die Leiche von ihrem Mann ja auch gar nicht erkennen wollen, das ist auch komisch."

„Aber Mizzi, die Roten sagen doch der Polizei nichts."

„Ja, vielleicht ist sie von diesen Burschen unter Druck gesetzt worden. Dass sie euch nichts verrät, dass ihr nicht erkennt, wer die Leiche ist."

„Mizzi, jetzt redest aber wieder was daher. Das ist Polizeisache, da kenn ich mich aus!"

„Ja freilich, Pepi, wir wollen nicht streiten. Wahrscheinlich hat sie sich ja wirklich selbst umgebracht, vielleicht hat s' ihn ja noch gern gehabt, ihren Mann, trotzdem sie einen Liebhaber gehabt hat?"

Steininger blickte seine Frau überrascht an. Die Mizzi! Las die am Ende Groschenromane?

„Na jedenfalls, ins Gefängnis müssen die zwei sowieso. Man soll sich nicht mehr Arbeit machen als notwendig", sagt er kauend. „Hauptsache, die ungute Gschicht ist vorbei."

„Ja, da hast recht, Pepi." Maria Steininger tätschelte die Hand ihres Mannes. „Hauptsache, du hast es überstanden und bist Oberinspektor."

„Du, Mizzi? Was gibt's denn heut zum Essen?"

Danke

Christina und Paula für Geduld.
Harald für die Anregung, wieder zu schreiben.
Linda Müller und Georg Hasibeder vom Haymon Verlag für Bereitschaft, Interesse und Umsicht.